盤上に君はもういない

JN107833

綾崎 隼

角川文庫
23806

目次

登場人物

朝倉《あさくら》　恭之介《きようのすけ》　棋士七段
諏訪《すわ》　飛鳥《あすか》　奨励会三段
竹森《たけもり》　稜太《りようた》　奨励会三段
千桜《ちざくら》　夕妃《ゆき》　奨励会三段
千桜《ちざくら》　智嗣《ともつぐ》　奨励会二段
佐竹《さたけ》　亜弓《あゆみ》　観戦記者
藤島《ふじしま》　章吾《しようご》　観戦記者
長峰《ながみね》　凜《りん》　亜弓の友人
朝倉《あさくら》　頼子《よりこ》　恭之介の妻

第一部　佐竹亜弓の失望と想望の雄途

1

三年前の真冬に、私は愛としか形容出来ない何かのために仕事を辞めている。

水曜日の朝、午前五時。

一人暮らしのアパートで目覚めると、愛猫が床で血を吐き、苦しそうに震えていた。

実家での六年間と、一人暮らしを始めてからの七年間、病める時も、健やかなる時も、彼女は私の味方だった。苦しい朝も、投げ出しそうな夜も、充満した不幸に知らんぷりをして、一緒にいてくれた。

私は人間で、彼女は猫だったけれど、間違いなく大切な家族だった。

一刻も早く動物病院に連れて行かなければならない。焦る一方で、今日だけは絶対に仕事を休めないことも分かっていた。

大学卒業後、都内の新聞社に就職して七年。

右肩下がりで発行部数が落ちていく時代に記者となり、科学部という、文系の自分とは縁もゆかりもない世界で必死に研鑽《けんさん》を積んできた私、佐竹亜弓《さたけあゆみ》にとって、それは間違いなく最大のチャンスだった。今後の記者人生を確実に左右する大一番だった。

マスメディアが大嫌いで、公式会見以外では、一度も口を開こうとしなかったノーベル物理学賞受賞者の教授がいる。

私は横浜市《よこはま》に住む彼の家に、半年間通い続け、その妻に認められ、彼女が味方をしてくれたことで、とうとうインタビューの約束を取り付けることに成功した。

ただでさえ発言が少ない男である。世界が注目している科学者の言葉を、独占で届けられる。その事実だけでも社長賞が決まるほどだったが、会社はインタビューを足がかりとして、自伝本の出版にまで漕《こ》ぎ着けたいと考えていた。

乾坤一擲《けんこんいってき》の日は、今日だけではない。このインタビューから、すべてが始まるのだ。

そういう心構えで現場に向かえと、部長にも念を押されていた。あらゆる仕事を犠牲にして良い。今は彼の言葉を引き出し続けることに集中しろと、厳命を受けていた。

教授は偏屈と傲慢《ごうまん》と不寛容を足し、三で割らなかったような男だ。

よく分かっている。完璧《かんぺき》に理解している。

もしも今日、この約束を反故《ほご》にすれば、次はない。すべてが終わる。

記者人生を賭《か》けて準備してきた仕事であり、絶対に失敗は出来ない。

たとえ三十九度の熱が出ても休めない。そう分かっていたのに……。

私には彼女を見捨てることなんて出来なかった。

十三歳の老猫だ。寿命かもしれない。どんなに手を尽くしても助からないかもしれない。それでも、家族だ。彼女は私が愛し、私を無条件に愛してくれた家族だった。

仕事で失敗し、死にたいと思った夜も、結婚を考えていた恋人に捨てられ、消えてしまいたかった朝も、誰よりも近い場所で温《ぬく》もりを寄せてくれた。

言葉は通じないのに、心は通じ合っている。ずっと、そんな気がしていた。

寂しい夜、苦しんでいる夜に限って、私を一人きりにしないように、ベッドの中に潜り込んできてくれるからだ。

彼女が頼れる相手は、彼女の家族は、私しかいない。出来ることをすべて、やらなければならない。一番苦しい時に、一人きりで置いていくなんて出来るわけがない。

「すみません。今日は休ませて下さい」

上司に電話で伝えた後のことを、よく覚えていない。

後日、出社してから、あらゆる罵詈《ばり》雑言と軽蔑《けいべつ》の眼差《まなざ》しに晒《さら》されたはずなのに、ほとんど記憶に残っていない。たった一つだけ覚えているのは、部長に告げられた言葉だ。

「そんな理由で仕事を放り出すから、女は信用出来ないんだ」

時代錯誤な物言いを聞いた時、私は悔しさも怒りも感じなかった。

ただ、馬鹿だなと思い、まるで他人事《ひとごと》のように笑ってしまった。

私には仕事よりも大切なことがあった。

そして、部長にはそれがなかった。単にそれだけの話である。

会社にも、同僚にも、凄《すさ》まじい迷惑をかけることになってしまったし、教授にも奥様にも失礼なことをしてしまったけれど、家族の命には代えられなかった。

そこに愛が載せられている限り、天秤《てんびん》は絶対に反対には傾かない。

退職したタイミングで彼女も死んでしまったが、後悔は微塵《みじん》もなかった。

最期の時を、共に過ごせて良かった。

彼女を一人で逝かせてしまっていたら、私は一生自分を赦《ゆる》せなかったはずだ。


退職して二週間後。

お世話になった教授の奥様から手紙が届いた。謝罪の手紙に対する返信だった。

『主人はやはり、もう二度と誰のインタビューも受けないそうです。でも、佐竹さん。気に病まないで下さい。私たちに悪いと思う必要もありません。主人は笑っていましたから。仕事よりもペットの命が大事だなんて最高じゃないか。人生ってのは、そうじゃなきゃいけない。お前が認めた記者は、面白い人間だったなって。』

短い手紙を読みながら、堪《こら》えようのない涙が溢《あふ》れた。嗚咽《おえつ》が止まらなかった。

人間は本当に追い詰められた時、涙の理由さえ分からなくなるらしい。

嬉《うれ》しかったのか、悔しかったのか、それとももっと別の感情を喚起させられたからなのか。とにかく理由も分からぬまま、私は一晩中泣き続けることになった。

泣きはらした目は、赤く醜い。

昼過ぎに目覚めた私は、洗面所の鏡を覗《のぞ》き、思わず破顔してしまった。

鏡の向こうで、自分が愛猫と同じ目をしていたからだ。

涙を流せば彼女に会える。感情というのは、人間というのは、本当に不思議だ。

たったそれだけのことで、立ち直れるような気がしたのだから。

2

気分転換の一人旅を経て、転機が訪れたのは、退職から二ヵ月後のことだった。

大学時代の友人、長峰凜《ながみねりん》に誘われ、日本酒バーで益体もない話題を肴《さかな》に酒を飲んでいたら、もう何度目になるか分からない問いを向けられた。

「亜弓の一人旅ってさ、今も飛行機は使ってないの？」

「もちろん。一生、乗らないって決めているからね」

私は幼少期のトラウマで、飛行機に乗ることが出来ない。記者時代の取材では、目的地がどんなに遠方でも新幹線か列車で向かっていた。

「結婚相手が新婚旅行で海外に行こうって言ったら、どうするの？」

「その妄想はやめよう。そもそも彼氏すらいないから空しくなる」

「良いの？　妄想を話題に出来ないってなると、私の愚痴が炸裂《さくれつ》しちゃうよ」

千桜《ちさくら》インシュアランスという業界最大手の保険会社に就職した凜は、出世街道を走っている。それなのに、役職が上がる度、笑えるくらいに会社への不満が増していった。

凜は怒りが飽和する前に私を呼び出し、ガス抜きをおこなう。

不満ばかりの話を聞くのはつまらない。しかし、凜は風変わりな視点と巧みな話術を持っており、愚痴や人生の悲劇でさえエンターテインメントに変えられる友人だった。

「私さ、勝てそうもない場所で戦っている女に惹《ひ》かれるんだよね」

二杯目の月桂冠《げっけいかん》を飲み干した後で、凛が告げた。

「自分もそうだから？」

「んー。うちも男社会だけど不利ってだけだよ。性差が有利に働くこともあるしね。そうじゃなくて、絶対に勝てない世界に挑んでいる女って、それだけで格好良いじゃん」

「よく分かんない。例えば誰のことを言っているの？」

「キシ」

「巴御前《ともえごぜん》とかジャンヌ・ダルクの話？　それとも将棋とか囲碁の話？」

「将棋の話。囲碁には女性のプロ棋士がいるしね」

「将棋だっているでしょ。女流棋士の活躍をメディアで見るよ。五冠だって」

横目で眺めていたニュースの中で、女王は艶《あで》やかな着物を着て戴冠《たいかん》していた。新聞社で働いていたくせに、私はタイトル戦が幾つあるかも知らないわけだが、五冠は偉業だと思う。

「亜弓が見たその人もプロだよ。ただし棋士ではない。将棋の世界には『棋士』と『女流棋士』の二つのプロ制度があるの。純然たる棋士になるには、奨励会ってものに入会して、四段にならないといけない。そして、そこまで昇段出来た女は、歴史上、一人もいないんだよね」

「その奨励会に女性は入れるの？」

「もちろん、入れるよ。条件を満たせば、男女の区別なく、誰でも四段を目指せる。実際、三段に到達した女性は、これまでにも何人かいたし、確か今も一人いたはず」

「へー。じゃあ、私が見た五冠って言うのは……」

「女流棋士だけが参加するタイトル戦のチャンピオンの話だね」

棋士と女流棋士が別物だなんて、その日まで私は知らなかった。ただ女性だから『女流棋士』と呼ばれているのだと思っていた。

「五冠を取った人は女性で最強なわけでしょ？　その人でも四段になれないの？」

「なれなかったみたいだね」

「どうして？　既得権益を守りたい男たちに邪魔されたとか？」

化石みたいな業界で生きてきた私の指摘に、凛は笑う。

「年齢制限で退会が決まるまでに、三段リーグで昇段条件を満たせなかったからだよ」

「そんなこと有り得る？　だって棋士って何百人もいるんでしょ？」

「現役なら百七十人くらいだったかな」

「そんなにいるのに最強の女でも棋士になれないなんて、陰謀としか思えない」

「いやいや、本当に実力の話なんだって。三段リーグは半年スパンで開催されるんだけど、全員が十八局を戦って、上位二名が四段に昇段出来るの。亜弓がテレビで見た女流棋士は、年齢制限を迎える前に、その二枠に入れなかったってだけだよ」

「えー。スポーツじゃないんだから、百七十人も棋士がいるのに、女が一人も棋士になれないなんて物理的におかしくない？」

「将棋は亜弓が思っているよりもハードだよ。肉体のハンデも大きいと思うな。あれだけ長い歴史があるのに、一人も女性の棋士が生まれていないんだから」

「だから将棋を指している女に惹かれるってことね」

「うん。心底、格好良いと思う。だって彼女たちは、女は棋士になれないっていう歴史上の統計を知っているわけじゃん。そういう現実を理解した上で指しているんだから、奨励会で戦っている女性たちは、凄《すご》いよ」

「なるほどね」

「少しは興味が出てきた？」

「興味は出てきたけど、まだ納得はしていない。女が勝てないとは思わないけどなぁ。だって将棋って頭脳勝負じゃん」

「亜弓が熱心に取材していた世界だってそうじゃない。ノーベル賞。頭脳で取れる賞だし、日本人は三十人くらい受賞しているよね。でも、女性の受賞者はゼロだよ」

「……確かに」

考えたこともなかったけれど、言われてみればその通りだった。

いや、違う。確かに日本人の女性で受賞した人はいないが、国外に目を向ければ、どの賞も女性だって取っている。危うく切り取り方で騙《だま》されるところだった。

「亜弓は次の仕事って、もう決めたの？」

「いや、全然。記者は続けたいなって漠然と思っているけど」

「パパラッチとか週刊誌の記者にはならないでよね」

思わず笑ってしまった。

「やらないよ。政治家の汚職も、芸能人の醜聞も興味ない」

「じゃあ、そんな亜弓に一つ、面白い話を教えてあげる。女流棋士のタイトル戦は八つあるの。そして、女性最強と言われた五冠の彼女も、八大タイトルの同時制覇は出来ていない。最近は奨励会と女流棋士を兼務している若い子に負け続けているしね」

「へー。若いってのは幾つ？」

「中学二年生。その子は奨励会で現在、初段」

「それって凄いことなんだよね？」

「女で棋士になれる人間がいるなら、彼女だろうって言われているらしいわ」

「やっぱり凄く強いから？」

「最大の理由は、その出自かもね。彼女は将棋の八大タイトルの一つ、飛王《ひおう》戦を五回制した諏訪《すわ》永世飛王の孫娘なの。父親も元棋士だし、母親も現役の女流棋士なんだよね」

「血統書付きってことか」

「女が棋士になれない理由は、色々と言われている。競技人口が少ないとか、長時間の戦いでは肉体的なハンデがあるとか、もちろん、それもそうなんだろうけど、原因はもっと多岐にわたるのよ。将棋界には師弟制度があって、大抵の棋士は研究会っていうグループを作って、ライバルと研鑽《けんさん》を積んでいるの。そこに奨励会の弟子も参加して特訓するんだけど、女性が夜遅くまで男に交じって研究なんて出来ないでしょ」

「まあ、難しいかもね」

「将棋は戦術のトレンドが日進月歩で変化するから、研究会に参加しにくいことも不利な要因の一つだって言われている。でも、その子は事情が違う」

「お祖父《じい》ちゃんも、両親も、将棋の世界の人間だから？」

「そう。子どもの頃から、研究会が自宅でおこなわれていたってわけ。で、弟子たちは今も永世飛王の家で研究会を開いている。つまり、その子は自宅にいながら、研究会に参加出来ているのよ。棋士になった兄弟子や現役奨励会員にもまれながらね」

　将棋の子として生まれた少女。中学二年生だという彼女は……。

「その子は、もう世間でも注目されているの？」

「興味が湧いてきたみたいね」

「ねえ、どうなの？　私は将棋に興味を持ったことがなかったから、全然知らなかったけど、ワイドショーなんかでも取り上げられていたりする？」

「安心して。まだ知る人ぞ知る存在だよ。永世飛王の孫って言っても、まだ初段だしね。プロになるには、あと三つ昇段しなきゃいけない」

「じゃあ、どうして凜が知っているわけ？　凜って将棋が趣味だったっけ？」

「いや、私は駒の動かし方も知らないよ」

それから、凜は自嘲《じちょう》気味に笑った。

「ここ半年間、ずっと一緒に仕事をしている上司が、将棋マニアなの。職団戦とかっていう社会人の将棋大会にも出ているみたい。最近は暇さえあれば、その子の話を聞かされているの。絶対にあの子が史上初の女性棋士になるって、五十を過ぎたおじさんが、中学生の対局結果を追って、一喜一憂しているわけよ。まあ、アイドルの追っかけみたいなものよね」

「奨励会ってプロじゃないんでしょ？　それなのに一般人でも結果が分かるの？」

「日本将棋連盟のホームページで結果を確認出来るみたい。その子は女流棋士だから、そっちの対局は指した手まで分かるらしいよ。この一手が凄いとか言われても、愛想笑いしか出来ないけどさ。とにかく今、注目の女の子なわけ。やりたいことがないなら、将棋の記者なんて面白そうじゃない？　もしも本当に史上初の女性棋士が誕生したら大事件だよ。そんな時に、彼女のことを追っている女性記者がいても良いと思う」

「観戦記者か。考えたこともなかったな」

「男社会に切り込む女性棋士の誕生を記事や本にするなら、やっぱり女の記者が良いでしょ。面白そうな取材対象じゃないかな」

駒の動かし方すら知らないのは私も同じだ。将棋盤のマス目が八×八だったか、九×九だったかも覚束《おぼつか》無いレベルである。しかし、こと取材においては、素人であることが必ずしもマイナスに働くわけではない。

届けるべきニュースのバリューが大きければ大きいほど、対象の大半は十分な知識を持たない層になる。

知らないことは一から勉強していけば良い。そうやって七年間、記者をやってきた。

現在の将棋人口は、千二百万人と言われているらしい。プロ棋士以外の外野も十分に食べていける数字だろう。

凜と会った翌日から、私が追いかけ始めた彼女は、その名前を諏訪飛鳥《すわあすか》という。

最も強い駒の一つ、『飛車』の一文字をその名に抱く、稀代《きたい》の天才少女である。

3

凜の勧めに従い、軽い気持ちで将棋について勉強を始めた私が、深遠なる九×九マスの宇宙に夢中になるまで、さしたる時間は必要なかった。

将棋の面白さの真髄は、縦横無尽な駒の動きにある。生じ得る棋譜の総数は、十の二百二十乗と言われており、偶然の要素が入る余地はない。ゲーム理論で言えば、二人零和有限確定完全情報ゲームであり、マインドスポーツの王様だ。

とはいえ駒の動きを知った程度では、勝負の妙など分からない。

私が何に感動したのかと言えば、勝負を通して顕《あらわ》れる人間模様の悲喜こもごもと、情熱の純度の高さだった。

日本将棋連盟の説明によれば、現存する最古の駒は、奈良県の興福寺《こうふくじ》境内から発掘された十六点だという。五角形の木簡には、確認出来るだけでも玉将、金、銀、桂、歩が存在しており、平安時代の書『新猿楽記《しんさるがくき》』にも将棋に関する記述が見られるという。

この盤上遊戯には千年近くの歴史があるのに、棋士には女性が一人もいない。

近年の歴史を紐解《ひもと》くと、男女のパワーバランスが、より正確に理解出来る。

女流棋士による公式戦への参加が初めて認められたのは、一九八一年二月十九日の新人王戦のことだ。初勝利はそこからさらに歳月が流れ、一九九三年十二月九日の竜皇《りゅうおう》戦となる。それほどまでに男女の間を隔てる壁が高かったということだ。

奨励会で戦う彼女たちは、当然、それらの事実を知っている。

絶望的な統計を理解してなお、敢然と棋士を目指して戦っているのである。

頭の奥で囁《ささや》く臆病《おくびょう》や恐怖を、どうやって振り払っているんだろう。

私は気付けば、彼女たちの心を追いたいと願うようになっていた。

好奇心の対象は女流棋士ではない。彼女たちに含むところはないが、私が知りたいのは、徹頭徹尾、棋士を目指している戦士の心だった。

棋士になるには奨励会に入会し、四段に昇段するしかない。条件が改正されることもあるし、例外も存在するものの、基本的にはシンプルなルールである。

奨励会にはシビアな年齢制限が存在しており、満二十一歳までに初段、満二十六歳の誕生日を含むリーグ終了までに四段になれなければ、強制的に退会となる。三段リーグで勝ち越せば延命出来るが、それも満二十九歳のリーグ終了時までだ。

私が諏訪飛鳥を知った二年前、彼女は既に奨励会の初段だった。満二十一歳までという昇段条件を余裕でクリアして、有段者となっていた。

半年後には八連勝で二段に、一年の時を閲《けみ》して十四勝五敗の成績を収め、三段への昇段を決めたのが一ヵ月前の出来事である。棋士への登竜門、最後の難関『三段リーグ』に、ついに辿《たど》り着いたのだ。

私は諏訪飛鳥の戦いを通して、奨励会の実状を理解していった。そして、十全に理解した今なら、はっきりと分かる。二段までの戦いと三段での戦いは、完全に別物だ。

三段を目指す者には、昇段する方法が五つある。八連勝、良いところ取りで十二勝四敗、十四勝五敗、十六勝六敗、十八勝七敗、いずれかの条件を満たせば昇段が決まる。人数制限はなく、仮に連敗を喫しても、次の対局から気持ちを切り替えて、すぐに昇段への戦いを再開することが可能だった。

しかし、三段リーグでは、一局一局に半年分の命がかかっている。何故なら、年に二回開催されるリーグ戦は、全員が十八局を戦い、上位の二名だけが昇段出来るというレギュレーションになっているからだ。

序盤に黒星を重ねれば、否応《いやおう》なく半年を無駄にすることになる。しかも、どれだけ才能ある者が揃《そろ》っても、棋士になれるのは年に四人だけである。

三段リーグの現行制度は、一九八七年に始まっている。それまでは十三勝四敗が四段への昇段規定だったが、昇段者が増え、将棋連盟の財政を圧迫するとの結論が出たタイミングで、現行のルールに改正された。十七人で始まった第一回の三段リーグから人数は徐々に増え、現在の在籍者は四十人を超えている。

三段リーグというダムが、棋士の誕生に対して産児制限の役割を果たしているのだ。将棋にすべてを賭《か》けた若者たちは、棋士になれなければ、学歴も職歴もないまま、二十代半ばで世の中に放り出されることになる。

やり直しはきかない。路頭に迷ってしまってもおかしくはない。

全国各地で天才、神童と呼ばれた人間たちが、今日も年齢制限という死神の鎌に怯《おび》えながら、戦いに身を投じているのである。

経朝《けいちょう》新聞社の文化部から委託を受ける観戦記者。それが私の現在の肩書きだ。

将棋の観戦記者には、新聞社や雑誌社の記者と、フリーの記者がいる。

幾つかの棋戦は新聞社などのマスメディアが主催者となっており、対局料や賞金も彼らが支払っている。その見返りとして対局の棋譜が掲載されるというわけだ。

新聞記者は主に自分の会社が主催する棋戦の観戦記を執筆し、私のようなフリーの観戦記者は、様々な棋戦、大会に、自己流で切り込んでいくことになる。

私は元々、大手新聞社に勤めていたし、観戦記者として女性は珍しい。幾つかの記事を持ち込んでいる内に、委託契約を結んでもらえることになった。

芸は身を助く。人生は何が、何処で、どう繋《つな》がっていくか分からない。

『インタビューって明日《あした》だったよね。お土産は、またプレスバターサンドが良いな！』

目覚めて携帯電話を確認すると、飛鳥からのメールが届いていた。

『オッケー。サイトを見たら、宇治《うじ》抹茶味が店舗限定で販売されていたから、二種類買って行くね。今回のインタビューは長時間になるかも。何しろ決戦直前だから。』

出会ってから一年半という時を経て、私は飛鳥とすっかり仲良くなっていた。

将棋界注目のニューカマーである彼女が、観戦記者としては新人である私を受け入れてくれた理由は、大きく三つある。

将棋界には珍しい女性の記者だったこと。七年間の記者生活で培った筆力を、彼女の祖父である永世飛王が評価してくれたこと。そして、彼女が二段になる以前、世間の注目度が高まるより前に声をかけていたことである。三つ目の点に関して言えば、本当に凜と、その上司の慧眼《けいがん》に感謝しかない。

兄弟子たちに囲まれ、男社会で育った飛鳥は、超がつくほどに強気な少女だが、一人っ子である彼女は、いつしか私のことを姉のように慕ってくれるようになった。

諏訪飛鳥は取材対象である。女流棋士としての彼女にも、奨励会で棋士を目指す姿にも、等分に敬意を抱いている。当然、敬語で話しかけていたわけだけれど、取材を重ねる内に、他人行儀な口調はやめて欲しいと言われてしまった。

あくまでも私は取材をお願いしている立場だ。彼女に乞《こ》われたなら、従わないわけにはいかない。そんなわけで、今では私たちはお互いに敬語を使っていない。

飛鳥は十代で私は三十代。立場だけでなく、年齢も大きく違う。それでも、私は飛鳥にインタビューしている時間が一番好きだった。

勝負師の性《さが》なのか、飛鳥は十六歳とは思えないほどに、世界を俯瞰《ふかん》している。時には大人の私でも理解し難い、深遠なことを話す。

「ねえ、今更な質問をしても良いかな」

「改まって何？　好きな人がいるかとか聞いてこないでよ」

「そういう話じゃないよ。飛鳥は将棋の家に生まれた、将棋の子じゃない？　棋士を目指すのは自然なことだったと思うけど、迷いはなかったのかなって。ほら、少女が抱きがちな夢ではないでしょ」

「んー。迷いはなかったし、今もないかなぁ。私、男に負けたくないんだよね。スポーツみたいに男女が区別されているところで戦うのは、癪《しゃく》だったって言うか」

「将棋にも女流棋士の制度があるけど」

「それは女が男に勝てなかったから作られたカテゴリーでしょ。棋士は男にしかなれない職業じゃないもん。将棋には男も女も関係ないんだって証明したいんだよね」

「なるほど」

飛鳥の自信は、過信でも、無知でも、まして傲慢《ごうまん》でもない。自分の実力を把握し、出来得る限りの努力を積み重ねた上での思いだからだ。

「迷っていないことは分かったよ。でも、もう一つ疑問がある」

「あれ。今ってもう取材中？」

「違うよ。雑談中。記事にはしない」

「雑談か。亜弓さんになら別に何を書かれても良いけどね。もう一つの質問は何？」

「男と対等に戦える頭脳ゲームって意味なら、チェスも、囲碁も、オセロも、バックギャモンもそうだよね。世界的な知名度で言えば、チェスやバックギャモンの方が有名だし、ポーカーなんかでもプロは目指せたわけじゃない。諏訪家に生まれていなかったとしても、飛鳥は将棋を選んだのかな」

「選んだよ。仮に親が別のゲームのプロでも、私は絶対に将棋を選んだと思う。だって盤上遊戯の王様は将棋だから」

「そう思うのはどうして？」

「チェスでは二十世紀のうちに、コンピューターが人間の世界チャンピオンを破っているの。オセロもとっくの昔に、コンピューターの方が強くなってしまった。私は人間が最後まで抗《あらが》えた将棋こそが、盤上遊戯の王様だって信じてる。そうであって欲しいという願望じゃなくて、きちんと理由があってそう思ってる」

「その理由っていうのは？」

「将棋だけが奪った敵の駒を味方として使えるからだよ」

言われてみれば確かに。チェスは将棋と動きが似ているけれど、奪った駒を使うことは出来ない。オセロにも囲碁にもバックギャモンにもそういう要素は存在しない。

「私、運に頼って勝負するのが嫌いなんだよね」

分かるような気がした。私は宝くじを買わない。あらゆるギャンブルに興味がなく、パチンコや競馬といったものには嫌悪感さえ覚えている。飛鳥の話を聞き、初めてその理由を自覚することが出来た。きっと、私も運の勝負が嫌いだったのだ。

天は自ら助くる者を助く。私も、飛鳥も、そうやって生きてきた。

「ポーカーにも麻雀《マージャン》にも興味はない。将棋に存在する運の要素は、先手番を選ぶ瞬間だけでしょ。対局が始まれば、運命はもう悪戯《いたずら》出来ない。だから将棋が王様なんだよ」

私は女性棋士の誕生を心待ちにしている。勝てそうもない世界に、勇者のように挑もうとしている女性たちを全員、尊敬している。強く応援している。

だが、やっぱり一番は、この一年半、見守り続けた飛鳥だ。

史上初の女性棋士は、飛鳥であって欲しい。彼女にこそ、その栄光は相応《ふさわ》しい。

4

諏訪飛鳥、十六歳。高校一年生の十月。

奨励会の歴史上、最も注目を浴びることになった三段リーグが開幕した。

概《おお》ね二週間スパンでやってくる例会日に、二局ずつ指し、半年をかけてそれぞれが十八局を戦う。そして、その最終結果をもって、三月に新四段が二人誕生する。

今期の三段リーグに注目が集まっている理由は、主に二つある。

一つ目は、永世飛王の孫にして女流三冠の諏訪飛鳥が、三段リーグに初挑戦することだ。高校一年生での三段昇段は、男性であったとしても早い。女性としては歴史上、五人目の三段昇段となるが、当然、最速である。

多くの若者が年齢制限に怯える中、飛鳥はこれから実に二十回も四段昇段に挑戦出来る。じっくりと棋力を磨くことも出来るだろう。多くの有識者たちが焦る必要などないと述べていたけれど、飛鳥はストレートでの昇段を狙っていた。彼女の目標は、棋士になることではなく、祖父が長く戴冠《たいかん》した飛王のタイトルを取ることだからだ。

二つ目の注目ポイントは、飛鳥の直後に昇段した十三歳の少年がいることだった。竹森稜太《たけもりりょうた》。中学二年生で二月生まれの彼は、今期、昇段を決めれば、十四歳と一ヵ月で、史上最年少の棋士となる。

史上初の女性棋士と最年少棋士。今回の三段リーグには、二つの大記録がかかっていたのだ。

三段リーグの対局は、プロの対局に使われる将棋会館の特別対局室、通称『特対』でおこなわれる。

誰もがその将来に夢を託す二人の新星は、期待通りの船出を見せた。

三段リーグは持ち時間九十分で、午前と午後で一日に二局を戦う。

三日目の対局日が終わった時点で、飛鳥と竹森三段は無傷の六戦全勝だった。

今期の三段リーグには、もう一人、女性がいたけれど、彼女は早くも三勝三敗と崖《がけ》っぷちの成績になっている。このリーグで五分の勝率なら、十分に立派だ。しかし、昇段者が上位二人のみというレギュレーションに鑑みれば、事実上の脱落だろう。

三段リーグには、実力が同じなら格下の者は格上の者にまず勝てないという言い伝えがあるらしい。その格とは年齢で決まり、若ければ若いほどに高いのだという。

年齢制限のある奨励会では、年齢が上がるほどに自分の寿命が気になってくる。昇段を逃し続けることで、自信も失われてしまう。

そういった年長者の三段と、恐れを知らない若年の三段が戦えば、たとえ実力が同じでも、盤上では如実に違いが生まれてしまう。年齢制限という見えない影に怯《おび》える年長者は、我慢すべき時に暴発し、踏み込むべき時に萎縮《いしゅく》して、自滅してしまうからだ。

十代半ばの飛鳥と竹森三段が、初挑戦の序盤で快進撃を見せたことも、不思議な話ではなかったのである。

四日目の対局が終わると、飛鳥と竹森三段の二人のみが八戦全勝となっていた。

そのタイミングで、彼らを取り巻く世界の空気が、もう一段階変わった。

普段から将棋会館に出入りしている記者以外のマスコミも増え始め、全国ネットのニュース番組やワイドショーでも、二人の活躍が取り扱われ始めた。

全盛期に比べ、視聴者も影響力も減ったとはいえ、テレビの力は強大だ。報道を通して、二人のことを将棋界以外の人間たちも認識し始める。

千年の歴史がある将棋の世界に、初めて誕生するかもしれない女性のプロ棋士だ。

『千年に一人の棋姫』などという、まるでセンスを感じられない二つ名を与えられた飛鳥の戦いは、連日、テレビや新聞を賑《にぎ》わすようになっていった。

竹森稜太は飛鳥よりも二学年下であり、彼にも偉大な記録の達成が見え始めていたが、マスコミが大きく扱うのは常に飛鳥の方だった。男社会に敢然と切り込む少女の方が、ニュースとしてキャッチーなのだろう。

三段リーグは魔境である。四段昇段後に戦うC2リーグより厳しい舞台だと語る者もいるほどだが、二人はそんな言葉をものともせずに快進撃を続けていた。

三段リーグも折り返し地点まで来た五日目の前夜、私は飛鳥にシンプルなメッセージを送った。

『明日は最初の山場だね。頑張って。応援しているよ。返信は不要です。』

余計なことに時間を使わせたくない。返信はいらないと書いたのに。

『明日だけは絶対に勝つよ。年下の中学生に負けられない。私は一位で棋士になる。』

即座に、強い意気込みが返ってきた。

前半戦の最終局、運命の第九局は、諏訪飛鳥と竹森稜太の全勝対決となっていた。

今リーグ戦は、二人を除く全員が既に三敗以上を喫している。頭一つ抜け出した二人の内、直接対決で勝った方が、先に四段昇段を決めるだろう。そんな予感があった。

『この前、竹森君に話を聞けたんだけど、飛鳥との対局が一番楽しみだって言ってたよ。初段で当たった時は、歯が立たなかったからって。』

二人は最近まで二段だったが、そこでは最後まで対局が組まれなかったらしい。

『覚えてるよ。あの時は圧勝したからね。正直、こんなに短期間で追いつかれるなんて思っていなかった。』

『竹森君、飛鳥と再戦出来ることが嬉《うれ》しくて仕方ないって感じだった。』

『相変わらず生意気な奴だな。明日は調子に乗ってる中坊を叩《たた》きのめすわ。』

飛鳥が描いていくだろう軌跡を、同時代に生きる女として見届ける。それは、この上なく幸せなことだ。

直接対決のその日、将棋会館はマスメディアのカメラで溢《あふ》れ返っていた。

タイトル戦かと思うほどに、報道陣が集まっている。

今日実施されるのはプロの戦いではなく、三段リーグである。それも最終日ではなく中盤戦だ。異例中の異例と言える出来事だった。

諏訪飛鳥と竹森稜太を中心に、将棋界は新しい時代に入っていく。そんな未来が、一足早く到来したような気がした。

「あれで顔も可愛ければな。アイドルにも勝てたんだが」

「まあ、特集記事の売り上げも倍は変わってくるな」

「天才って言っても将棋だけじゃ、キャラクターがちょっと弱い」

対局が始まる直前、ごった返したフロアで聞こえてきた軽口に、思わず拳《こぶし》を強く握り締めてしまった。生まれて初めて誰かを殴りたいと思った。

なんて身勝手な男たちなのだろう。数ヵ月前まで飛鳥の名前も知らなかったくせに、飯の種になりそうだと群がってきて、容姿を茶化すなんて、最低最悪だ。

祖父譲りのぽってりとした体型を持つ飛鳥は、アイドルとはほど遠い容姿をしている。お洒落《しゃれ》もせずに、やりたいことも我慢して、すべてを将棋に賭《か》けて、今日まで戦ってきたのだ。

「私、普通の子どもの幸せを知らないんだよね。兄弟子たちに聞いたんだけど、棋士になるような人って、子どもの頃は天狗《てんぐ》の気分を味わえるんだって。将棋クラブや地方大会では敵なしだから、周りから天才だってもてはやされるみたい。でも、私は小さな頃から、自分より強い人たちとばかり指してきた。大会で何度優勝しても、自分が強いなんて思えなかった。いつもどうしてこんなに弱いんだろうって、悔しくて泣いてばかりだった」

飛鳥は色んなことを私に話してくれた。

弱い部分も、お茶目な部分も、包み隠さずに見せてくれた。

「だけど良いの。私は将棋を愛しているから。それに、最近、ようやく強くなったかもって思えるようになったんだよね。やっと納得のいく将棋が指せるようになってきたって言うか。まあ、それも十数局に一局だけど」

誰がどう見ても天才なのに、飛鳥は決してそうは思っていない。このステージまで努力と執念で上り詰めたと考えている。

覚悟一つを胸に抱き、飛鳥は今日まで戦ってきた。

お前らのような低次元のマスコミに、飛鳥を無防備に晒《さら》すものか。

私が誰よりも早く、記者として信頼される存在になれて、本当に良かった。

将棋に正解はない。最強の戦術などというものは存在しない。

千人いれば千人の得意な型があり、飛鳥はその強気な性格を反映するように、攻撃的な将棋を指す人間だった。

対戦相手を嚙《か》み殺さんばかりの気を放ち、強気な指し手で敵陣を蹂躙《じゅうりん》していく。

飛鳥が戦う姿は気高く、美しい。この日も、それは変わらなかった。

後世に語り継ぐに相応《ふさわ》しい三段リーグの戦いは、ほかにもあるだろう。ドラマは最終日にこそ生まれるものだし、五日目の戦いで何もかもが決まるなんて事は有り得ない。

それでも、二人の戦いは、最後の瞬間まで光を放ち続ける。

将棋ファンのみならず、日本中の人間が注目したその一戦。

勝利したのは、十三歳の竹森稜太だった。

中盤までは飛鳥が優勢に進めていたらしい。しかし、終盤で竹森が周到に仕掛けた罠《わな》にはまり、秒読みに追い込まれ、飛鳥は最終盤で力尽きてしまった。

将棋とは互いの精神を削り合う遊戯だ。

敗北からすぐに立ち直ることは難しい。

一局一局に生死がかかる三段リーグでは、それがより顕著である。

敗戦のショックを引きずる飛鳥は、六日目の第十一局も落としてしまう。

十二局が終わり、神童、竹森稜太は全勝をキープしていた。

二敗の飛鳥がその後に続き、三敗の棋士が一人、四敗の棋士は六人である。

よほどのことがない限り、竹森はこのまま史上最年少で四段に昇段するだろう。

残りは六局。あと一つの椅子を、この八人で争うことになる。


一月。三段リーグ、七日目。

飛鳥は死闘を制し、連勝を摑《つか》み取る。

その日で三敗の棋士が消え、四敗の棋士は四人となった。

残りは四局である。圧倒的に有利な立場に立ったわけだが、飛鳥に限ってのみ、二勝の差でも絶対的なアドバンテージとは言えなかった。

勝敗の数が並んだ場合、前回の順位が上の人間が頭ハネで昇段するというレギュレーションになっているからだ。三段リーグ初挑戦で、順位が竹森の次に低い飛鳥は、誰かと同率で二位になった場合、四段にはなれないのである。


二月。三段リーグも終盤を迎えた八日目。

飛鳥は十五局目で痛恨の敗北を喫する。

その横で、竹森稜太は十五戦全勝で四段昇段を決めていた。

敗戦のショックを消化するより早く、竹森への祝福が飛鳥の耳に届く。

年下に先を越されるのは悔しい。

あの痛恨の一局を、飛鳥はあれから何度も夢に見ているという。一刻も早く再戦したいと語っていたが、今、重要なのは頭を切り替えることだった。

竹森稜太ともう一度戦いたいなら、昇段するしかない。

残りは三局。全勝すれば飛鳥もまた棋士となる。

勝てば良い。勝つ以外の方法で、道は切り拓《ひら》けない。


十六局目は、その日の最も長い対局になった。

対局相手は四敗で背後にくらいついていた、今期の順位一位の実力者である。

千日手《せんにちて》による指し直しを経て、両者、持ち時間を使い切る死闘になったが、最終的に勝利したのは飛鳥だった。

「よく頑張ったね！」

正真正銘、渾身《こんしん》の一局を終え、対局室から出て来た飛鳥は、疲労困憊《こんぱい》していた。互いの首を賭けた死闘だ。精も根も尽き果てたような顔になるのも無理はない。

「亜弓さん。ほかの人たちはどうなった？」

疲れ切った声で、飛鳥が最初に尋ねたのはライバルたちの星取りだった。

八日目を迎えた時点で四敗は四人いたが、本日の二局を経て、

「四敗が一人、五敗が三人になったわ」

「そっか。亜弓さん。私、絶対に棋士になるよ。女でも棋士になれるってことを、このリーグで証明して見せる」

「それなんだけど、事情が変わったの。今日、決まったのよ。女性棋士の誕生が」

「そんなわけないでしょ。私の昇段は、まだ決まらないよ。だって残り二局で、まだ四敗の人も五敗の人もいるんだから」

「ううん。飛鳥は十八局目で、唯一、四敗をキープしている人と戦う。つまり飛鳥かその人は最終日に最低でも一勝するってこと。そして、その相手は五敗している三人よりも前回の順位が上なの。要するに、その人は最終日に一勝すれば、飛鳥以外には負けないってわけ。勝敗数で並んでも頭ハネで順位が上になるからね。最終局で飛鳥が勝った場合は、仮に十七局目で負けていても四敗だから、全員を上回れる」

「昇段するのは、私かその四敗の人に絞られたってことか」

「そういうこと」

「あ。私の最終局の相手は確か……」

四人残っていた四敗の棋士たちは、八日目を終え、たった一人に減ってしまった。

飛鳥は史上初となる女性棋士の座に、文字通り王手をかけたわけだが、運命は最終日に実に数奇な組み合わせを用意していた。

「千桜夕妃《ちざくらゆき》さん。三段リーグに在籍している、もう一人の女性よ」

5

千桜夕妃三段。二十六歳。

女性初の棋士を目指している彼女のことは、もちろん、よく知っている。しかし、今日ここに至るまで、強く意識したことがなかったと素直に認めなくてはならない。

奨励会の頂点、三段リーグまで上り詰めた猛者《もさ》だが、彼女はその実力に反して、これまで世間の注目をほとんど集めたことがなかった。理由は単純で、彼女が女流棋士の資格を取得していないからである。

将棋連盟には少年少女の育成と、女流棋士養成のための機関として、『研修会』なるものが存在している。研修会は棋士を目指す『奨励会』の下部組織であり、過去にも多くの棋士たちが少年時代に通っている。

飛鳥もかつては研修会に所属しており、その時代に規定の成績を挙げ、小学生にして女流棋士となっていた。

千桜夕妃は直接、奨励会に入会した人間であり、研修会に所属した経験がない。研修会を経由する以外にも女流棋士になる方法はあるが、彼女は女性限定の棋戦に出場したことがなく、その資格を満たしていなかった。

それら一連の事実と、三段という実力に鑑みれば、導き出せる答えは一つしかない。

千桜夕妃は女流棋士になれなかったのではなく、ならなかったのだ。

奨励会員と女流棋士は兼務出来る。女流棋士になれば対局料がもらえるし、タイトルを取れば棋士限定の棋戦にも出場出来る。それにもかかわらず、彼女が女流棋士にならなかった理由は一つだろう。

棋士を目指すなら、女流棋士になることは回り道になる。そう考えたのだ。

飛鳥に限って考えても、女流棋士という立場には、メリットとデメリットがある。

兼務しているせいで、奨励会の戦いだけに集中することが出来ない。加えて、女流棋士の棋戦は棋譜が残るため、研究されやすくもなる。一方で、若くして魂がひりつくようなタイトル戦を経験することも出来る。

実績は自信に変わる。経験と立場は人を成長させる。

諏訪飛鳥はまだ十六歳だが、既にプロであり、女流棋士のタイトルホルダーだ。

対照的に、プロになっていない千桜夕妃は、今日までその存在が他の奨励会員たちと完全に等価だった。女性としてはトップクラスの実力を持っていても、身分としてはアマチュアであり、マスメディアに露出する機会もほとんどなかった。

女性の三段である。将棋に詳しい者なら、その存在は知っている。しかし、奨励会での成績を除けば、彼女の情報は世間に出回っていない。

しかも、今期、千桜夕妃は序盤に三連敗を喫していた。調子を上げてきていることは知っていたが、彼女が最終盤で昇段争いに絡んでくるなんて予想出来なかった。

千桜夕妃は三期前と二期前の三段リーグを、体調不良を理由に全休している。前期のリーグでも、中盤の四局を病欠していた。どうやら今期も初日の二局は不戦敗だったらしい。そして、久しぶりに将棋会館に現れた二日目に、第三局を落としていた。不戦敗でも黒星は黒星だ。初戦からの三連敗は、真実、絶望的な船出と言える。

その上、彼女は今期のリーグ中に、年齢制限の二十六歳を迎えていた。

勝ち越したことで来期の残留は決めているが、もう一度、長期の病欠となれば、その時点で奨励会からの退会が決まってしまう。

応援していないわけではない。身体的な問題を抱えながら戦い続けてきた二十六歳の苦労人には、敬意も覚えている。しかし、盤上はどんな言い訳も許さない戦場だ。

自らの浅薄さを恥じるばかりだが、私は今日まで、千桜夕妃のことを飛鳥の引き立て役のような存在としてしか認識していなかった。

「千桜さんの十七局目の相手は誰？」

運命は時に残酷だ。今期の昇段を逃しても、飛鳥にはまだ十九回もチャンスが残っている。対照的に、千桜夕妃は負け越した時点で、問答無用の退会となる。病欠の多さを思えば、今期の三段リーグが最後のチャンスでも不思議ではない。

そして、彼女が飛鳥の前に戦うのは、

「全勝の竹森稜太よ」

最終日、飛鳥と戦う前に、千桜夕妃は首を刎《は》ねられる可能性がある。

竹森は既に昇段を決めているものの、モチベーションが下がっているということは絶対にない。何故なら、奨励会の長い歴史を紐解《ひもと》いてみても、三段リーグの最高成績は十六勝二敗だからだ。最終日の竹森稜太には、三段リーグ全勝優勝という未曾有《みぞう》の記録がかかっているのである。

一方、飛鳥が十七局目で戦うのは、初段や二段の頃からめっぽう得意としていた相手である。飛鳥が勝利し、千桜夕妃が竹森稜太に負けた瞬間に、最終局を待たずして飛鳥の昇段が決まる。現実的に考えて、史上初となる女性棋士の座を賭《か》けた最終局は、消化試合になる可能性が高い。

いつだって傍観者は身勝手だ。

当事者の気持ちも知らないで、無責任に騒ぎ立てる。

三段リーグ、運命の最終日を前に、棋界はお祭り騒ぎになっていた。

もちろん、史上初の女性棋士誕生が既に確定しているからだ。

人々が抱く興味は残り一つ。どちらが四段になるのか。いや、永世飛王の孫は、十七局目で昇段を決めるのか、それとも最終局で決めるのか、である。

千桜夕妃は身体の不調を誤魔化しながら半年間戦ってきた。しかも十七局目の相手は、全勝優勝がかかる天才少年だ。

マスメディアは飛鳥の四段昇段を確信したような報道を連日おこなっている。私はそのムードに、これ以上ないほどの嫌悪感を覚えていた。

どんなニュースを耳にしても、飛鳥は決して油断なんてしない。では、何に苛立《いらだ》っているのかと問われれば、それは千桜夕妃への敬意の欠如と、彼女の凄《すご》さに気付けない愚かさにだった。

飛鳥は三敗で、千桜夕妃は四敗である。しかし、後者はそもそも初日の二局が不戦敗であり、体調が整わないまま戦った二日目の対局でも黒星を喫している。つまり、体調が戻ってからは一敗しかしていない計算になる。

千桜夕妃は前期のリーグ戦でも驚異的な成績を残している。中盤に四局も病欠したにもかかわらず、現在、五敗で四位につけている棋士たちの誰よりも順位が上なのだ。

休場を繰り返しながら三段になり、そこでも好位置につけるなんて、並の棋力で出来ることではない。千桜夕妃は決して嚙《か》ませ犬なんかではない。

最後の椅子を女性二人が争い、最終局には直接対決が待ち受けている。

ドラマティックな組み合わせは、人々の好奇心を否応《いやおう》なしに刺激し、異例の措置が取られることになった。取材すら許可されていなかった三段リーグにカメラが入り、最終日の注目対局が、ライブストリーミング形式のインターネットテレビで、無料放送されることになったのだ。

奨励会員の対局が中継されるなんて、前代未聞の決定である。

そのプラットフォームに出資しているテレビ局は、連日、報道番組で二人の近況を伝えていた。

千桜夕妃は奨励会三段に到達した四人目の女性で、同性から見ても、容姿に恵まれている。心配になるほどに痩《や》せているものの、小顔で儚《はかな》げな佇《たたず》まいは、佳人薄命を絵に描いたようだ。生命力に満ち溢《あふ》れる飛鳥とは、正反対の女性だった。

下世話なワイドショーを通して、彼女について新たに知った事実もある。

千桜夕妃は名家に出自を持っているが、棋士を目指すことを許してもらえなかったらしく、中学生の時分に生家より勘当されていた。家を飛び出した後、病欠が多いことで有名な朝倉恭之介《あさくらきょうのすけ》七段の内弟子となり、今日まで戦ってきたのだという。

千桜家は新潟市で大学病院を経営している一族で、凜が勤める業界最大手の保険会社、千桜インシュアランスもグループの一組織らしい。

裕福な家に生まれたにもかかわらず、将棋を愛し、勝負に取り憑《つ》かれたが故に、家を飛び出した女戦士。彼女なら土壇場で奇跡を起こしてしまうかもしれない。

飛鳥を応援する私は、対局日が近付くほどに、恐怖を感じるようになっていった。

そして、三月。

奨励会三段リーグ、運命の最終日がやってきた。

6

年に二回訪れるこの日、将棋会館は重苦しい空気に覆い尽くされる。

タイトル決定の大一番とは別種の緊張感に、会館全体が包まれる。

しかし、タイトルは失っても取り返せば良い。順位戦で陥落しても再び昇級を目指せば良い。三段リーグではそうはいかない。年齢制限という鉄の掟《おきて》で追放された者は、特殊な条件を満たさない限り、この場に戻ることすら出来ないからだ。

今期の最終日は、例年と比べれば、その雰囲気が柔らかかった。棋界の未来に光を当てる話題が先行しているからだろう。

最終日の見所は二つ。

諏訪飛鳥と千桜夕妃の一騎打ちと、竹森稜太が史上初となる三段リーグでの全勝優勝を果たすか否かだ。

棋界の歴史を変える一日を見守ろうと、将棋会館にはいつにも増して多くの報道陣が押しかけている。特例で記者たちに開放された、四階『飛燕《ひえん》の間』と『銀沙《ぎんさ》の間』を繋《つな》いだ十六畳ほどの空間は、身動きを取るのも難しい人口密度になっていた。

私たちはこのプレス席で、モニター画面越しに対局を見守ることになる。


午前に始まった第十七局。

先に決着をつけたのは、飛鳥の方だった。

三段リーグの持ち時間は九十分であり、使い切った者は、一分以内に次の手を指さないと失格になる。飛鳥は持ち時間を四十分以上残して勝利していた。

最終戦が天王山になる可能性もある。スピーディーな将棋で勝利を手にしたことで、飛鳥はしっかりと心と身体を休ませることが出来るはずだ。

一方、千桜夕妃と竹森稜太の対局は、戦前の予想を覆す死闘になっていた。

飛鳥の対局が終わると、中継画面は二人が向かい合う将棋盤に切り替わった。

解説によれば、有利不利が目まぐるしく入れ替わっており、終盤になっても、どちらが勝つかまったく読めない一局になっているらしい。

テレビ画面の向こうで苦しそうに咳《せ》き込む千桜夕妃は、今日も顔色が悪い。しかし、その日は終始、峻烈《しゅんれつ》な輝きを放っていた。

正午を回った頃、千桜夕妃が長考に入る。

彼女は奨励会において、異常な早指しで有名だった。持ち時間が九十分の三段リーグでさえ、時間を使い切った対局がほとんどないという。自身の体力のなさを考えてなのか、とにかく小気味良く指してくるらしい。

竹森稜太は時間をほぼ使い切っていたが、彼女は三十分以上の時間を残している。そして、このタイミングで似つかわしくない長考に入った。

あっという間に十分が過ぎ、二十分が過ぎる。

「こりゃ、勝負あったかな」

隣に座っていた男性記者が溜息《ためいき》と共に呟《つぶや》いた。

「詰みはないだろ。よく戦ったよ。ひりつく最終局が見たかったけど、千桜三段は十七局目の相手が悪かった。竹森稜太は天才だ。これで全勝だよ」

「いや、それはどうだろう」

柔和な声が反対隣から届く。

穏やかな眼差《まなざ》しで画面を見つめていたのは、年配の記者、藤島章吾《ふじしましょうご》だった。

「俺は昔から千桜夕妃のファンだからね。彼女のことはよく知っている」

「そういや藤島さん、昇段予想であんただけが千桜三段を挙げていたな」

私たちは時折、競馬の予想屋みたいな意見を求められることがある。

今期の三段リーグは過去最高に注目されていたため、私も各社に予想を聞かれ、飛鳥と二十代の別の三段を昇段候補に挙げていた。正直、中学二年生の竹森稜太がストレートで三段リーグを抜けるとは思っていなかった。千桜夕妃は候補として思い浮かべもしなかった。

しかし、その二人が今、将棋ファン以外をも夢中にさせる死闘を演じている。

「千桜三段が長考を始めるのは、確実に王を取れると思った時なんだよ。あの子は勝てると確信した時にこそ、長考に沈むんだ。凡人には理解出来ない発想だがね」

失礼ながら、この人は何を言っているんだろうと思った。

棋士は分水嶺《ぶんすいれい》でこそ時間をかける。

千桜夕妃は美人だから、容姿で昭和世代のハートを鷲摑《わしづか》みにしているのかもしれないけれど、あまり適当なことを言っていると、記者としての信用をなくしてしまう。コンピューターの発達で大きく変化した将棋界に、ついて行けない棋士が生まれたように、新時代は観戦記者の眼力すら試そうとしているのかもしれない。

私は藤島記者の言葉が理解出来なかったし、贔屓目《ひいきめ》の願望に過ぎないと思った。

だが、予想に反して、盤面は急速に傾いていく。

三十分残していた持ち時間を使い切り、秒読みが始まってから勝負の一手を指した千桜夕妃は、以降、一切の迷いを見せなかった。

そして、二十三手後、

「ありません」

か細い声で呟いたのは、竹森三段の方だった。

驚きと期待を内包したどよめきが、プレス会場に響き渡る。

勝者は二十六歳、年齢制限崖《がけ》っぷちの千桜夕妃。

十七局目でついに、天才少年、竹森稜太に土がついた。

史上初の三段リーグ全勝優勝を阻止した彼女は、同時に諏訪飛鳥の四段昇段も阻んでいる。勝負は最終局までもつれこむことになったのだ。

「こりゃ一気に分からなくなったな」

「千桜四段の誕生もありますね」

十七局を終え、飛鳥は三敗、千桜夕妃は四敗である。最終局で後者が勝てば、二人は四敗で並び、前期リーグに参戦しており、順位が上の千桜夕妃が昇段となる。

「藤島さん、最終局はどちらが勝つと思いますか?」

「朝からずっと、重たそうな咳《せき》をしている。正直、もう一局、もつか心配だよ」

「それは、まともにぶつかれば千桜三段が勝つということですか?」

私の問いを受け、藤島記者は静かに頷《うなず》いた。

「千桜三段は序盤から強気に仕掛けてくる相手を、もっとも得意としている。諏訪三段が勝つ未来は、俺には想像出来ない」

7

十六歳の諏訪飛鳥と二十六歳の千桜夕妃。

これは二人にとって最初の戦いである。

今日の時点では、この勝負が最初で最後の対局になるのか、これから長く繰り返されるだろう対局の初戦になるのか、分からない。

たとえ今日負けても、飛鳥はいずれ棋士になるだろう。

ただ、体調に不安を抱え、二十六歳を迎えている千桜夕妃は、この機会を逃せば、二度と四段昇段のチャンスを手に出来ないかもしれない。

最終日に中継が入ると知り、飛鳥は女流棋戦に臨む時と同じ勝負服を纏《まと》ってきた。

対照的に、千桜夕妃は普段通りの姿だ。間違いなく将棋界の歴史に残る一局となるのに、地味なブラウスを着ている。こけた頰も、目の下に出来た酷《ひど》い隈《くま》も、顔色の悪さも、化粧で隠す気はないのだろう。

運命の戦いは、振り駒の結果、飛鳥が先手となった。

昨年のプロ棋士の対局データでは、先手の勝率が五十二パーセント強という統計が出ている。有利不利はほぼないと言って良い数字だけれど、自分から強気に攻め立てるスタイルの飛鳥は、この二年、先手番での勝率が六割を超えていた。

すべてが決するこの最終局で、運を引き寄せる力も飛鳥にはあった。

この大一番に飛鳥が選んだのは、振り飛車の一つである三間《さんげん》飛車だった。

『飛車』は『角』と並ぶ最強の駒の一つであり、飛鳥の名前はそこから取られている。

その飛車を動かさずに戦うのか、それとも横に振ってから戦うのか。永遠に問いが続くと思われたテーマに、近年、ＡＩが一つの回答を出した。コンピューターは振り飛車を不利と判断し、居飛車を選択するのである。

その事実が判明して以降、振り飛車を選択する棋士は、目に見えて減った。

しかし、この大切な一局で、飛鳥はあえて振り飛車を選んだ。

高い次元での戦いでは、対局相手の研究が必須《ひっす》である。

十六局目が終わってから、最終日までに二週間という時間があった。

女流棋士として既にプロになっている飛鳥の棋譜は、将棋連盟でも、公式アプリでも確認出来る。千桜夕妃は飛鳥の棋譜を何十局と並べ、研究したに違いない。得意な型や傾向を摑《つか》み、必殺の一手を指すために対策を練ってきたはずだ。

反対に、飛鳥には千桜夕妃の棋風を知る手段が少ない。対策を立てるという意味では圧倒的に不利だったわけだが、飛鳥には一年かけて準備していた作戦があった。

「子どもの頃から得意だった三間飛車を、ずっと封印してきたんだよね。だって温存しておけば、私のことを研究してきた相手に不意打ちをかませるでしょ」

諏訪飛鳥は並の将棋指しではない。血で血を洗う三段リーグにおいてさえ、目の前の勝負だけに囚《とら》われることはなかった。昇段の前から、勝利への布石を打っていたのだ。

公式戦の棋譜だけではない。三段リーグへの参戦が決まって以降、飛鳥は様々な媒体でクローズアップされてきたから、得意な戦型が周知のものとなっている。

千桜夕妃はそれらの情報を基に準備してきたことだろう。今日、この運命戦で三間飛車を指してくるとは予想出来なかったに違いない。

飛鳥は完璧《かんぺき》な不意打ちを成功させた。

想定外の三間飛車に、千桜夕妃は戸惑ったはずだ。

それなのに、彼女の将棋は、いつもと変わらなかった。噂に違《たが》わず、序盤からほとんど時間を使わずに指してくる。そのスピードは、まったく緩んでいない。

この局面に誘導したのは先手番の飛鳥である。しかし、飛鳥がどんな手を放っても、千桜夕妃のスピードは落ちなかった。

苦しそうな顔で、青白い顔で、重たそうな咳をしながら、淡々と切り返してくる。

今日が正真正銘、最初で最後のチャンスになるかもしれないのに。

一手間違えただけで、自分の首が飛ぶかもしれないのに。

どうして恐れずにスピード将棋を挑めるんだろう。

中盤に入っても、千桜夕妃が長考に沈むことは一度もなかった。


盤面が進めば進むほどに、二人の持ち時間の差は開いていく。

飛鳥が残り十分を切ってもなお、千桜夕妃には一時間以上の持ち時間があった。

終盤に近付くほど、一手の持つ重みは大きくなる。次第に千桜夕妃も時間を使うようになってきたが、先に使い切ったのは飛鳥の方だった。

持ち時間を消費し切った指し手は、以降の手を一分以内に指さなければならない。

そして、飛鳥が秒読み状態に入ると、千桜夕妃はまた早指しを始めた。

相手が悩んでいる間も、先の手を読むことが出来る。それが分かっているから、千桜夕妃はほとんどノータイムで切り返す。彼女が持ち時間を使わない限り、飛鳥は最後まで、すべての手を一分以内に指さなければならなくなる。

盤上に身を乗り出し、身体を左右に振りながら、飛鳥は頭を掻《か》きむしる。

その苦しい顔から、一滴の汗が盤上に落ちた。

誰がどう見ても、追い込まれているのは飛鳥の方だった。

「頑張れ」

天秤《てんびん》はまだどちらにも傾いていない。解説の棋士によれば、ここに至ってもなお、盤面は五分であるという。飛鳥は土俵際で必死に反撃の刃《やいば》を返し続けていた。

千桜夕妃は苦労人だ。女流棋士になっていない彼女は、二十六歳の今日まで、スポットライトを浴びることなく戦ってきた。

藤島記者を除けば、昇段候補として彼女を予想した人間はいない。

伏兵中の伏兵だった。

しかし、間違いなく彼女が、飛鳥を、将棋界のニューヒロインを、追い詰めている。

「頑張れ、飛鳥」

千桜夕妃だって人知れず血の滲《にじ》むような努力をしてきたはずだ。

分かっている。そんなことは、よく分かっている。

私は記者だ。公平な立場で記事を書かなければならない。

それでも、やっぱり飛鳥に勝って欲しかった。

飛鳥は高校生だ。日中は学校に行かなければならない。

必然、研鑽《けんさん》に使える時間は限られてくる。三段リーグと並行して、女流棋士としての対局だってある。奨励会員の中で一番忙しいのは、間違いなく飛鳥だ。そんな彼女の一年半を、私はずっと見てきた。

少女が背負うには重過ぎる期待を背負って、野次馬からの心ない声すらも宿命と受け入れて、友達と遊ぶことも、流行《はやり》のドラマや映画を観ることもなく、将棋だけにすべてを賭《か》けてきた。そうやって今日まで頑張ってきたのだ。

「負けるな、飛鳥」

小さく呟《つぶや》いたその時、隣の藤島記者が私の肩に手を置いた。

画面の中で、千桜夕妃が固まっている。

自陣深くに放たれた銀を見つめて、千桜夕妃の手が久しぶりに止まった。

決定的な一手を、飛鳥が放ったのか？

時間を奪われた極限のシチュエーションで、飛鳥は光の道筋を……。

「千桜三段の時間だ」

藤島記者が呟き、盤面に再度、目を凝らす。

飛鳥からの王手は……かかっていない。

将棋とは王を取られたら負けのゲームである。王手をかけられる。つまり敗北にリーチをかけられた状態では、絶対にそれを避ける動きをしなければならない。

今、飛鳥は王手をかけていない。その状態で、千桜夕妃が長考に入った。六十分という持ち時間を携え、千桜夕妃は険しい眼差《まなざ》しで盤面を見つめている。

「詰みがあるのかな。僕には見えないけど」

大盤解説の棋士が、渋い顔で呟く。

「いや、でも、詰めにかかるわけじゃないのであれば、時間を使うような場面でもないんだよなぁ。千桜三段は一体……」

十分が過ぎ、二十分が過ぎ、沈黙が飽和していく。

たっぷり三十分を使った後で、千桜夕妃はようやく次の手を指した。

そして、以降、彼女の手が止まることは一度もなかった。

互いに五手を指し、十手を指し、次第に、あの三十分で千桜夕妃が描いたのだろう盤面が明らかになっていく。

「……これを読んでいたのか」

二人が二十手も指すと、盤面は私でも優劣が分かるほどになっていた。ここまでの局面になったら、もう相手が二歩などの反則でも犯さない限り、逆転の目はない。

再び、盤上に雫《しずく》が落ちた。今度は汗ではない。飛鳥の瞳《ひとみ》から伝ったのは、涙だった。

悟ってしまった。理解出来てしまった。

それでも、飛鳥は指し続ける。何かが起きることを信じて、敗北の一言を喉《のど》の奥で嚙《か》み殺し、恥も外聞も捨てて、王を逃がした。

だが、これは素人の戦いではない。決した形勢は揺るがない。

飛鳥の王の頭に、金が打たれる。

誰もが予期した次の言葉は、六十秒の秒読みが終わっても、零《こぼ》れ落ちなかった。

飛鳥は「負けました」の言葉を告げることが出来ないまま敗北する。

三段リーグ、最終局の死闘を経て、史上初の女性棋士が誕生する。

新しい時代の幕開けは、薄幸の棋士によってもたらされることになったのだ。

8

それは、将棋界における一つの革命だった。

女性棋士の誕生をテレビ各局が夜のトップニュースで報じ、千桜夕妃の奇跡と軌跡が、連日連夜、特集されることになった。

彼女に注目しているのはテレビ局だけではない。『千桜夕妃』の名前は、たった一週間で、今年、国内で最も検索されたワードに躍り出た。

女性の棋士が誕生すれば、将棋界はお祭り騒ぎになると思っていた。私はそんな未来を心から待ち望んでいたし、それが飛鳥によってもたらされると信じていた。

願っていた未来とは、少しだけ違う。それでも、あの日生まれた将棋界におけるジェンダー意識の変革は、心から喜べるものだった。

悔しいけれど認めなくてはならないだろう。世間がここまで盛り上がったのは、史上初の女性棋士が誕生したからだけではない。それが千桜夕妃だったからだ。

勘当も厭《いと》わずに棋士を目指し、病弱な身体で休場を繰り返しながら、年齢制限の壁をギリギリでクリアし、夢を叶《かな》えた苦労人。

彼女の棋力があれば、いつでも女流棋士になれたはずだ。血を吐くような苦労をせずとも、その容姿を生かし、注目を浴びることだって出来たはずだ。

しかし、彼女が選んだのは茨《いばら》の道だった。二十六歳になるまで、コアな将棋ファン以外には名前すら知られることなく、報われる可能性の低い道を歩き続けてきた。

不撓不屈《ふとうふくつ》の人生は、人々の心を揺らす。薄幸の棋士は、あっという間に、オリンピックで金メダルを取ったアスリート以上の時の人になっていた。

千桜夕妃が爆発的な人気を得ることになった背景には、その佇《たたず》まいも関係している。

史上初の偉業を達成したその瞬間、彼女は一切の感情を表に出さなかった。

手で口元を押さえ、歓喜の瞬間ですら、苦しそうに咳《せき》を続けていた。

三段リーグの最終日は、最も精神と肉体を摩耗する一日である。それは勝負に勝ったところで変わらない。むしろ勝者の方が疲弊していることさえあるほどだ。敗北を悟った時こそ涙を流した飛鳥だったけれど、その後、記者会見に臨んだ際には、気丈に質問に答えていた。

飛鳥はまだ十六歳。これから十九回もチャンスがある。

「気持ちを切り替えて、次回の昇段を目指します。棋士になってリベンジしたいです」

迷いなき顔で、そう宣言していた。

一方、対局後の記者会見に、主役の千桜夕妃は現れず、彼女の代わりに登壇したのは、師匠の朝倉恭之介七段だった。

将棋界には師弟制度があり、奨励会に入会するには、プロ棋士の誰かに弟子入りしなければならない。彼女の師匠である朝倉七段は、死闘を終えた弟子が会見に臨める体調ではないこと、対局後、すぐに入院が決まったことを告げる。

日本中が待ち望んだ勝者の言葉は、師匠の口から語られることになった。

『幼い頃から憧《あこが》れてきた棋士の仲間になれることを、嬉《うれ》しく思います。先輩たちが築いてきた素晴らしい世界で、恥ずかしくない将棋を指せるよう精進致します』

淡泊なメッセージは国民の飢餓感を煽《あお》り、マスメディアの報道はエスカレートしていく。その結果、一切のインタビューを受けていないにもかかわらず、彼女の生い立ちや素性が世間に知られていくことになった。

千桜夕妃には智嗣《ともつぐ》という二歳下の弟がおり、二十四歳の彼は、奨励会の二段だった。

姉弟《きょうだい》で棋士を目指しているだけであれば、そこまで珍しい話ではない。しかし、その話には続きがあった。旧家にして名家、大病院を経営する千桜家に出自を持つ二人の内、棋士を目指すという夢ゆえに勘当されていたのは、姉の夕妃だけだったのである。

二十四歳で奨励会二段。年齢制限を考えるなら、智嗣が棋士になることは難しいかもしれない。残酷な言い方になるが、彼女たちの両親は、才能があった姉を勘当し、棋士にはなれそうもない弟を勘当しなかった。そういうことになるのだ。

時代の寵児《ちょうじ》を巡る不可解な事実にマスメディアは飛びつき、直撃された彼女たちの父親は、面倒くさそうに真相を語る。

「長女は医者にはならないと言って家を飛び出したから勘当した。夢を叶えたことは祝福する。家に戻る気があるなら、いつでも帰って来なさい」

不躾《ぶしつけ》な取材に対し、千桜夕妃の父は面白くなさそうな顔で、そう話した。


飛鳥に勝利した後、そのまま入院したという千桜夕妃は、未《いま》だ退院していない。

勝利から一週間が経ったのに、彼女の肉声は表に出てきていなかった。

これはチャンスかもしれない。打算的な自分が嫌になるけれど、飛鳥からの信頼を勝ち得たように、私なら彼女から棋士としての初インタビューを取れるかもしれない。口の重い彼女も、女性の私になら本音を話してくれるのではないだろうか。

しかし、浅薄な期待は完全に裏切られた。

性別を生かそうにも、そもそも千桜夕妃には取り付く島がなかった。彼女が取材を受けるのは、長い付き合いがあるという藤島記者だけであり、彼以外は一様に門前払いされていた。

世間は千桜夕妃の言葉を欲している。

時代の寵児の次なる夢を、野望を、聞きたいと願っている。

人々の好奇心を御しきれなくなった将棋連盟は、順位戦が開幕する六月に、千桜夕妃の記者会見を開くという決定を下していた。

その会見は、人々の好奇心が最高潮に達したタイミングでおこなわれた。

会場は帝国ホテル。

棋界の分岐点となる会見とはいえ、幾ら何でも集まり過ぎではないだろうか。

ワールドカップで優勝し、後に国民栄誉賞を受賞した、なでしこジャパンの凱旋《がいせん》会見でも、ここまでの報道陣は集まっていなかった気がする。

将棋界はしばらくの間、現役最強の名人でも、竜皇でも、最年少棋士の竹森稜太でもなく、彼女を中心に動いていくことになるのかもしれない。

「あれ。飛鳥？　どうしてここに？」

記者会見が始まる三十分前。

会場でばったり飛鳥と出会った。マスクと伊達《だて》眼鏡のせいで周りの報道陣には気付かれていなかったが、私は一目で分かった。

「亜弓さん。私のことは内緒ね」

「飛鳥、千桜四段と友達だったっけ？」

あの日の対局を通して、ライバル的な友情でも芽生えたんだろうか。

「人生でさ、一番悔しかったんだよね。子どもの頃から散々負けてきたけど、弱い自分にあんなに腹が立ったのは初めてだった。でも、同時に思ったの。私はこうやって自分への怒りを糧に強くなっていくんだろうなって。だから今日の会見を生で見たいと思った。もう一度、腸《はらわた》が煮えくりかえるような悔しさを経験して、強くなろうって」

それは実に飛鳥らしい言葉だった。

どんなに強い棋士も、敗北を知らずには成長出来ない。史上最強の棋士でも生涯勝率で言えば、八割を維持出来ない世界だ。負けを血肉に出来ない棋士は、大成しない。

「きっと、あなたの無念も背負って、千桜四段は順位戦を戦うわ。だから頑張って追いつこう。二人目の女性棋士は飛鳥しか有り得ない」

「リベンジするよ。千桜さんに勝てないようじゃ、目標の達成なんて夢のまた夢だ」

「飛鳥の目標は、もっと高いところにあるもんね」

「うん。いつか、お祖父《じい》ちゃんと同じ飛王のタイトルを取る。それまでは死ねない」

午後二時。

海外の記者を含む三百人を超える報道陣の前に、師匠に伴われた千桜夕妃が現れた。

三段リーグの最終日、テレビ中継が入っていた対局でも、彼女は地味なブラウス姿だった。あんなに注目を浴びた一日ですら普段着だったのだ。身なりに無頓着《むとんちゃく》なのだろうと思っていたが、今日は着物に身を包んでいた。

彼女が纏《まと》うのは、紫を基調とした艶《あで》やかな薔薇《ばら》と蝶《ちょう》が舞う着物だ。普段から化粧っ気のない彼女だけれど、今日は目の下に隈《くま》を作っていない。唇も青ざめていない。入院を経て、体調は回復したようである。

千桜夕妃の凛々《りり》しい佇まいに、報道陣からは自然と溜息《ためいき》が零《こぼ》れ落ちていた。

眩《まぶ》しそうにフラッシュを避けながら、彼女は朝倉七段と共に壇上に着席する。

女性棋士を取り巻く熱狂とは裏腹に、記者会見は穏やかに進んでいった。

低く落ち着いた声で、千桜四段は将棋を始めたきっかけや、自らの身体について簡潔に話していく。

生まれつき肺に問題を抱えていた彼女は、幼少期、二十歳まで生きられるかどうか分からないと言われていたらしい。小学校に入学して一週間もしない内に入院することになり、そのまま四年生の秋まで病院で暮らしていたという。

学校に通えないことはつらい。それでも、幸運だったのは、人生を捧《ささ》げるに値する盤上遊戯と出会えたことだった。

彼女は入院してすぐに将棋と出会い、あっという間に夢中になる。

将棋が強い入院患者がいると聞けば、点滴を引きずって会いに行った。

両親には差し入れとして棋書をねだり、日に日に棋力を伸ばしていく。

時代も良かった。

インターネットがあれば、身近に対局相手が見つからない日でも、対人将棋を指すことが出来たからだ。

三年半の入院生活を通して、千桜夕妃はすっかり将棋の虜《とりこ》となっていた。ところが、

「棋士になりたいという夢は認めてもらえませんでした」

素晴らしい日々が退院によって終わったというのは、ある意味、皮肉な話だろう。

「私の一族は、ほとんどが医者で、父も総合病院を経営しています。長女である私は、後を継ぐよう期待されていました。ですが、私はどうしても棋士になりたかった。夢を捨てることは出来ませんでした」

将棋の家に、将棋の子として生まれた諏訪飛鳥。

医者の家に、医者の子として生まれた千桜夕妃。

二人が選んだ人生を思えば、恵まれていたのがどちらかは一目瞭然《りょうぜん》だ。

「両親は私がいつか諦《あきら》めると考えていたようです。ですが実力不足の烙印《らくいん》を押される以外の方法で、情熱が冷めることはありませんでした。中学三年生で家を出た私が、棋士を目指せたのは、朝倉先生のお陰です。師匠にはどんなことをしても返せないだけの恩

があります。若い私を、奥様もいる家に内弟子として引き取り、今日まで育てて下さいました。師匠と奥様に恥じない将棋を指すことが、棋士としての最初の目標です」

朝倉恭之介七段は、もうすぐ五十歳になろうかという壮年の棋士だ。彼は愛弟子《まなでし》の言葉に、穏やかな微笑を湛《たた》えて耳を傾けていた。

彼女の話が終わり、会見は質疑応答へと切り替わる。

「千桜四段はこれまでも休場を繰り返してきました。ずっと秘密にされていた肺の問題を、このタイミングで公表されたのは何故でしょうか？」

「どんな事情を抱えていようと、盤上では対等です。これまで秘してきたのは、同情されたくなかったからです。しかし、今後は私が休場すれば、不戦勝となる棋士が生まれます。一勝の重みは分かっているつもりです。休場の理由を黙し続けることは不誠実であると考えました」

体調の問題を告白し、得することはない。

千桜夕妃は異常な早指しをする棋士である。

ただ、これからは対局での持ち時間が大幅に増える。レギュレーションは大会によって異なるものの、棋士と奨励会員では、平均的な持ち時間が倍以上違う。時間をたっぷりと使われ、体力の消耗を狙われたなら……。

「朝倉七段に恩返しをしたいと言っていましたが、具体的なプランがあるようでしたら教えて頂きたいです」

別の記者から新しい質問が飛ぶ。

「タイトルを取ること。これに勝る恩返しはないと考えています。子どもの頃、公開対局で竜皇戦を見ました。朝倉先生と知り合ったのも、その会場です。思い出に残る特別なタイトルですし、今でも竜皇になることが一番の目標です」

『竜皇』は『名人』と並ぶ、将棋界最高峰のタイトルだ。

現在、将棋界には八つのタイトルが存在しているが、最も獲得が難しいのは、棋士の命とも言える名人である。全棋士が参加する順位戦で勝ち上がり、トップであるA級棋士にならなければ、そもそも挑戦出来ないからだ。

四段になった棋士は、C2リーグに所属することになる。その後、C1、B2、B1と昇格してA級に上がり、リーグ戦に優勝して初めて、現名人と戦うことが出来る。最短でも五年はかかるし、そもそもA級棋士になれる人間など、ほんの一握りだ。

では、そんな名人と並び称される『竜皇』とは何なのか。

名人戦に次ぐ長い歴史を持つ竜皇戦は、八つのタイトルの中でナンバーワンの優勝賞金を誇っている。加えて参加者も多様だ。棋士はもちろんのこと、女流棋士四名、奨励会員一名、アマチュア選手五名にも参加権があるため、その一年だけ地球上で最強であれば、どんな人間でも優勝出来る。

予選はノックアウト方式だから、すべての対局相手に一度だけ勝てば良い。対局数の問題もあるが、理論上は新人棋士でも一年目から狙えるタイトルだった。

会場の時間の関係で、記者会見はもうすぐ終わる。

「次で最後の質問とさせて頂きます」

そんな言葉の後、司会者に指名されたのは、幸運にも私だった。

「経朝新聞の佐竹亜弓です」

事前に質問は一つだけにして欲しいと言われている。

聞きたいことは山ほどあったが、たった一つ、最後に質問するならば、

「千桜四段には肉体的に大きなハンデがありました。女性だからという意味ではありません。体調不良による休場があまりにも多いという意味です。本当に苦しい戦いを続けてこられたと思います。大きなハンデを背負いながら、二十六歳まで心を折らずに、戦い続けられた最大の理由は何でしょうか？」

質問を受け、千桜夕妃の顔に穏やかな微笑が浮かんだ。

「私は将棋と院内学級で出会っています。将棋の楽しさを教えてくれた友達は、心臓に問題を抱えていました。だから最初から当たり前だったんです。今更、身体が弱いことをハンデだなんて思いません」

「千桜四段に将棋を教えてくれたという友達は、やはり棋士か女流棋士に？」

「いえ、なっていません」

「アマチュアで活躍されているということでしょうか？」

「分かりません。最後に会ったのも小学生の時なので」

「そのお友達が、会見を見ていてくれたら良いですね。良かったら、お名前を聞かせて頂けませんか？」

「アンリです」

「その方は小学生の頃、千桜四段と同じくらい強かったんですか？」

「当時は私より強かったと記憶しています」

私が女性最強と信じていた飛鳥を破った彼女よりも、さらに強い女性がいるということだろうか。千桜夕妃のルーツに連なる少女。それは一体、どんな人物なのだろう。

会見が終わったら、過去の小学生将棋大会を調べてみようと思った。

「そのご友人も千桜四段の活躍に、心を躍らせると思います。今は社会人から棋士になる道もあります。いつか彼女も棋界に現れると思いますか？」

「質問は一つでお願いします。そろそろ時間ですので記者会見はこれで……」

遮った司会者を手で制し、千桜夕妃が再度、口を開く。

「何処にいるかは分かりません。ただ、ご健在なら、将棋を指していると思います。そして、私が竜皇になれば、きっと気付いてくれる。そう信じています」

帝国ホテルで記者会見が開かれたあの日、誰もが彼女の未来に夢を馳《は》せた。

将棋を知っている者なら、竜皇になりたいという彼女の言葉が、今はまだ身の丈に合わないものであることも分かっただろうけれど、タイトルが欲しいと言い切った彼女がどれだけやれるのか、本当に楽しみになったはずだ。

千桜夕妃のプロデビュー戦は、今月半ばから始まる順位戦、C級2組の初戦と決まっている。日本中が注目する棋士の船出の一局には、再び中継が入ることになった。過度の注目はプレッシャーとなる。世の中には注目を力に変えられる棋士もいるが、千桜夕妃はそういうタイプには見えない。世間の好奇心とマスメディアの節操の無さ、何より将棋連盟の期待が、金の卵を産むガチョウを殺さなければ良い。

順位戦の開幕が近付くにつれ、私は日増しに不安を募らせるようになっていった。

この二年間、あんなにも飛鳥に夢中だったのに、私の中の好奇心は、急速に千桜夕妃へと向かい始めている。

知りたい。その過去も、現在も、これからの軌跡も。

彼女の歩んできた人生を思う時、六歳も年下だなんて信じられなくなる。

私は会社を辞めた時、二十九歳だった。

人生の岐路に立っていたあの頃、解放感と共に、漠然とした不安をいつだって抱えていたように思う。対照的に、新しい船出を迎えたあの日、千桜夕妃の立ち居振る舞いは、泣きたくなるほどに堂々としたものだった。

千桜夕妃の人生は、将棋の子である飛鳥とはまるで違う。夢を両親に反対され、肉体に艱難辛苦《かんなんしんく》を抱え、困難ばかりの人生だったはずだ。

それなのに、どうして、あんなにも敢然と戦えるのだろう。

彼女が描いていくだろう棋士人生を、私が一番に記事にしたい。

人々に私の手で伝えたい。そう心の底から、願っていたのに……。

迎えた運命のデビュー戦、千桜夕妃は対局場である将棋会館に現れなかった。

9

記者として不適切だという自覚はあるが、言わせて欲しい。

今や伝説となったあの三段リーグで、私は諏訪飛鳥に肩入れしていた。妹のように思っている彼女に勝ち上がって欲しいと、最後の最後まで願っていた。

将棋の家に生まれた飛鳥ですら、「女は棋士になれない」と一万回は言われてきたという。女の分際で、永世飛王である祖父のようになりたいなんて不遜《ふそん》だと、心ない言葉を散々かけられてきた。それでも、結果で見返せば良いと耐えてきた。

青春のすべてを賭《か》けて努力を積み重ね、あの戦いに赴いた飛鳥の夢は、あの日、もう一人の女性によって打ち砕かれた。

『史上初の女性棋士』という栄光は、永遠に飛鳥の頭上に輝かない。十年早く生まれた千桜夕妃が、十年分のアドバンテージを生かし、競り勝ったからだ。

結果は結果である。その勝利を認めないわけにはいかない。祝福だってしよう。

悔しいけれど、千桜夕妃もまた、女の身体で棋士の世界に挑んだ勇者なのだから。

だけど、だけどである。

気丈に振る舞う飛鳥が、あの日の敗北にどれだけショックを受けたか、私は知っている。だからこそ、デビュー戦で失踪《しっそう》した彼女が許せなかった。

死ぬ気で目指した場所じゃなかったのか？

竜皇になりたいと言った、あの言葉は嘘だったのか？


千桜夕妃は翌週、二局目として予定されていた棋戦の対局場にも現れなかった。

そして、三局目の前日、師匠の朝倉七段が、彼女の休場届を将棋連盟に提出する。再び入院が必要になったため。朝倉七段はそう説明したというが、将棋連盟の役員たちがどれだけ尋ねても、彼女の入院先は明かされなかったらしい。

朝倉七段は何かを隠している。私も、連盟の人たちもそう感じていた。時の人ではあるものの、身内である将棋連盟にまで居場所を秘密にする理由がないからだ。

謎の失踪を遂げた新時代のヒロインの行方を、マスメディアは追い始める。

だが、その行方はようとして知れず、一ヵ月が経っても、半年が経っても、一年が経っても、千桜夕妃は姿を現さなかった。


飛鳥はその後の三段リーグで四位と五位に終わり、三期続けて四段昇段を逃した。

人々が待ち望む女性棋士の初対局は、あれから一年が経っても実現していなかった。

あまりにも情報がないせいで、世間では千桜四段が死んだのではないかという噂すら立ち始めている。三段リーグの最終日に晒《さら》された、顔色の悪さや重たい咳《せき》を思えば、根拠の薄弱な噂ですら、信憑性《しんぴょうせい》を持ってしまう。

一年前のあの日、誰もが将棋界に革命が起きたと思った。

新時代の幕開けを見たと思った。

しかし、そんなことはなかった。

千桜夕妃は失踪し、将棋界は何一つ変わっていない。

許せなかった。恨めしかった。

何も残さずに逃げるなら、あの日、どうして飛鳥に勝ったんだ。

逃げるなら、消えるなら、未来を若い飛鳥に託して欲しかった。

「また、あなたですか。仕事帰りに待ち伏せするのはやめて下さい」

新潟市 中央区《ちゅうおう》、古町《ふるまち》。

東桜《とうおう》医療大学病院の職員駐車場で、私は一人の男の前に立っていた。

すぐ近くに海があるのだろう。風に運ばれてきた潮の匂いが鼻をつく。

「教えて欲しいんです。お姉さんが何処に消えたか、本当は知っているんでしょう?」

「しつこいな。佐竹さんでしたっけ。俺、何度も答えましたよね」

この大学病院に勤務する研修医である彼の名は、千桜智嗣。

既に奨励会は退会しているが、元二段にして、あの千桜夕妃の弟だ。

「彼女の足取りを知っていそうな人間は、もうあなたしかいないんです」

「だから何も知りません。姉の行方を知りたいのは、こっちの方だ」

苛立《いらだ》つように彼が吐き捨てる。

「お願いします。お姉さんのことが知りたいんです。もしもお手伝い出来ることがあるなら何でもします。新潟にだって何度でも来ます。教えて下さい。彼女は、千桜夕妃四段は、一体どんな人だったんですか？」

深い溜息《ためいき》の後で、彼の口から零《こぼ》れ落ちたのは、たった一言だった。

「姉のことは、きっと、誰にも分かりません」

第二部　千桜智嗣の敬愛と憂戚の青春

1

自分が不幸な子どもだったのか、それとも幸運な子どもだったのか。

大人になった今でもよく分からない。

幼少期に経験した一連の出来事は、思い出すだけでも耐え難く、苦しい。しかし、そこから先に待ち受けていた展開は、少なくとも不幸からはかけ離れていた。

他人の噂話に嬉々《きき》とするワイドショーで、自称社会学者が言っていた。

現在の日本では『三組に一組が離婚している』という統計があるらしい。

親の離婚なんて特筆するような出来事じゃない。現代においては珍しくもない悲劇だ。ただ、当時五歳だった俺にとって、それは単なる悲劇に終わらなかった。

離婚調停、離婚裁判の後、親権は九割以上が母親のものとなる。

司法統計を知っていながら、子どものために戦う父親たちは、どんな思いで裁判に臨んでいるんだろう。

子ども心に負った傷は、呪いのように消えない。大人になった今でも、親権を巡る泥沼の法廷闘争に羨《うらや》ましさを感じてしまうなんて、どう考えたって歪《ゆが》んでいるとも思う。

だけど、それこそが誤魔化しようのない事実だった。

離婚に際し、俺の両親は、どちらも息子を引き取ることを拒んでいる。

俺は母親のことも、父親のことも、大好きだったのに。

両親はどちらも、こぶ付きのバツイチとなることを望んでいなかった。

振り返ってみれば、子どもに愛情を抱いていなかった両親に、どうしてあんなにも依存していたのだろうと思う。ただ、まだ五歳の子どもにとっては、両親が世界のすべてだった。引き離されることは、世界が終わるに等しい出来事だった。

家を出て行くその日まで、二人はどちらが子どもを引き取るかで、ババ抜きのような押し付け合いを続けていた。そして、両親がどちらも譲らなかった結果、俺はわずかな荷物の残ったアパートに、一人で取り残される。

いつかは元配偶者が様子を見に戻って来るだろう。

都合の良い願望を胸に、わずか五歳の子どもを残して、二人は共に出て行ったのだ。

自分以外には誰もいない家で、孤独に何日過ごしたのか覚えていない。

冷蔵庫に残っていた消費期限の切れた惣菜《そうざい》やパンを食べ尽くした後、水だけを飲む生活がしばらく続き、やがて俺は衰弱から意識を失ってしまった。

後から聞いた話によれば、家賃の支払いを催促しに来た大家が異変を感じ、部屋に乗り込んでいなければ、そのまま死んでいたかもしれないらしい。

救出されて以後も、俺が実の両親と再会することはなかった。二人が何処で何をしているのかも、育児を放棄したことで、どんな罰を受けたのかも分からない。

思い出したくもない。真実なんて知りたくもない。最低最悪の生い立ちだ。

不幸を絵に描いたような子どもだった俺に、一つでも幸運なことがあったとすれば、それは母親の血筋だった。苗字《みょうじ》も違う遠縁だったが、母は北信越地方の医師会を牛耳る名家、千桜《ちざくら》の血縁者だったのである。

児童養護施設に引き取られて二ヵ月後、里親になりたいという男が現れた。

新潟市には日本海側で最も古い歴史を持つ千桜本家の医大、東桜《とうおう》医療大学が存在する。その日、目の前に現れた男は、大病院を運営する千桜本家の一人で、分院を任されていた。

同僚と三十代半ばに結婚した彼は、四十を超えてから第一子に恵まれたらしい。待望の跡取りは女だったけれど、彼女の誕生は大いに祝福されることになった。しかし、すぐに次の問題が発覚する。長女は生まれつき肺に問題を抱えていたのである。

幼少期から入退院を繰り返していた彼女、千桜夕妃《ちざくらゆき》は、小学一年生の春から、終わりの見えない長期入院生活に入った。

呼吸器内科の専門医である母は、娘が二十歳まで生きられないかもしれないことを、誰に告げられるまでもなく悟っていた。既に四十を過ぎており、出産後に崩した体調も戻っていない。二人目の子どもを望むのは現実的な話ではなかった。

成長した娘が分院を継いでくれるなら、それがベストである。婿養子をもらい、跡取りを用意出来るなら、それでも良い。

だが、大前提の問題が残っている。最大の懸念は、娘が医者になれるかでも、婿を迎えられるかでもなく、大人になれるかどうかだった。

第二子を作らないのであれば、養子を迎え、もしもの時に備える必要がある。

五歳の夏の終わり。児童養護施設で暮らしていた俺の前に、彼らが現れた。

この上ない名家に引き取られ、その日、俺は苗字が変わる。

千桜智嗣《ちざくらともつぐ》。新しい人生の始まりだった。

2

あの日、鼓膜に飛び込んできた声を、俺は絶対に死ぬまで忘れない。

「病気に負けたくない！」

これから先の人生で、誰かを死ぬほど愛しても、たとえ認知症になっても、あの日の悲鳴だけは、心に残り続けるに違いない。それは、どんなに大袈裟《おおげさ》な言葉を並べ立てても説明出来ないほどに、衝撃的な出会いだった。

千桜家に引き取られてすぐに、東桜医療大学病院へと連れて行かれた。

今後の人生を見据え、一族の総本山を目に焼き付けさせたい。養子となった息子に、使命を理解させたい。そんな思惑もあったのかもしれないが、表向きの理由は、入院生活を送る姉、夕妃との顔合わせのためだった。

そして、挨拶《あいさつ》するより早く、俺は悲鳴にも似た魂の叫びを聞いた。

「生きたい！　何でもするから治して！」

案内された院内学級の教室に、担当医に向かって激昂《げきこう》する少女がいた。

その細い腕は、強く摑《つか》んだだけで折れてしまいそうだ。

あまりにも白い肌は、光にだって溶けてしまいそうだ。

『美しい』という言葉の本質を理解したのは、多分、あの時だったのだろう。

二つ年上の姉は、儚《はかな》く、苛烈《かれつ》な少女だった。それが憧《あこが》れだったのか、恋だったのかも分からないまま、俺は一目で姉に惹《ひ》かれてしまった。

父は感情を爆発させる娘を見て、顔合わせの日取りを変える。

もう一度、あの人に会いたい。今度は直接、話をしてみたい。

願いが叶《かな》ったのは、一週間後の週末のことだった。

入院中の児童生徒の学び場には二種類あり、「特別支援学校」に在籍して病院に隣接する学校に通うケースと、病院内に設置された「病弱・身体虚弱の特別支援学級」に通うケースがある。そして、姉が選んだ後者の院内学級は、日本医療界の雄を自負する東桜医療大学の小児病棟にも設けられていた。姉が父の経営する分院ではなく、大学病院に入院していたのも、その施設の有無が理由である。

二度目に会った時、姉は入院生活を送る子どもたちが集まる教室にいた。

週末で授業がおこなわれておらず、子どもたちは思い思いの遊びに興じている。

頭を包帯で覆われた少女、点滴の管に繫《つな》がれた少年、痛々しい姿の子どもたちの奥、姉は教室の隅に座り、誰かと一緒に床を覗《のぞ》き込んでいた。

　姉の向かいに座っていた子どもは、遠目でも分かる柔らかそうなブロンドの髪をしており、近付くと碧眼《へきがん》であると分かった。

「夕妃はまた将棋を指しているのか」

　娘に向かって歩きながら父が呟《つぶや》く。

　木製の盤を間に挟み、二人は文字の書かれた駒を順番に動かしていた。

　姉は父が背後に立っても気付かず、一心不乱に手を動かし続けている。

　向かいに座っている子どもは、姉よりも身体が大きい。張り詰めた顔で駒を動かす姉とは対照的に、ずっと、穏やかな眼差《まなざ》しを浮かべていた。

　斜め後ろから盤面を覗き込む父に、姉は投了まで気付かなかった。

　二十分後、悔しそうな顔の姉の目から、一筋の涙が零《こぼ》れ落ちる。

　当時の俺は将棋のことなど分かっていなかったわけだけれど、その涙で状況は理解出来た。姉は勝負に負けたのだ。

　最初に見た日、姉は泣きながら医者に対して激昂していた。

　二回目に会った日は、歯を食いしばって悔し涙を流していた。

　子ども心に、姉を気性が激しい人間と感じていたからだろう。

　対面して、初めて会話をした際に受けた印象は、予想外のものだった。

実際の姉は、感情的な人間でも、情緒が不安定な人間でもなかった。

突然現れた弟を、穏やかに、温かく、迎え入れてくれた。

両親の愛情を奪われてしまうかもしれない。そんな危機感を抱いたって不思議ではなかったのに、姉は俺の存在を笑顔で歓迎してくれた。

「智嗣君。退院したら一緒に遊ぼうね」

俺はその約束がとても嬉《うれ》しかった。

元気になったら遊んでもらおう。その時を思うだけで、心は跳ねた。

しかし、一年が経っても、二年が経っても、姉の入院生活は続く。

時々、両親に連れられてお見舞いに行く機会があったけれど、いつ見ても姉は青白い顔をしていたし、時にはこちらが悲しくなるほどに重たい咳《せき》をしていた。

病院長の孫娘でもある姉は、小児病棟ではなくVIP患者用の個室に入院している。

姉は父からノートパソコンを買い与えられており、お見舞いに行くと、大抵、将棋ソフトで遊んでいた。入院患者の友人が遊びに来ていることもあったが、そんな時も必ず将棋を指していた。対局相手はいつもブロンドの髪を持つあの子だった。

小学一年生の春から四年生の秋まで。

子どもにとって三年半という時間は途方もなく長い。

肺に問題を抱える姉にとって、将棋は入院中の最大の楽しみだったのだろう。

心待ちにしていた姉の退院が実現したのは、出会いから三年以上も後のことだった。

美しい姉と共に暮らせることに胸がざわついたけれど、あの頃、そんな俺の心に両親やほかならぬ姉は気付いていたんだろうか。

姉は養子として迎えられた弟にも優しかったが、俺はすぐに理解することになった。

姉の頭は朝も夜も将棋でいっぱいだった。家に戻ったのだから何処でだって遊べるのに、友達だって沢山作れるのに、姉はそんなことは望んでいなかった。

病室で暮らしていた時と同様、自宅にいる時は、ほとんどずっとパソコンに向かって将棋を指している。

「夕妃は身体が弱いから、運動は出来ないの。智嗣、無理やり連れ出したら駄目よ」

姉が帰って来てすぐに、俺は本家の庭で遊ぼうと誘い、母にとがめられている。

姉とは外では遊べず、自宅での姉はいつだって将棋に夢中だ。

「お姉ちゃん。それ、面白いの？」

一緒に遊ぶなら、方法は一つしかなかった。

「うん。面白いよ。将棋はね、世界で一番面白い」

「俺にも出来るかな？」

姉に遊んでもらいたいなら、将棋を覚えるしかなかった。

姉と対等に語り合いたいなら、将棋で強くなるしかなかったのだ。

将棋は気持ちだけで何とかなる遊戯ではない。

姉と遊ぶために必死で勉強したが、まったく歯が立たなかった。三年のアドバンテージはあまりにも大きい。姉と同じようにソフトを使って特訓しても、インターネットで対人戦を繰り返しても、棋書で密《ひそ》かに勉強しても、姉にはまるで勝てなかった。

将棋の世界では、実力差のある者が勝負をする際、駒落ちで戦うことがある。『飛車』や『角』といった最強クラスの駒や、それよりも弱いがしぶい働きをする『香車《きょうしゃ》』や『桂馬《けいま》』といった駒を、強い指し手が最初から除いた状態で戦うのだ。

俺が強くなっていくにつれ、ハンデは減っていったけれど、姉が家を出て行くその日まで、対等な勝負では一度も勝つことが出来なかった。

それでも、将棋は楽しかった。姉に遊んでもらうために始めた将棋だが、この盤上遊戯は、もともとじっくりと考えることが好きな俺の性に合っていたらしい。

後に史上初の女性棋士となる姉に手ほどきを受け、何千回と指してきたのである。棋力が上がらない方がおかしい。姉には歯が立たずとも、後に入会した将棋クラブでは、あっさりと周りの子どもたちを追い越すことになった。

姉は俺の棋力が成長することを、自分のことのように喜んでくれた。

姉を笑顔に出来ることが嬉しかったし、強くなればなっただけ、姉に将棋に誘われる時間も増えていった。

楽しかった。充実していた。本当に素晴らしい日々だった。将棋を指している時間だけは、何一つ後ろめたい気持ちを抱かずに、姉と本当の家族になれた気がした。

しかし、ある日、たった一言で世界は一変する。俺が四年生になった春、小学生として最終学年を迎えた姉が、真剣な顔で両親に告げた。

「奨励会を受験したい。棋士に弟子入りしたい」

父の顔に浮かんだ困惑の色は、次の瞬間には怒りへと変わっていた。

親族の集まりで、父が姉の将棋の実力を誇らしげに語っている姿を見たことがある。だが、それはあくまでも趣味の範疇《はんちゅう》での話だったらしい。

千桜本家の血を引くということは、医者として生きるということと同義だ。愚かな考えを捨て、唯一にして最大の使命である医学の道を志せ。

娘を説得するため、父は顔を真っ赤にして、千桜一族の歴史と使命を語ったけれど、

「棋士になりたい」

どれだけ大仰な言葉を並べられても、姉の意志は揺るがなかった。

将棋は娯楽である。どれだけ人気があろうと所詮《しょせん》は遊戯。人の命を救う医者の仕事とは比べることすらおこがましい。父が本気でそう考えていることは、俺でも分かった。

手の届く世界で勝利を重ね、その気になっているだけだ。

現実を思い知れば馬鹿な夢を諦《あきら》めるだろう。父はそう考え、姉を小学生の大会にエントリーさせたが、姉はそこでいきなり優勝を果たす。

インターネットで将棋を指す場合、システムの中で勝利を重ねれば、強さの指標であるレーティングの数値が上がる。そうなれば必然、対戦相手も強くなる。

姉は井の中の蛙《かわず》ではない。

実力ではまだ勝てない相手にも、日々、挑み続けている。

負けを知っているし、自分が未熟であることも自覚している。

その上で、今日は昨日より、明日は今日より強くなろうと、修練を積んでいる。

地方大会に出場させても調子に乗るだけだ。両親は姉の鼻っ柱を折るため、『小学生将棋名人戦』にも出場させたが、それも逆効果だった。大海を知る姉は、水を得た魚のように躍動し、初出場の全国大会で準決勝にまで勝ち残っていた。

当時の俺は、どんな些細《ささい》なことでも姉の真似をしたがっていた。

大抵の将棋大会に一緒に参戦していたし、姉ほどの派手な成績とはいかなかったけれど、それなりの結果を収めていた。

ただ、俺は姉とは違い、プロ棋士になりたいとは思っていなかった。

死ぬ気で努力すれば、どうにかなるかもしれない。そんな勘違いが出来る程度には腕を上げていたけれど、棋士になれても、そこまでだろうという予感があった。

何より俺は両親の期待に応《こた》えたかった。捨てられた俺を拾い、こんなにも恵まれた環境を与えてくれた人たちである。将来は医者になりたいと、心から願っていた。

将棋は好きだ。大好きだ。本当に面白いと思う。

だが、あくまでも趣味であり、本質的には姉との絆《きずな》を保つための手段である。

しかし、姉は徹頭徹尾、本気だった。

友達の一人さえ作らずに、毎日、棋士を目指して、将棋を指し続けていた。


両親の将棋に対するスタンスは、姉が中学生になっても変わらなかった。

中学生の全国大会は三つある。いずれも夏休みに開催される『中学生選抜選手権』、『中学生名人戦』、『中学生王将戦』だ。

選抜選手権の全国大会は例年、「将棋のまち」として知られる山形県の天童《てんどう》市で開催される。中学生になり、県代表に選ばれた姉は、いきなり女子の部で優勝していたし、男女混合の大会である名人戦でも、準優勝という成績を収めていた。

姉はアマチュアの世界で少しずつ有名になり始めていたけれど、娘が実力を発揮すればするほどに両親の顔は曇っていった。

「医者になりたい」と常々口にしていた俺は、将棋を指していても文句を言われたことがない。対照的に、姉は日々、小言のように嫌味を言われるようになっていた。

中学生になった姉が、両親の前で笑う姿を見たことがない。

そして、その頃から、姉に妙な焦りのようなものを感じるようになった。

棋士になる方法は明確である。奨励会に入会して四段に昇段すれば良い。とてもシンプルな道筋であるものの、そもそも奨励会は誰でも入れる場所ではない。

入会には年齢制限があり、満十五歳以下であれば、六級以上の任意の級で受験出来るものの、年齢が上がるごとに挑戦出来る級が上がっていき、十九歳になれば一級しか受験出来ない。十九歳で一級に合格した受験者が過去に二人しかいないことを考えても、挑戦が遅くなればなるほど、入会の難易度が増すことは明白だった。

奨励会の入会試験は、年に一回だけである。その上、合格出来たとしても、二十一歳までに初段、二十六歳までに四段に昇段出来なければ、強制的に退会となる。

本気で棋士を目指す若者たちは、一年だって無駄に出来ない。

幼少期、二十歳まで生きられないかもしれないと言われた姉は、中学生になっても短期の入院を繰り返していた。

姉には肉体的なハンデがある。体調のせいで一年を棒に振ってしまう年だってあるだろう。姉にとっての一日は、健康な者の一日よりも重い。

棋士を目指すなら、一刻も早く、奨励会に入会しなければならなかった。

人には誰しも覚悟を決めねばならない瞬間があり、姉にとってのそれは、中学三年生の夏に訪れた。

一学期の成績が出たその日。

姉が持ち帰った定期テストの結果を見て、両親は分かりやすく破顔した。五月の連休明けに風邪をこじらせ、二週間の入院生活を送ったにもかかわらず、姉が今回も学年一位の成績を収めていたからだ。

両親を大いに喜ばせた後、姉は正座をすると、そのまま頭を床につけた。

「お願いします。これからも学業は疎《おろそ》かにしません。もしも棋士になれなければ、勉強し直して医者になります。だから、どうか奨励会を受験させて下さい」

顔を上げた姉は、両目から大粒の涙を流していた。

戸惑う両親に、姉は泣きじゃくりながら続ける。

「時間がないんです。私は身体が弱いから一年も無駄に出来ません。棋士になれなかったら、ちゃんと医者になります。二十六歳まで挑戦させて下さい」

姉は実の両親に土下座までして、夢を追わせて欲しいと懇願した。

その日まで、姉の覚悟を本当の意味では理解していなかったのか、父は頬を引きつらせ、しばし言葉も発せない状態だった。しかし、

「夕妃の気持ちは理解した。本気であることも分かった。だが、お前は千桜だ。医者以外の人生はない」

気まずい沈黙の後で父が発した言葉は、明瞭《めいりょう》かつ残酷なものだった。

「棋士になるために重要なのは、頭脳だけじゃない。プロになるには健康な身体も必要だ。お前は肺に問題がある。しかも女だ。女は棋士にはなれない。現実を見ろ。二十六歳までの人生を棒に振らせると分かっているのに、応援など絶対に出来ない」

「それなら医者にもなります。大学にも行きますから、奨励会を受験させて下さい！」

「駄目だ。お前の身体で両立なんて出来るわけがない。遊びで指している分には構わない。親の言うことを聞けずに、棋士を目指すと言うなら、この家から出て行け！」

3

両親は姉の気性と覚悟を甘く見ていた。

所詮は中学生の夢。きつく言えば諦めると高をくくっていたのだ。

売り言葉に買い言葉ではないだろうが、姉の決断は早かった。

冷徹な父の言葉から一週間後。

まだ夏休みも始まっていなかったのに、姉は誰にも何も告げずに、ノートパソコンとわずかな衣服だけを持って家出した。

当然、両親は慌てる。なんだかんだ言ったところで子どもの我儘《わがまま》だ。いずれは言うことを聞くと考えていたのだろうけれど、姉は本気だった。姉にとって棋士とは、家族の絆を断ち切ってでも目指すべきものだったのだ。

娘の家出について、父は当初、子どもが意地を張っているだけだと考えていた。

千桜本家の敷地には、百人以上の親族が暮らしている。泣き落としで同情を買い、誰かの家に泊めてもらっているのだろう。そんな予想を立てていた父は、姉の行方を能動的に捜さなかった。いずれ諦めて帰って来ると考えていたからだ。

しかし、その年の夏の終わり、父は娘が想定外の場所にいたことを知る。

将棋連盟が発表した奨励会入会試験の合格者に、姉の名前があったのである。

将棋界には師弟制度があり、奨励会受験を希望する場合、基本的にはプロ棋士からの推薦を得る必要がある。姉はいつの間にか朝倉恭之介《あさくらきょうのすけ》というプロ棋士に師事しており、彼の推薦を受けて奨励会を受験していた。

試験は三日間で、初日と二日目は受験者同士の対局による一次試験が、合格者のみが進める最終日には、現役奨励会員との対局と面接からなる二次試験がおこなわれる。

入会には都道府県のアマチュア上位に相当する実力が必要であり、一次試験も二次試験も勝利数による合格条件が定められているため、例年、合格率は三割程度だ。

当時、十四歳だった姉は、そんな難関を一発で突破していた。


「お父さん、お母さん、姉さんのことで聞いて欲しい話があります」

一年後の初夏、中学二年生になった俺は、両親に一つのお願いをした。

自らの意志で家を出て行った娘である。両親は姉に愛想をつかしていたし、事実上の勘当状態となっていた。

父は昨年、姉を内弟子とした朝倉七段と話し合いの場を持ったらしいが、大人同士による会合を経てもなお、姉との溝は埋まらなかった。

我が家ではもう一年近く、姉の話題はタブーになっている。

「俺は二人に心から感謝しています。引き取ってくれた恩に報いたいですし、医者になりたいです。俺で良いなら、お父さんの病院を継ぎたいです」

「俺たちはお前を本当の息子だと思っているよ。もちろん、病院は智嗣に継いでもらう。あの馬鹿が挫折《ざせつ》して戻って来ても関係ない。病院は絶対に、お前に継がせる」

父は俺が跡継ぎの座を心配していると思ったようだが、それは勘違いだった。

「姉さんの体調が心配なんです。お父さん、俺の将棋は、あくまでも趣味です。棋士を目指そうなんて思っていないし、俺の実力でなれるとも思えません。だから奨励会を受験させてもらえませんか？」

「お前が奨励会を受験？」

「はい。入会出来れば、姉さんの様子が分かります。同じ級に追いつくことは難しいかもしれないけど、対局日には会える可能性が高い。勉強に支障が出るようなら、すぐにやめます。そもそも棋士になるのは、東大に入るより遙《はる》かに難しいんです。勉強と両立出来ないようでは、奨励会に入れても、すぐに退会となってしまうと思います」

姉に対する本当の気持ちこそ隠したものの、それ以外はすべて本心だった。

俺は棋士になりたいとは思っていない。姉ほどの情熱がなかったからなのか、それとも、常に自分より圧倒的に強い姉と指していたせいで、自信が持てなかったからなのか、理由は分からないが、純粋に、棋士よりも医者になりたかった。

父は昨年、自分から朝倉七段に連絡を取っている。口では突き放したことを言っていても、病弱な姉の現状が気になっていたのだろう。

「分かった。趣味としてであれば、反対する理由はない」

姉にはあんな態度を取ったのに、俺の受験は、あっさりと認められることになった。

一年目の受験では失敗したけれど、翌年、姉と同じ中学三年生の夏に、俺は奨励会六級への入会を果たした。

事実だけを見れば、実の娘の入会は許さなかったのに、引き取った息子の受験は認めたということになる。理不尽な父の決断を、姉が恨んでもおかしくはなかった。

しかし、将棋会館で再会した時、姉は俺の合格を自分のことのように喜んでくれた。

出会って以降、姉の様々な表情を見てきたけれど、あんなにも嬉《うれ》しそうに笑う姉の顔は見たことがなかった。

弟の合格が嬉しくてたまらないといった様子の姉を見て、ようやく理解する。俺が本当に見たかったのは、美しい姉の笑顔だったのだ。

家族だからじゃない。姉がとても優しい人だったからでも、ましてや将棋が強かったからでもない。もう間違いない。俺は出会った日から、今に至るまで、姉のことを、千桜夕妃のことを、愛していたのだ。

才能がないことを自覚しながら、奨励会という魔窟《まくつ》で、心を折らずに戦い続けることが出来たのは、ただ、姉の笑顔を少しでも長い時間、見ていたかったからだ。

奨励会に在籍している間は、勘当された姉とも毎月会える。

本気で棋士を目指している人たちからすれば、理解し難い感覚だろうが、十代の千桜智嗣にとって、将棋というのはつまり、愛する人に会うための切符だったのだ。

4

将棋会館で二年振りに再会したあの日、姉はどうやって研鑽《けんさん》を積んだのか熱心に尋ねてきた。

姉が出て行った時点で、地元の将棋クラブには俺より強い人間がいなくなったため、誰の指導を受けていたのか不思議に思ったのだろう。

奨励会受験を真剣に考え始めてから、俺は千桜家の伝手《つて》で、タイトル経験者の棋士に弟子入りしていた。週末は師匠の研究会に通い、棋力を上げてきたのである。

姉は父が協力的だったことに驚いていたけれど、それ以上のことは質問してこなかった。自分を勘当した両親については、何も聞かないと決めていたのかもしれない。

昇級や降級がかかった一局では、心が摩耗する。いかに平常心を保てるかが肝要であり、そういう意味で、俺には特殊なアドバンテージがあった。

奨励会に所属する若者は、例外なく棋士を目指している。一局一局に人生を賭《か》けている彼らは、ごく一部の天才を除けば、全員が年齢制限による退会に怯《おび》えている。

しかし、俺は奨励会の中で唯一、棋士を目指していない男だった。

極度の緊張なんて、入会試験後は記憶にない。何故なら、他の奨励会員と違い、負けても失うものがないからだ。

俺はどんな対局でも完璧《かんぺき》な平常心を保つことが出来る。

ほとんどの対局を心から楽しむことさえ出来ていた。

皮肉にも棋士を目指しているわけではないからこそ、俺は強かった。

奨励会六級に合格した時、二つ年上の姉は既に一級に昇級していた。そのまま一年後には初段に上がり、十八歳にして有段者となった。

姉には追いつけないまでも、俺も奨励会で結果を出していく。

誰よりも冷静でいられたこと、良い師匠に恵まれたこと、姉に認められるために努力を怠らなかったこと、幾つかの要素が奇跡のように嚙《か》み合い、自らの見立てに反して、順調に昇級を果たしていった。

スタート時の二年の差は大きい。一度として姉には追いつけず、奨励会の対局で相まみえることは出来なかったけれど、それでも将棋が俺と姉を繫ぎ留めていた。

晴れの日も、雨の日も、雪の日も、真夜中も、いつだって姉に連絡を取ることが出来た。三日に一度はインターネットを介して対局していたし、例会日の前に、姉からアドバイスの電話がかかってくることもあった。

大好きだった。

将棋が、将棋を教えてくれた姉のことが、本当に大好きだった。

思春期を過ぎ、姉への想いは募るばかりだったが、自分が弟としか見られていないことは理解していた。

子どもの頃から、姉の目には将棋しか映っていない。

選ばれし者が集う奨励会でも、プロ棋士になれる人間は、一、二割である。そして、過去、女性の棋士は一人として誕生していない。そんな現実を十二分に理解しながらも、姉は愚直なまでに『棋士』を目指し続けていた。

棋士になって、いつの日か、竜皇《りゅうおう》のタイトルに挑戦したいと話していた。

望めばいつでも『女流棋士』になれたのに。

女流棋士の棋戦に参戦すれば、きっと、タイトルだって狙えたのに。

竜皇に憧《あこが》れる姉は、女流棋士として活動することは考えていないようだった。姉が目指しているのは、あくまでも棋士であり、戦いの場は奨励会一本に絞られていた。

姉は何度か長期の欠場を余儀なくされたものの、二十三歳でついに三段に昇段する。女性では史上四人目の快挙だった。

過去に三段まで上がった女性たちは、魔境を勝ち抜けず、最終的には皆、二十六歳という年齢制限の壁に阻まれて、奨励会を去っている。

挑戦が許されているのは、二十六歳の誕生日を迎えるリーグ戦までだ。姉が手にしたチャンスは、年齢にかかわらず保証される最低在籍期数と同じ、五回だった。

奨励会は二段までは関東と関西に分かれている。それぞれの会館で奨励会員同士の対局が繰り返され、規定の成績を収めた段階で、昇級、昇段が決まる。

しかし、最終関門となる三段リーグでは、大きくレギュレーションが変わる。

全員が東西の区別のない一つのリーグに入り、半年を一期として各々十八局を戦い、上位二名だけが四段に昇段出来るのである。

在籍者は退会者と昇段者の数によって変動するものの、現在は四十名前後であることが多い。全員と当たるわけではないため、組み合わせによる有利不利が生まれるし、実力者が何人集まっているかでも、必要な勝ち星は変動してくる。

過去、四段昇段の最高成績は十六勝二敗で、最低は十一勝七敗だ。

ライバルの好不調、誰と同時代に生まれたか、自分ではどうしようもない要素にも振り回されながら、棋士というただ一つの夢を賭けて戦う。それが三段リーグだった。

四段昇段か、それとも退会か。

姉にとって最後の三段リーグが開催された年、将棋界待望のスターが同時に二人現れた。中学二年生の新星、竹森稜太《たけもりりょうた》と、永世飛王《ひおう》の孫、諏訪《すわ》飛鳥《あすか》である。

若き天才少年と天才少女、二人の台頭だけでも苦しいのに、リーグ開幕直前に姉は再び持病をこじらせてしまう。

三段リーグでは、基本的に、一日に二局を戦うが、姉は大切な初日を病欠することになってしまっていた。

どうしてこの世界は、姉にばかり試練を与えるんだろう。

親に勘当され、肉体にハンデを抱え、それでも、誰にも負けないだけの努力を重ねてきたのに。世界は姉の勇気を嘲笑《あざわら》うように、試練を用意する。

悔しかった。世界が姉にだけ理不尽なことが、たまらなく悔しかった。

奨励会二段にまで上り詰めた今なら、自信を持って言える。

俺は、姉の実力を、棋力を知っている。自惚《うぬぼ》れではなく誰よりも理解している。

姉は恐らく三段リーグの誰よりも強い。

それなのに、ただ運が悪かっただけで……。

俺は四局目が終わった時点で、一勝三敗となった姉の退会を予感していた。姉の覚悟を誰よりも理解していると自負していたのに、その強さを信じ切れていなかった。

しかし、姉は違った。三連敗から始まったリーグでさえ、一度として諦《あきら》めなかった。

自分を信じて、運にも、他人にも頼らずに、未来に立ち向かっていく。

最終盤のあの展開を、誰が予想出来ただろうか。

一人、また一人と、昇段レースから脱落していく中、じわじわと上位勢に追いつき、十六局目が終わった時点で、姉は三位にまで順位を上げる。

その上、最後の最後で、幸運の女神が姉に微笑んだ。二位であった諏訪飛鳥との直接対決を最終局に残していたため、自力で昇段を決めるチャンスが生まれたのだ。

運命戦の前日。眠れなくなっていた俺の携帯電話に、姉から着信があった。

明日の対策を立てるため、一分一秒でも惜しい前夜に、どうして……。

戸惑いながら電話に出ると、明るい姉の声が鼓膜に届いた。

「こんな時間に、ごめんね。もう寝てた？」

「いや、寝てないよ。姉さんの明日の対局が気になってさ。俺が準備する意味もないいんだけど、諏訪三段の棋譜を並べていた。どうしたの？」

「智嗣と喋《しゃべ》りたくて」

「姉さんでもさすがに緊張しているってこと？　俺で良かったら、何でも話して」

人生で一番大切な対局を控えた前夜に頼られたことが、たまらなく嬉《うれ》しかった。

俺は棋士にはならない。奨励会に入った時の気持ちに、偽りはない。

だけど、いつしか心の何処かで迷うようになった。

「私のことを理解しているのは、師匠と奥様を除けば、智嗣だけだから」

「そうなのかな」

「智嗣は盤を通して、いつも私の気持ちを覗《のぞ》いていたでしょ。私も同じだよ。智嗣の気持ちを見てきた。もう、ずっと」

「何だか怖いね」

「どうして謝るのさ」

「ごめんね」

まさか俺が姉に恋心を抱いていることも見抜かれていたのだろうか。

今日まで誰にも気付かれていないと思っていたのに……。

「智嗣はずっと、私に期待してくれていたのに、こんなに時間がかかってしまった。待たせてしまって、ごめん。でも、それも明日で終わり」

確信に満ちた声色で。

「私は棋士になるよ。智嗣、お姉ちゃんを信じて」

5

姉は生まれつき身体が弱いが、肉体に反して強靭《きょうじん》なメンタリティーを持っている。

自分を信じるというのは、誰かを信じることより、よほど難しい。

自分の才能ほど疑わしいものはない。俺はそう考えているけれど、姉は違った。

『お姉ちゃんを信じて』と言った翌日、姉は言葉通り、無敗の天才少年を下し、誰もがその将来を嘱望する天才少女を、ねじ伏せた。

史上最も注目が集まった三段リーグで勝者となったのは、一敗で最多勝記録を打ち立てた竹森稜太と、四敗の頭ハネで二位になった千桜夕妃だった。

姉の黒星の内、序盤の二つは不戦敗である。姉は事実上、二敗しかしていない。誰もが認める立派な成績で、史上初の女性棋士となったのである。

棋士になった時点で、自動的に様々な棋戦への挑戦権が与えられる。

しかし、姉は三段リーグの終了と同時に、長期の入院に入ったため、幾つかの棋戦を見送る形となり、デビュー戦は六月に始まるC級2組の『順位戦』となった。

棋士は数多くのトーナメントやリーグを戦うが、最も大切なのは順位戦である。

四段に昇段した棋士は全員がC級2組に組み込まれ、C級1組、B級2組、B級1組と成績によってクラスが変わっていく。

順位戦は一年をかけておこなわれ、クラスが上がることで他のトーナメントでのアドバンテージにも繋《つな》がっていく。順位戦で昇級を目指さない棋士など存在しない。

姉のプロ初戦は公開対局となり、その相手は、棋士生活十一年目、生涯勝率が四割を切る三十代の棋士に決まった。

一般的に棋士の勝率のピークは二十歳前後、全盛期は二十代半ばと言われている。

勝率のピークと全盛期が被《かぶ》らないのは、プロ入り直後の棋士は各トーナメントを予選から戦うことが多く、トップ棋士との対局が少ないからだ。

A級棋士は順位戦でA級棋士としか戦わない。勝率や勝利数が実力と完璧《かんぺき》な相関関係を描く世界ではないのである。

世間の注目を将棋人気に繋げるには、千桜夕妃の勝利が望ましい。

組み合わせに忖度《そんたく》があったとまでは思わないし、対局相手にも極めて失礼な話だけれど、俺は姉が初戦の相手に恵まれたと考えていた。

とはいえ彼もプロとして戦っている男である。弱い棋士など、この世には存在しない。姉が実力のすべてを出し切れても勝てるとは限らない。

それでも、なお、有利なのは姉だという確信があった。

何故なら、姉だけが対戦相手の棋譜を、無尽蔵に調べることが出来るからである。棋士の公式戦は、すべて記録として残っている。姉は十分に時間をかけて、相手の得意な戦型、癖、弱点を研究出来る。しかし、相手にはそれが出来ない。千桜夕妃は女流棋士にならなかったため、公式戦に棋譜を残していないからだ。

記憶にも、記録にも残る初戦になるだろう。

無駄に気負う必要はない。勝っても、負けても、これから長く続く棋士人生のたった一局に過ぎない。そう思うのに、その日が近付くにつれ、俺はまるで自分のことのように緊張を覚え始めた。

仮に負けてしまい、その後、連敗でもしようものなら、姉にかかるプレッシャーは倍々ゲームで膨れ上がっていく。

最初の一勝は重要だ。

性別は関係ないことを証明するためにも、早々に実力を示す必要がある。

研修医としての日々が始まり、俺は奨励会の例会を欠場するようになった。三段を目指すなら一局も無駄に出来ない年齢になっているが、そもそも俺は自分が棋士になれるとは思っていない。

凡人なりに食らいつけるところまで食らいついた。奨励会二段は恥じることのない立派な到達点だろう。悔いがないと断言出来る程度には全力で戦ってきたし、姉が棋士になった今、奨励会在籍にこだわる理由もなくなった。

姉の船出を見届けたら、正式に奨励会を退会するつもりだった。

その日、勤務を終え、出来合いの夕食を買って一人暮らしをしているマンションに戻ると、玄関の前に予期せぬ顔が待っていた。

「……姉さん。え、どうして。明日は東京で対局でしょ？」

新幹線で二時間の距離とはいえ、姉は体力のない人間だ。こんな時に、何故、新潟まで戻って来たのか。

「新潟の六月は、まだ少し寒いね」

「そりゃ、東京とは気温が違うよ」

「部屋に入っても良い？　冷えちゃって」

「もちろん。駄目だよ、大事な対局の前に、そんな薄着で出歩いちゃ。ただでさえ病み上がりなんだから。退院したばかりでしょ」

「新潟に帰って来るのは十二年振りだからなぁ。気温差を忘れてた」

そうか。姉は家を飛び出して以来、一度も故郷に帰って来ていなかったのだ。

「新潟駅が綺麗《きれい》になっていてびっくりしたよ」

「何年か前に改修されたんだ。駅前も再開発されるみたいだよ」

訪ねて来ると知っていたら片付けておいたのに。

散らかった部屋に足を踏み入れた姉が目を留めたのは、脱ぎっぱなしの服でも、洗われていないマグカップでもなく、パソコンの前に無造作に置かれた将棋盤だった。こんな時でも、姉の目が最初に捉《とら》えるのは将棋の駒らしい。

「はい。これを飲んで身体を温めて」

インスタントの珈琲《コーヒー》を淹《い》れ、姉の前に差し出す。

「智嗣ももう社会人か。早いなぁ」

「姉さんが年を取れば、俺も年を取るよ。そういうもんでしょ」

姉は新潟に何をしに来たんだろう。

実家に呼び出されたのだとしても、応じるとは思えない。大好きな姉と二人で話せる時間は貴重だが、明日の決戦のことを考えれば、長居させるわけにはいかなかった。

「ねえ、たまには、お姉ちゃんみたいなことを質問しても良い？」

「何を遠慮しているのさ。別に、お姉ちゃんみたいなことじゃなくても大丈夫だよ」

「智嗣って彼女はいるの？」

予想外の質問だった。将棋以外に興味を示さない、お堅い姉に、そんなことを聞かれるなんて、想像出来るはずがない。

「いないよ。そういう人はいない」

「そうなの？　医大生も研修医も人気がありそうだけど」

「そんな時間ないよ。勉強と将棋だけで手一杯。姉さんこそ恋人はいないの？」

「私もそういう人はいないなぁ」

昭和の時代には、高校にも大学にも通わない棋士が珍しくなかったと聞く。棋士を目指すと心に決めた奨励会員にも、そういう若者が沢山いたらしい。しかし、価値観は変わる。令和の今、早熟の棋士であっても高校には通っているのが一般的だ。

「姉さんも大学には通っていたじゃない。その時代にも恋人はいなかったの？」

「うん。いなかったよ」

「モテそうなのにね。奨励会は女性の数が圧倒的に少ないし、姉さんは綺麗だから。好きな人はいなかったの？」

「子どもの頃なら、いたかもしれない」

「子どもの頃？」

「入院していた頃に、よく遊んでいた子がいるの」

身体の弱い姉が遊ぶと言えば、将棋のことである。

病院で姉が将棋を指していた相手として思い出せる子どもは、一人だけだった。

「この前の記者会見で言っていたアンリ？」

曖昧《あいまい》な微笑と共に、姉は頷《うなず》く。

先日の会見を見た者の中には、女性棋士の口から零《こぼ》れた『アンリ』という名前を、少女のものであると考えた人間が多かったはずだ。だが、俺は知っている。

初めての挨拶《あいさつ》を交わした遠いあの日。

姉は院内学級で、ブロンドの髪を持つ異国の少年と将棋を指していた。

彼に負かされ、悔し涙を流したその横顔を、今でも鮮明に覚えている。

幼い日に将棋を教えてくれたという少年に、姉は恋をしていたのだろうか。

「その人、今は何処にいるかも分からないんでしょ？」

「うん。退院して以来、一度も会っていないからね。フランスに帰ったのかも」

「フランス人だったの？」

「お父さんの仕事の関係で、三歳から日本に住んでいたんだって」

「そう言えば、姉さんは外語大でフランス語を専攻していたよね。将棋会館で観光客を案内している姿を見たこともあったし、英語が得意なことは知っていたけど、何でフランス語専攻なんだろうって思っていたんだ。やっと謎が解けたよ」

「案外、つまらない真相だったでしょ。智嗣は？　好きな人はいるの？」

「……いるよ」

自分でも驚くほどあっさりと答えてしまった。

「ずっと片想い」

「そっか。だから恋人がいないのか」

「まあ、そういうことになるよね」

「頑張れ。応援してるよ」

知っている。よく分かっている。

昔から、姉にとって俺は、ただの大切な弟だ。

血が繋《つな》がっていても、いなくても、姉にとっては変わらない。

「新潟に戻って来たのは、こういう話をするため？」

姉は苦笑いを浮かべて、パソコンの前に置かれていた将棋盤を引き寄せる。

「智嗣と姉弟《きょうだい》らしい話をしたかったのもあるけど、本当の目的はこっち」

「だよね。姉さんらしいや」

「真面目な話をするね。私はこれから人生で最後の将棋を指すの。だから、その前に大切な弟ともう一度、指したかった」

意味が分からなかった。姉のプロ生活は、まさにこれから始まる。それなのに何故、人生最後だなんて。少し前に退院したばかりなのに、また体調を崩したのか？

姉は東京で、千桜の息がかかっていない病院に通院しているが、父は医局から手を回して姉のカルテを定期的に確認している。俺はその報告を受けているし、ここ一週間で劇的な変化が起きたのでもない限り、姉の身体に切迫する問題はないはずだ。

「最後の将棋って何？　肺の病状が悪化した？」

静かにその首が横に振られた。

「父さんにも母さんにも話さないよ。俺は姉さんの味方だ」

「先手番は智嗣。ハンデは無し。今のベストを見せて」

「事情は俺にも話したくないってこと？」

「ごめんね」

微《かす》かにはにかんで姉は告げた。そんな目で見られたら何も聞けなくなってしまう。

「こうやって向かい合って指すのは久しぶりだね」

顔の見えないネット上での対局と、対面の将棋には、大きな違いがある。

将棋とは思考を読み合うゲームだ。相手の考えを読み切ることで、勝利を大きく手繰り寄せることが出来る。

呼吸、目線、指先の動き、あらゆるものが心を映す鏡になる。

「姉さんが人生で一番、将棋を指した相手は、俺？　それとも朝倉七段？」

「師匠とも何百回と指してきたけど、一番は智嗣かな。子どもの頃は一日、十局以上指すことも珍しくなかったじゃない」

確かに、そんな頃もあった。将棋を覚えたてだった頃、駒落ちのハンデをもらっても十分ももたずに敗北し、もう一局、もう一局と、何時間だって姉に挑み続けていた。

時を経て、姉は純然たるプロ棋士になり、俺は奨励会の二段だ。

真剣勝負では五回に一回も勝てないが、まったく歯が立たなかった当時とは違う。

「指す前に、一つだけ我儘《わがまま》を言っても良いかな。我が儘というか、お願い」

「良いよ。何？」

「姉さんに勝ったら、ご褒美が欲しい。俺は姉さんが冗談を言うタイプじゃないって知っているから、教えて欲しい。『最後の将棋』って言葉の意味を」

「分かった。智嗣が勝ったら、教えてあげる」

姉の言葉で、これからの一局が持つ意味合いが変わった。

「本気で指すよ」

「私はいつでも本気だよ」

6

対局中、棋士はお互いのことだけを考えている。

姉が、俺だけを想ってくれる至福の時間。

運命の一局に、後手番の姉が選んだのは中飛車だった。俺が最も得意とし、研究し続けてきた戦型である。姉は帰省を決めた時から、弟の一番得意な戦型で勝負しようと考えていたのかもしれない。

あなたの一番得意な形で、真っ向勝負してあげる。分かりやすいメッセージだった。

姉はオールラウンダーだ。こだわりの戦型はなく、攻めにも受けにも隙がない。そして、とにかく指すのが速い。

研究を重ねた戦型での早指しなら理解は出来る。しかし、姉はそうではないから恐ろしい。直感が鋭いのか、どんな盤面でも思い切りの良い手を短時間で指してくる。

迷いのない一手が相手に与えるのは、単に時間的なプレッシャーだけじゃない。

自分には見えない最適解が、既に目の前の相手には見えているのかもしれない。この盤面を、相手だけが十全に研究済みなのかもしれない。

焦りは不安を生み、不安は迷いを心に呼び込む。

姉はそうやって幾度も対局者を精神的に切り崩し、勝利を収めてきた。

千桜夕妃と戦う時、早指しに応じては駄目なのだ。

姉は頭の回転が異様に速い。棋士なんて人種は全員が天才的な頭脳の持ち主だけれど、その中においてさえ特筆出来るレベルで思考が速い。

姉は対局前に持ち時間を決めなかった。ハンデのつもりなのだろうが、ならば存分に利用させてもらう。

俺はこの一局に勝ちたい。

十回に一回の勝利を手繰り寄せるために、一秒だって無駄にしない。

凡人でも時間をかければ、天才の手筋は読めるはずだ。

「強くなったね」

中盤、天秤《てんびん》が片方に傾くより早く、姉が漏らした。

互角の盤面である。その言葉を受けるに値する程度には健闘しているけれど、考察に使った時間は五倍以上違う。考えに考え抜いて放った一手ですら、姉はものの数分で切り返してくるからだ。

直接対峙《たいじ》したことで、改めて実感する。

姉の早指しは、振り下ろされる豪剣だ。

骨身にまでは届いておらずとも、感じた風が嫌でも死を想起させる。

わずかな時間に、何十手、いや、何百手、多く読んでいるんだろう。

千載一遇の対局を通して、秘された心を探りたいのに、盤面から伝わってくるのは、姉の底の見えない強さだけだ。

俺の力では、五分五分の盤面を維持するだけで精一杯だった。

迷いも、戸惑いさえも、引き出せない。

ねえ、姉さん。

あなたは俺のことを、本当はどう思っているの？

俺は好きだよ。

出会った日から、姉さんのことが、姉さんの将棋が、誰よりも大好きだ。

「負けました」

何千回と繰り返した言葉を、姉に告げる。

脳細胞をフル動員して、限界まで思考回路を開いて、全身全霊で戦ったのに、やはり姉には勝てなかった。てんで勝負にならなかった。それなのに、

「楽しかった」

勝負が決した後で、姉は嬉《うれ》しそうにそう言った。

「智嗣が勝利を引き寄せられた場面が三回あったよ」

上達には感想戦が欠かせない。対局後、どの手が悪く、本当はどう指せば良かったのかを、互いに話し合うのだ。凡人の俺がここまで強くなれたのは、感想戦を通して、幼い頃から姉の哲学に触れてきたからに違いない。

「姉さん。その話は、また今度聞かせて」

「でも、感想戦はすぐにやらないと……」

「もう急ぐ必要がないんだ。俺、奨励会を退会するから」

察しの良い姉である。何処かで予感していたはずだ。

二十五歳の奨励会二段に残された時間はわずかである。奇跡的に連勝を重ねたとしても、その後に待ち受ける三段リーグを抜けられるとは思えない。

二年前、俺は例会で一人の中学生に瞬殺されている。

奨励会で十歳も年下の相手に、手も足も出せずに負けたのは初めてだった。

竹森稜太は本物の天才だった。

たった一度戦っただけで、それが理解出来てしまった。

棋士になれるのは、姉や竹森のような選ばれた人間だけなのだ。

「姉さんは帰って休んだ方が良い。今ならまだ最終の新幹線に間に合う」

「あなたが退会すると聞いた後で、一人にして帰れるわけないじゃない」

「退会することになっても落ち込まないと思っていた。俺は将棋が好きだけど、夢は医者になって、父さんの病院を継ぐことだったから」

「ごめんなさい。私は智嗣一人に責任を……」

「謝らないで。俺は医者になったことを誇りに思っている。大病院の院長になりたいという陳腐な野心もある。姉さんが医者になっていたら病院は継がせてもらえなかった」

苦笑しながら言った俺の言葉を、姉は信じていないようだった。

「遊びだったんだ。俺にとって将棋は娯楽で、ただ、強い人たちと戦えるだけで幸せだった。本気で棋士を目指したことなんてない。……目指していたわけじゃなかったんだけどなぁ。どうして、こんなに悔しいのかな」

今日まで、いや、今この瞬間まで、俺は、本気で棋士になりたいと思ったことなどないと信じていた。

奨励会に入ったのも、そこで努力を続けていたのも、姉を見守るためだった。

それなのに、どうして涙が止まらないんだろう。

俺には叶《かな》えられる夢があって、こんなにも恵まれているのに。

何で身を切られるほどに悔しいんだろう。

「本当は俺も、姉さんと同じ景色が見たかったのかな」

零《こぼ》れ落ちた言葉は、必死で誤魔化してきた本音だったのだろうか。

初めて目の前で泣いた弟の頭を、姉は優しく撫《な》でてくれた。

「誰かに夢を託して、自分は先に戦いの場から降りるなんて無責任だよね。でも、俺は家族だから、姉さんに託しても良いかな。許されるかな」

「ごめんね。智嗣、本当にごめん」

「どうして姉さんが謝るのさ。謝らなきゃいけないのは、俺の方だ」

「違うの」

今にも泣き出しそうな顔で、姉は首を横に振った。

「会いに行かなきゃいけない人がいる。ずっと、もう一度、将棋を指したい人がいたの。だから、智嗣の期待に応《こた》えられない」

一瞬、何を言われているのか分からなかった。文脈が繋《つな》がっていないからだ。

会いたい人がいるという話と、俺の期待に応えられないという話が、結びつく理由が分からない。

ただ、真剣というより悲壮《ひそう》といった方が相応《ふさわ》しいその表情から、姉の言葉が冗談でも隠喩《いんゆ》でもないことは理解出来た。

姉がそれ以上語ることはなく、俺もその先を促せなかった。

誰よりも、何よりも、姉のことを知りたいのに。

子どもの頃から、ただひたすらにそれだけを願っていたのに。

結局、俺は最後まで姉が考えていることを理解することが出来なかった。

7

その日の一局は、新人としては異例の公開対局となっており、ストリーミングメディアでの中継も入っていた。

しかし、世紀の一戦に、姉は姿を現さなかった。

公式戦では遅刻した分だけ持ち時間が失われていく。そして、時間切れを待つより早く、師匠の朝倉七段と連絡を取った将棋連盟より、千桜夕妃の不戦敗が告げられた。

体調不良による欠場。その発表には納得した人間の方が少なかったように思う。

本当に体調不良が原因なのであれば、対局開始前に連絡が入るはずだ。

奨励会時代にも姉は数多《あまた》の対局を欠場している。ただ、いずれの場合も対局前にその旨を届け出ており、どう考えても今回の欠場は不自然だった。

「千桜四段の病状は？」

「入院先は？」

マスメディアの質問に対し、発表の場に立った将棋連盟の担当者は、しどろもどろになりながら不明瞭《ふめいりよう》な回答を繰り返す。その態度も人々の疑念を煽《あお》ることになった。

千桜夕妃は本当に病欠だったのか？

プレッシャーに耐え切れず、逃げ出したのではないか？

姉が姿を現さず、唯一、真相を知っている可能性のある朝倉七段も明瞭な答えを発さないせいで、事態は混迷の度を増していく。

姉は順位戦の後で迎えた二局目にも姿を現さず、三局目の前日、師匠の朝倉七段により無期限の休場届が提出された。

日本将棋連盟のプロ対局規定には、こうある。

『棋戦を休場する場合は、その理由と期間を記した休場届を理事会に提出しなければならない。病気・負傷の場合は、必ず医師の診断書を添付することとする。』

理事会が受理したわけだから、千桜夕妃の病欠は確定だ。

しかし、休場届を代理で提出した朝倉七段は、その後も沈黙を貫いた。何度マスメディアの直撃を受けても、弟子の病状や入院先について語らなかった。

将棋連盟も千桜夕妃の欠場について発表以上のことは答えられないと宣言し、人々は真相を知る手段を完全に失った。残されたのは、史上初の女性棋士が、一局も戦わずに無期限の休場に入ったという事実のみだった。

朝倉七段は弟子が批難を浴びているにもかかわらず、言葉を発していない。嘘でも病状を話せば批難は収まるだろうに、そうはしていない。

俺は朝倉七段のことを、穏やかで実直な人だと理解している。

もしかしたら朝倉七段も姉が失踪《しっそう》した理由を知らないんじゃないだろうか。

姉は師匠にすら真実を告げずに、消えたんじゃないだろうか。

だから、将棋連盟も何も発表出来ないのではないだろうか。


一ヵ月が経ち、半年が経ち、一年が過ぎても、姉は姿を現さなかった。

姉の携帯電話は、俺が確かめた時には、既に解約されていた。

相変わらず朝倉七段は黙し続け、世間は姉という存在を忘れ始めている。

三段昇段後、三期続けて昇段を逃した諏訪飛鳥だが、今期は初挑戦時の快進撃を思わせる快勝が続いているという。

もしかしたら二人目の女性棋士が誕生するかもしれない。

そうなれば今度こそ、世界は姉のことを忘れてしまうかもしれない。

いや、栄誉を失うだけなら、まだ良い。このまま欠場を続ければ、姉は四段から降級することになる。戦えないなら棋士ではいられない。そういう世界だ。

あの日、姉は人生で最後の将棋を指すと言っていた。

その言葉を信じるなら、今や生きているかどうかすら疑わしい。

あの優しかった姉は、既に死んでいるのかもしれない。

8

「また、あなたですか。仕事帰りに待ち伏せするのはやめて下さい」

潮風の匂いが鼻をつく大学病院の駐車場で、一人の女に呼び止められた。

「教えて欲しいんです。お姉さんが何処に消えたか、本当は知っているんでしょう？」

俺を待ち構えていた人間の名は、佐竹亜弓《さたけあゆみ》。観戦記者をしているという女性だ。

ここ数ヵ月、何度も彼女からのアポイントメントなき直撃取材を受けている。

「彼女の足取りを知っていそうな人間は、もうあなたしかいないんです」

この人は何故、こんなにも姉に執着しているんだろう。既に姉は世間から忘れられかけている。今更、その行方を取材したところで、大した記事にはならない。

そもそもこの人は、諏訪飛鳥の番記者みたいな存在だったはずだ。

姉と諏訪三段が同じリーグを戦っていた期間に、彼女の独占インタビューを手掛けていたことを覚えている。

「お願いします。お姉さんのことが知りたいんです。もしもお手伝い出来ることがあるなら何でもします。新潟にだって何度でも来ます」

煩わしい。心底、鬱陶《うっとう》しい。

あんたたちは所詮《しょせん》、他人だ。

人の好奇心を飯の種にしているだけだろうが。

姉の行方が知りたいのは、こっちの方だ。

「教えて下さい。彼女は、千桜夕妃四段は、一体どんな人だったんですか？」

苛立《いらだ》ち紛れに溜息《ためいき》をついた後で、俺の口から零れ出たのは、たった一言だった。

「姉のことは、きっと、誰にも分かりません」

幕間　ニースの地で　前編

南フランスの中でもイタリアに近い地中海に臨む地域に、青い海岸、コート・ダジュールと呼ばれる保養地がある。その中心的な都市であるニースは、観光客に特に人気がある町の一つだ。

地中海性気候であるニースの地では、海水浴シーズンは言うに及ばず、冬でも温暖な気候が続くため、旅行者が一年中絶えない。

シャガールやマティスといったニース派の絵画を楽しめる美術館。陽気なカーニバルにジャズ・フェスティバル。イギリス人の散歩道を意味するプロムナード・デ・ザングレを筆頭に、ビーチ沿いには高級ホテルや有名なレストランが立ち並んでいる。

旧市街を抜けた先には、コリーヌ・デュ・シャトーと呼ばれる見晴らしのいい丘があり、ニースの旧市街と海岸線を一望出来る。

ニースという町は、もともとこのコリーヌ・デュ・シャトーに存在しており、かつては要塞《ようさい》や大聖堂などもあったが、今ではこの地の大部分が公園となっていた。

コリーヌ・デュ・シャトーの一角には、数百年前から存在する墓地がある。

その墓地を抜けた先に広がる草原の中に、中規模の総合病院が建っていた。

「アンリ先生。今日も一局、お願い出来ますか」

日陰になった中庭で、立派な白髭《しらひげ》を蓄えた老人の一人が、嬉《うれ》しそうに声をあげた。

声をかけられた人物は優しく微笑み、老人の向かいの席に腰を下ろす。

老人たちが囲むテーブルの上に、将棋盤と駒が置かれていた。

近年、フランスでは一大ムーブメントと表現して差し支えない将棋ブームが起きている。競技人口は現在進行形で増加の一途を辿《たど》っているが、この病院で療養している老賢人たちの間では、以前より将棋が大流行していた。

それもこれも、すべては『アンリ先生』と呼ばれた『彼』の影響である。

貿易商だった父親の赴任に伴い、日本で暮らしていた時代に将棋を覚え、その魅力に取り憑《つ》かれた彼は、故郷に戻った後、病院で患者たちに教え始めた。

当初は運動を制限されている子どもたちを対象としていたものの、やがてそれを見ていた年配者たちも興味を示し始め、すぐに院内で大人気のゲームになっていった。

「アンリ先生。私はお父さんみたいなものですから、手加減して下さいよ」

「お父さんと呼ぶには年齢が離れ過ぎていますよ。将棋を指していて『先生』と呼ばれると、不思議な気持ちになりますね。僕は飛車か角、どちらを落としましょうか」

「いやいや一枚落ちじゃ、まだ勝てません。飛車角落ちでお願いしたい」

「二枚落ちはさすがに、もうどうかなぁ。まあ、やってみましょうか」

二人が駒を並べ始めると、中庭で散歩をしていた老人クラブの面々が集まってきた。

長期入院中の患者たちは、すっかり将棋に夢中になっている。暇さえあれば対局し合っているものの、対等な勝負でアンリに勝てる者はいない。

「アンリ先生、駒落ちですか？」

「飛車角落ちなら、いけるんじゃないか？」

「先生！　じゃあ、勝ったら次は私とも飛車角落ちで指して下さい！」

チェスやリバーシと比べ、将棋が世界に普及するのは圧倒的に遅かった。

日本発祥のものと言えば、フランスでは柔道が人気である。もとより日本のカルチャーを受け入れる素地があったわけだが、将棋が浸透したのは、ごく最近のことだ。

日本でアニメが放送されると、すぐに世界中に翻訳されて広まっていく。必ずしも合法の動画ばかりではないとはいえ、アニメの影響力は尋常ではない。将棋を題材にしたアニメがきっかけとなり、この盤上遊戯が認知されたタイミングで、日本将棋連盟は世界に向けての発信力を強化した。

そして、その試みはここ数年で顕著な成果を挙げている。

今や町中で将棋を指している人々を見かけることすら珍しくなくなっていた。

「負けました。やっぱり、先生は強いなぁ」

飛車角落ちでおこなわれた一局は、アンリの勝利に終わる。

大方の予想通り、まだまだ老人とアンリの間には大きな実力差があった。

「先生！　次は私と！」

「いやいや、先に予約したのは私だぞ！」

群がる患者たちをかきわけ、一人の看護師がアンリの脇に立った。

「アンリ先生に会いに、お客さんが来ていますよ」

「お客さん？　あれ。僕、誰かと約束していましたっけ」

「見たことのない顔でした」

「へー。誰だろう」

「日本人と言っていましたね」

思い当たる節がなかった。将棋は日本で生まれた盤上遊戯だし、アンリは対面の将棋では負け知らずだ。しかし、日本国籍の知り合いらしい知り合いはいない。

「どんな人？」

「二十代だと思いますが、自信はありません。東洋人は若く見えますからねえ」

約束のない異国からの訪問者。

一体、誰が会いに来たんだろう。

「皆、ごめんね。先にお客さんに会って来るよ」

手にしていた駒を盤に置き、アンリは立ち上がる。

明日から二月だが、ここ、ニースは今日も暖かい。

穏やかな太陽の陽射しを受けながら、アンリは客人のもとへと向かうことにした。

第三部　諏訪飛鳥の情熱と恩讐の死闘

1

私、諏訪飛鳥《すわあすか》は、紛れもなく『将棋の子』として生まれた人間だ。

祖父は永世飛王《ひおう》であり、その一人娘である母は、女流棋士四段。

若くして引退したとはいえ、婿である父も六段の元棋士である。

父は引退後、将棋連盟の職員として働いており、祖父を慕う門下生たちは今も、研究会のために諏訪家にやって来る。

諏訪一門は数々のタイトルを獲得してきた、将棋界の一大勢力だ。そんな家に生まれた私には、最も強い駒の一つ『飛車』から一文字を取った『飛鳥』の名前が与えられた。

女は棋士にはなれない。歴史上、ただの一人も四段には昇段出来ていない。

諏訪家の跡取りである私が女であったことに、落胆した者もいるだろう。

だが、私は、だからこそ面白いと考えていた。

祖父は五期、飛王の座に輝き、未《いま》だ二人しか成し遂げていない永世飛王の栄誉を手にしている。その孫にして幼少期より英才教育を受けた人間が、女流棋士のタイトルを取ったくらいでは誰も驚かない。

史上初の女性棋士。

そして、史上初の女性タイトルホルダー。

そこまでのことを成し遂げて初めて、諏訪飛鳥の名は、千年の歴史を持つ将棋界に燦《さん》然《ぜん》と輝く金字塔になるのである。


エリート街道と言って差し支えない人生を歩んできたように思う。

将棋日本シリーズの『こども大会』では、低学年の部でも、高学年の部でも、優勝している。例年三千人以上が参加する小学生の最高位を決める大会『小学生将棋名人戦』でも小学五年生で優勝を飾り、六年生では防衛に成功して連覇した。

朝読書の時間には、読書をする振りをしながら必ず詰将棋を解いていた。そんな趣味が高じて、後に『詰将棋解答選手権』でも、女性初の入賞を果たすことになった。

小学生の内に女流棋士となった私は、幾度となく神童と呼ばれている。

諏訪飛鳥の将棋人生は、棋士を目指す者なら誰もが羨《うらや》むものだろう。

しかし、ここまでの経歴を持っていてなお、私は強いと自惚《うぬぼ》れることが出来なかった。

一門の研究会では、いつだって兄弟子たちにこてんぱんにやられていたからだ。

将棋で強くなりたいなら、まず最低限の定跡やセオリーを学ばなければならない。それには、どうしたって膨大な時間が必要になる。

矢倉《やぐら》、角換《かくが》わり、相掛《あいが》かり、横歩《よこふ》取り、中飛車《なかびしゃ》、四間《しけん》飛車、三間飛車、多くの戦型が存在し、それぞれでフォローしなければならない定跡が山ほどある。

小学生の大会で何度優勝しようと、研究会では常に私が一番弱かった。

後に棋士になるような将棋指しは皆、自信に満ち溢《あふ》れた幸福な幼少期を過ごすという。

少なくとも地元では向かうところ敵無し、天才ともてはやされるからだ。

けれど、私は違う。参戦する大会でどれだけ優勝しようと、将棋しか取り柄がないから強いのだと陰口を叩《たた》かれようと、自分が一番だなんて到底思えなかった。

私は弱い。師匠にも、兄弟子にも、まるで敵《かな》わない。

女流棋士になり、タイトルを狙えるようになっても、やっぱり自信は持てなかった。

目指している棋士には、まだ遠く及ばないと自覚していたからだ。

自惚れたことなど一度もない。努力を怠ったことも、投げやりになったこともない。

諏訪飛鳥の歴史は、敗北の歴史だ。

私は、私よりも多くの敗北を経験した人間はいないと信じている。

将棋の子として生まれた私は、決して天才ではない。

誰よりも多くの敗北を経験し、涙と悔しさをバネに成長してきた女だ。

私は、諏訪飛鳥は、そういう雑草のような人間だ。

2

奨励会と女流棋士は兼務することが出来る。

奨励会で昇段し続ける実力がありながら、女流棋士にならない人間は稀《まれ》なため、後に最大のライバルとなる千桜夕妃《ちざくらゆき》のことは、もちろん早い段階から知っていた。

女流棋士はれっきとしたプロである。対局料ももらえるし、年々その待遇や地位も向上している。それにもかかわらず、千桜夕妃は女流棋士の資格を取っていない。

一度も対局したことがなかったのに、彼女はずっと、不気味な存在だった。

それでも、あの運命のリーグ戦において、彼女の存在は最終盤まで視界に入っていなかった。初《しょ》っ端《ぱな》から三連敗した女に追いつかれるなんて、想像出来るはずがない。

彼女が尻上《しりあ》がりに調子を上げていると知った後でさえ、私が抱いたのは、勝ち越して来期も挑戦出来たら良いのにという上から目線の感想だった。

油断していたわけじゃない。だが、今思えば驕《おご》りはあったのだろう。

初挑戦の三段リーグで、私には最後まで自力で四段昇段を決めるチャンスがあった。忌々《いまいま》しい年下、竹森稜太《たけもりりょうた》の後塵《こうじん》を拝したとはいえ、二位の座をキープし続けていたのに、最終局で千桜夕妃に敗北し、史上初の女性棋士という栄誉は、私ではなく彼女のものになってしまった。

敗北のショックは大きかったが、次期のリーグで自分も棋士になれると考えていた。

次点も取れたし、三位だったということは、次はポールポジションで戦えるということである。もう一度、勝ち星で並べば、誰が相手でも頭ハネで私の順位が上になる。

一期遅れただけだ。観戦記者や私をよく知る兄弟子たちも、半年後には私が四段になれると期待していたように思う。

しかし、現実はシビアだった。

二度目の挑戦が四位に、三度目の挑戦が五位に終わり、身をもって理解する。

三段リーグは底なし沼だ。鬼たちが跋扈《ばっこ》する魔窟《まくつ》だ。

変に気負うことなく戦えた一回目の挑戦で、突破しておくべきだったのだ。

弱い自分と、思い通りにいかない現実に、押し潰《つぶ》されそうになる。

竹森稜太はたった一年で六段になっていた。初段で戦った時は、圧倒的な力でねじ伏せたのに、いつの間にか追い抜かれてしまった。むかつく年下のガキが先へ先へと進んでいるのに、私はどうにもならない人生にもがいている。

いや、竹森の奴はまだ良い。悔しいけれど、あいつが強いことは認めるしかない。

許せないのは、本当に腹が立つのは、千桜夕妃の方だ。

私を負かして棋士になったのに、デビュー戦を欠場し、そのまま一年以上姿を消している。詳細な理由を公表せずに、欠場を続けている。

千桜夕妃がいなければ私が棋士だったのだ。そもそも星の数で負けたわけでもない。単にあの女の方が早く生まれて、先に三段リーグにいたから、道を譲ることになっただけだ。

やる気がないなら、戦わないなら、邪魔しないで欲しかった。

立場を放棄して逃げるなら、最初から出しゃばって来るなと言いたかった。

許せない。許せない。絶対に、許せない。

見つけ出して、首根っこをひっ捕まえて、尋問したい。

無言で逃げ回っている理由を、直接、問い詰めたい。


怒りを募らせてからの私は素早かった。

彼女が内弟子として暮らしていた師匠の自宅を、お祖父《じい》ちゃんの住所録で調べ、二時間後にはその家の前に立っていた。

朝倉恭之介《あさくらきょうのすけ》。B級1組。七段。

中堅の棋士だが、年齢や抱えている問題を考えれば、一線級と言って良い。

棋士のピークは二十代後半から三十代前半というのが通説だが、彼は五十代に入ってなお、不戦敗を勘定に入れなければ、年間の勝率で六割を切ったことがなかった。

それだけの実力を誇りながら、長く七段である理由は明快だ。弟子と同じく、彼もまた薄幸の棋士だったからである。もともと病欠の多かった彼は、三十代で糖尿病を発症しており、以降、しばしば長期の欠場を余儀なくされていた。

千桜夕妃が彼を師匠として選んだ背景には、朝倉七段自身の身体的な問題も関係しているのではないだろうか。ハンデを負いながら、日進月歩の棋界に挑むという意味で、彼以上のロールモデルはいないからだ。

私は言ってみれば愛弟子《まなでし》のライバルのような存在である。

朝倉七段に対局がないことは確認していたが、門前払いされても不思議ではない。

緊張と共にインターホンを押すと、現れた朝倉七段は、予想に反して柔和な顔で迎え入れてくれた。

彼は普段着も和装らしい。

少し前に将棋会館で見かけた時よりも痩《や》せているような気がする。

「今日は暑かったから、移動だけでも疲れたでしょう？　こちらを召し上がって、一息ついて下さいな」

案内された畳敷きの客間で、奥様が濃茶と老舗《しにせ》の和菓子を出してくれた。

和を基調とした二階建ての一軒家。部屋数はいかほどだろう。

この家で十年以上、千桜夕妃は内弟子として暮らしてきたのだ。

和菓子を口に運び、雑談に興じる。

だが、私がそんなことをしに来たわけではないことは、朝倉七段も奥様も分かっているはずだ。

点《た》てて頂いた抹茶を飲み干した後で、本題に入る。

「千桜さんは今も、この家にいるんですか？」

私の質問を受け、朝倉七段は一度、奥様と視線を交錯させた。

「住民票に登録されている居住地は、ここの住所だね。ただ、夕妃が今も家にいるのかという質問であれば、答えはノーだ」

自宅にはいないということは、また入院か？

「彼女に聞きたいことがあるんです」

「そうだろうね。夕妃と話したがっている人間は多い」

「連絡先か所在地を教えてくれませんか。彼女に会いに行きます」

「申し訳ないが、誰にも教えるつもりはない」

返ってきたのは、穏やかな声色にはそぐわない即答の拒絶だった。

「好奇心でお願いしているわけではありません。聞きたいことがあるんです。言いたいことも山ほどあります」

「想像はつくよ。僕は夕妃のことを、ずっと見守ってきた。女性の身で棋士を目指している君の気持ちも、理解出来ていると思っている。だけど、いや、だからこそ、言わなければならないのかもしれないね。順番が違うだろう？」

「順番？」

「君は棋士じゃない。よって夕妃のことを知る資格がない」

告げられたのは、二の句を継げなくなる言葉だった。

「奨励会に敢闘賞は存在しない。惜しくても意味はないんだ。夕妃さえいなければ、君は一年前に棋士になっていた。それは事実だ。でもね、この世界では仮定の話になんて何の価値もない。悔しくて、悔しくて、夕妃が憎いだろう？　言ってやりたいことがあるんだろう？　だが、そんな風に苛立《いらだ》ちをすり替えても、君自身の現実は変わらないよ。諏訪さん。僕は、今の君には、何も教えられない」

反論出来なかった。

稚拙な怒りを見透かされていたことが恥ずかしくて、すぐにでも逃げ出したかった。

朝倉七段は妻に「もう少し言い方というものがあるでしょう」と窘《たしな》められていたけれど、彼が間違っているとは思えなかった。

でも、だからって、どうすれば良いと言うのだ。

私は三段リーグの沼にはまってしまった。

三位、四位、五位。挑戦の度に順位を落としている。

私はライバルたちの棋譜を、ほとんど調べられない。だが、彼らは違う。女流棋士である私の棋譜は、常に最新のものに更新され、公開されていく。三段リーグの有力者として警戒され、対策されるせいで、どんどん勝率が落ちている。

怖い。次もまた半年を無駄にしてしまうのかと思うと、恐怖で眠れなくなる。

千桜夕妃のせいなのだ。八つ当たりだとしても、そうとでも考えなきゃ、やっていられない。あの女がいなければ、私はこんなに苦しむことはなかった。

過去に一度だけ、千桜夕妃のインタビューが新聞に載ったことがある。

記事を書いたのは、奨励会員に精通している藤島章吾《ふじしましょうご》という男だった。

一縷《いちる》の望みを抱いて、彼に連絡先を尋ねてみたものの、返ってきたのは「俺からは何も話せないよ」という、そっけない回答だった。

千桜夕妃は唯一の女性棋士であり、私は第二の女性棋士に最も近い女だ。それなのに、どうして誰も彼もが私にまで、彼女のことを秘密にするのだろう。

私は知りたいだけだ。どうして逃げ続けているのか、それを知りたいだけなのに。

二人に振られた後、私が頼ったのは、信頼している記者の佐竹亜弓《さたけあゆみ》さんだった。

失踪《しっそう》状態の千桜さんに会いたい。欠場を続けている理由を、直接、問い質《ただ》したい。

思いの丈をぶつけると、亜弓さんは即座に同意してくれた。

「私も知りたいと思っていた。連盟が何も発表しないのは、明らかにおかしいもの」

「ありがとう。でも、もう手掛かりがなくて」

「去年、千桜さんの弟が奨励会を退会したよね。彼にはもう話を聞いた？」

思い出す。既に将棋界から去ったものの、彼女には二段になった弟がいた。凡庸な指し手という印象だが、腐っても家族だ。確かに彼女のことを知っている可能性は高い。

「私が彼に直接、聞きに行く。飛鳥は三段リーグに集中して。あなたには目の前の対局のことだけ考えて欲しい」

千桜夕妃の捜索を亜弓さんに託し、四度目の挑戦となった三段リーグ。

初挑戦時と同じように序盤から快進撃を続け、私は昇段を視界に捉《とら》えていた。

しかし、八日目の対局日に、まさかの連敗を喫してライバルたちに逆転され、最終的には四位でリーグ戦を終えることになってしまった。

亜弓さんは必死に、千桜夕妃を追ってくれている。だが、依然としてその行方は分からず、詳しい理由が公表されないまま欠場が続いていた。

亜弓さんが何度訪ねても、弟は「何も知らない」の一点張りらしい。

苛立ちだけが増していく。どうにもならない現実に、怒りばかりが満ちていく。

五度目の挑戦では、ついに過去最低の七位となってしまった。

魔境である三段リーグでは、たった一度の敗北が調子を狂わす。もう一敗も出来ないという極限の状況が思考を鈍らせ、信じられないような悪手を呼んでしまう。

神童と呼ばれたのも今は昔。この春、私は高校を卒業する。

十八の春を迎えた時に棋士になれていないなんて、考えたことすらなかった。

何処で、何を、間違えたんだろう。

千桜夕妃との運命戦以来、私の人生は狂いっぱなしだった。

3

その年、竹森稜太が再び偉業を達成した。

十六歳と三ヵ月で初タイトルを獲得し、最年少記録を大幅に更新したのだ。

私が三段で足踏みを続けた二年の間にも進化を続け、あっという間に八段になった竹森は、今や棋界で最も勢いのある棋士となっていた。

人は対局で成長していく。人を信じることで強くなる。それが諏訪一門の信条だ。

そんな私たちからすれば、竹森はあまりにも異質な棋士だった。

「今や人間よりコンピューターの方が強いんだから、局面をソフトに近付けた棋士が勝つんですよ」

それは、タイトル挑戦が決まった際に、竹森が記者会見で口にした放言である。先人たちへの挑発とも取れる言葉は、将棋界で物議を醸すことになった。

「目標とする棋士なんていません。理想はコンピューターです」

そこまでのことを言い切る竹森は、棋士になってから研究会への出席もやめたらしい。

本当にむかつくガキだが、結果を出し続けているから、誰も反論が出来ない。

私より若くて強い奴は全員、倒すべき敵でしかない。それでも、ここ数ヵ月、頭から離れなかった質問をするなら、その相手は竹森しかいないような気がした。

竹森とは奨励会時代に携帯電話の番号を交換している。別に知りたくもなかったけれど、「同世代に友達がいない」と言われ、憐《あわ》れに思って教えてやったのだ。

あいつは今も鳴り止まない祝福の電話に、悲鳴を上げているだろうか。

初戴冠《たいかん》の翌日、お昼を食べた後で電話をかけると、すぐに竹森が出た。

『びっくりしました。諏訪さんがかけてきてくれるなんて初めてですよね。嬉《うれ》しいです。祝福してもらえるとは思っていませんでした。諏訪さんは俺のタイトルに嫉妬《しっと》するタイプだと思っていたから』

「はあ？　さすがに嫉妬なんてしないわよ。棋士にもなっていないのに、タイトルに嫉妬していたら痛い奴じゃん」

『でも、そういう勝ち気な感じが、諏訪さんの良いところじゃないですか』

「さっきから喧嘩《けんか》を売ってるわけ？　勘違いしないでくれる。何で私が、あんたのタイトルなんて祝福しなきゃいけないのよ」

『電話をくれたじゃないですか』

「おめでとうなんて一言も言ってないでしょ。聞きたいことがあっただけ」

『このタイミングでタイトルに関係ない話ですか？　よく分からないですけど、将棋で勝ちたいなら、とりあえず、もっとAIを使って研究した方が良いと思いますよ』

いちいちむかつく奴だった。

「ガキが一丁前にアドバイスしてんじゃないわよ。まあ、聞きたいのはコンピューターのことだけどさ。あんた、かなりの頻度でネットで将棋を指しているよね」

『はい。ソフトは一通り触っています。俺のアカウントは教えないですからね。名前を隠せるお陰で、好き放題、指せるんですから』

「だから、あんたになんて興味ないっつーの」

『えー。少しくらいは興味を持って下さいよ』

本音を言えば、別に竹森に興味がないわけじゃない。若手最強の棋士なんて、いつだって気になるというのが正直なところだ。

だけど、こいつは年下だから、どうしても素直になることが出来ない。

次は気をつけようと思うのに、つい、きつい言葉を吐いてしまう。

「千桜さんのアカウントを見つけたことがあるか聞きたかったの」

『千桜さんって俺の同期のですか？　弟もいましたよね』

「千桜夕妃の方よ」

『あの人、生きているんですかね。もう二年くらい顔も見てないですよ。普通に考えたら闘病中なんだと思いますけど』

「病気でもネットでなら将棋は指せるでしょ。仮にも棋士なんだから、何もしていないわけがない。異常な早指しのアカウントとか、そういう心当たりってないの？」

『ネットでは皆、ある程度、早くなるからなぁ。研究が目的なら、じっくり指すより試行回数を増やした方が意味もありますしね』

なるほど。その考え方は私の中になかった。

「じゃあ、探しておいて」

『え。俺がですか？』

「あんた以外に誰がいるのよ。コンピューターでしか研究しないんだから、ついでに探せるでしょ。必ず見つけなさいよ」

『まあ、頭には入れておきますけど。俺、千桜さんとは一回しか指してないからなぁ。癖も棋譜も知らないし、正直、無理だと思いますよ』

「千桜さんを見つけられなかったら、タイトル返還してもらうから」

『何でですか。ちょっとくらい祝福して下さいよ。俺、史上最年少タイトルホルダーですよ。凄《すご》くないですか？』

「うるさい。もう切る。祝福して欲しいなら、千桜さんを見つけなさい」

4

二年前。史上初の女性棋士が誕生したあの頃、失踪した千桜夕妃のことを、ワイドショーやニュース番組が連日のように報道していた。

しかし、将棋連盟は彼女について黙し、死亡説が流れても、師匠の朝倉七段は一切のコメントを発さず、真相は闇の中だった。

薪《まき》をくべられない焚《た》き火《び》は、いつか燃え尽きる。

新しい情報がないせいで報道は下火になっていき、代替品として注目を浴びていた私の報道も、四段昇段を逃し続けたことで沈静化していった。

「結局、女は四段の壁を越えられないのだ」

そんな論調を見る度に、腸《はらわた》が煮えくりかえった。女性を一括《ひとくく》りにする暴論にも、一局も戦わずに逃亡した千桜夕妃にも、等分に腹が立つ。

だけど、ずっと、一番許せなかったのは弱い自分だった。

不甲斐《ふがい》ない自分への怒りで、どうにかなってしまいそうだった。

何度も、何度も、昇段のチャンスを迎えながら、最後の最後で勝利出来ない自分の生ぬるさに、絶望すら感じ始めていた。


三段リーグ、六度目の挑戦が始まる日の前夜。

夕食の後で、珍しくお祖父《じい》ちゃんに呼び出された。

四世代が暮らし、かつては内弟子も取っていた諏訪家は広い。住所は二十三区内ではないものの、将棋会館のある千駄ヶ谷《せんだがや》にもアクセスの良い多摩《たま》地区だ。

長い渡り廊下を抜け、久しぶりにお祖父ちゃんの部屋に入ると、大画面テレビに陸上の試合が映っていた。諏訪家は運動能力がからっきしだけれど、お祖父ちゃんはスポーツ観戦が好きで、オリンピックではよく分からない競技にまで一喜一憂している。

「飛鳥はこの選手たちを知っているか？」

首を横に振る。私は将棋以外に興味がない。

「百メートル走だよね」

「九〇年代はアジア人が十秒を切るなんて不可能だって言われていた。筋肉の質、体型の問題で、短距離走では黒人スプリンターが圧倒的に優位らしい。コーカソイドも二〇一〇年までは十秒の壁を破れていないしな」

「コーカソイドって何？」

「白人のことだよ」

「へー。白人でも無理だったんだ。でも、今は日本人でも何人も十秒を切っているじゃない。ニュースで見たよ」

お祖父ちゃんはいつもの作為的な笑みを浮かべる。

「それだってあっさりと記録が生まれたわけじゃない。ほとんど十秒フラットで走れる選手が次々に現れたのに、しばらくは誰も壁を破れなかった。だが、世間は思っていた。九秒台に近付く選手がこれだけいるんだから、いつかは誰かが十秒を切るだろう。そして、一人が十秒を切れば、堰《せき》を切ったように次の選手が続くだろう」

「実際、そうなったじゃない。もう三人もいるよね」

「正確には四人だな。僅差《きんさ》判定で九秒九七を出した選手がいる。公式記録では千分の一秒が切り上がるんだ」

「じゃあ、やっぱり一人が破ったら、どんどん出てきたんだね」

「俺はそうは思わない。一人が十秒を切ったから、二人目が生まれたわけじゃない。二人目が生まれたから、三人目が続くわけでもない。それぞれに努力をして、研鑽《けんさん》の果てに、ようやく辿《たど》り着いたんだ。二人目の記録達成者は、一人目に手を引っ張られたわけじゃない。飛鳥、お前もそうだぞ」

そこでようやく、お祖父ちゃんが私を呼び出した理由に気付いた。

「千桜四段が壁を破った。女は棋士にはなれないという通説を、彼女が覆した。だから世間は、すぐに二人目も誕生すると思っている。だが、それは勘違いだ。千桜四段とお前は別の人間なんだからな。飛鳥、世間の声に振り回されるな。周りの期待に応《こた》えようと良い子になる必要もない。自分が信じる道を行きなさい」

お祖父ちゃんの言葉のすべてに納得出来たわけじゃない。それでも、何かが吹っ切れたような、そんな気がした。

私を待っている人が沢山いる。

お母さんも、お父さんも、師匠も、兄弟子たちも、亜弓さんも、期待している。女でも対等に戦えるのだということを、私が証明する日を夢見ている。

自分が信じる道を行けと、お祖父ちゃんは言った。

だから、私は必死に怒りを振り払うことにした。怒りを、苛立《いらだ》ちを、失望を振り払い、情熱の先にある冷静さを取り戻さなければならなかった。

この盤上遊戯には、どんな勝負よりもクールな頭脳が求められる。

考えろ。考えて、考えて、考え続けろ。

私は将棋を指す未成年の中で、きっと、誰よりも多く負けてきた人間だ。

散々負けて、泣いて、惨めな姿を皆に見られて、それでも歯を食いしばって、ここまで来たんじゃないか。五回失敗したくらいで何だと言うのだ。

成長すれば良い。

昨日より今日、今日より明日、強くなれば良い。

将棋の世界では、たったそれだけのことですべてが変わっていく。

信じろ。努力は嘘をつかない。

今までの、そして、これからの私を信じるのだ！


三段リーグ、七日目の対局を終えた日の夜、竹森から電話がかかってきた。

「何？　忙しいんだから、下らない用件だったら切るよ」

『リーグ戦の結果を見ました。おめでとうございます』

「別に何もおめでたくないんだけど」

『十二勝二敗で一位じゃないですか。さすがに昇段でしょ』

「ねえ、そういうこと言うの本当にやめてくれる？　私、二回も逆転負けをくらってるんだから、アドバンテージ二勝くらいで油断なんてしないわよ」

『いや、残り四局で、諏訪さんの実力があれば、さすがに決まりでしょ。て言うか、一位で上がってきて下さいよ。俺、ずっと待っているんですから』

「その上から目線が、むかつくのよね」

『実際、将棋では上ですからね』

「調子に乗りやがって。いつか泣かす。話、終わったなら切るよ」

『待って下さい！　用件は前に頼まれていた話ですって』

十中八九、そうだろうとは思っていたが。

「コンピューターおたくに頼んで正解だったわ。千桜さんのアカウントを教えて」

『それなんですけど、結論から言うと、見つけられませんでした』

「はあ？　じゃあ、何で電話してきたのよ。見つかるまで探せよ」

竹森は今もタイトル戦の最中だけど、そんなの私の知ったことではない。

『「将棋ワールド24」に、気になるアカウントが見つかって、二ヵ月くらい追ってみたんです。他人の棋譜も見られるアプリなので。手が恐ろしく速いし、どう見ても素人じゃなかったから、最初はまた誰かがソフトを走らせたのかとも思ったんですけどね』

「あー。なんか問題になっていたね」

『レーティングのあるアプリは、開発者以外がソフトに指させることを禁止しているんです。と言っても、未《いま》だに横行しているのが現実です。急所だけカンニングしていれば、絶対にバレないですから。ただ、二桁《けた》の棋譜を見て確信しました。俺が追っていたアカウントは、ソフトじゃありません』

以前に読んだインタビューで、竹森は入手可能な将棋ソフトはすべて試していると語っていた。実力やスタイルに鑑みれば、ソフトの挙動については開発者よりも詳しい可能性がある。その竹森が断言するのだから実際に人間なのだろう。

『俺は千桜さんとは一回しか対局していませんけど、生涯、忘れられない敗戦です。そのアカウントの終盤の詰め方が、俺がやられた時に似ているんです。寄せ方とか時間の使い方がそっくりで。それで、二ヵ月、チェックしていました』

「だけど、さっき、千桜さんじゃなかったって言っていたじゃない。どうして分かったの？　アカウントは匿名なんでしょ？」

『チャットも無視されたので、確信まではないんです。ただ、日本人じゃなかったっぽいんですよね。ログイン時間が、どう見ても堅気が活動する時間じゃないんです。外国にあそこまで強い人間がいるってのも考えにくいけど、現役の棋士じゃないことは間違いありません。一応、もうしばらくは気にしてみますが、あのアカウント以上に千桜さんっぽい人間なんて見つけられない気がします』

竹森に調査を頼んで二ヵ月。こいつでも見つけられないなら、ネット上で彼女を探し出すことは不可能かもしれない。となれば、やはり方法は一つしかないのだろう。

『君は棋士じゃない。よって夕妃のことを知る資格がない』

一年前、千桜夕妃の師匠、朝倉七段は、私にそう言った。

恥ずかしくて、あの日は逃げるように退散してしまったが、冷静になった今なら分かる。彼女のことを知りたいなら棋士になれ。あれは、朝倉七段からの叱咤《しった》だった。

そして、私は六度目の挑戦となった今期、十四局を終えて首位にいる。

私は竹森のような天才じゃない。けれど、私には、私だけの強さがある。

誰よりも多く敗北を知っていること。決して諦《あきら》めない心を持っていることだ。

だから私は負けなかった。

週刊誌に何を書かれても、大切な人たちを何度失望させても、自分を信じて乗り越えることが出来た。

竹森との電話から二ヵ月後。

私は十五勝三敗という成績で三段リーグの一位となり、四段昇段を果たす。

諏訪飛鳥、十九歳の秋の出来事だった。

5

「諏訪四段は失踪《しっそう》しないで下さいね」

記者会見で記者から冗談交じりの言葉をかけられた時、二年半分の怒りが甦《よみがえ》った。

許せないことは許せない。自分が棋士になったたって怒りは消えない。

私は戦わずに逃げた千桜夕妃を、今でも許していなかった。

二年連続で休場を続けた彼女には、既に降級点が二つついている。このままいけば戦わずして来期はフリークラス転落だ。

フリークラスになった棋士は、陥落後、十年以内にC級2組に昇級出来なければ引退となる。千桜夕妃が今期も復帰しなければ、再戦は難しいものになるかもしれない。

彼女の転落が決まる前に、何としてでも見つけ出し、再戦を果たしたかった。

言ってやりたいことがあった。何より失踪の理由を説明して欲しかった。椅子取りゲームの椅子を奪われた私には、それを聞く権利があるはずだ。

現実問題として千桜夕妃の行方を知っていそうな人間は、二人しかいない。

彼女の師匠である朝倉七段と、弟で元奨励会員の千桜智嗣《ちざくらともつぐ》だ。

千桜智嗣とは何度か対局経験がある。凡庸でありながら堅実な将棋を指す男という印象が残っているけれど、私は当時から彼の情熱の深度を測りかねていた。

敗北に悔しさを覚えない人間は、その時点で棋士に向いていない。

そして、私は彼が敗戦にショックを受ける姿を見たことがなかった。

どれだけ連敗を重ねても飄々《ひょうひょう》としている。彼はそういう男だった。

勝利に執着しない性格は、夢を叶《かな》えた途端に失踪した姉にも通じるものがある。

亜弓さんは何度も彼を訪ねたそうだが、一度としてまともな回答は得られなかったという。とはいえ、棋士になった私が相手であれば、答えが変わるかもしれない。

二年前、千桜さんの失踪直後に、マスメディアの直撃を受けた彼は、姉は中学生の時に家を出て行ったから、事情も行方も分からないと話していた。

私は彼がそこに虚実を混ぜたと思っている。棋士のことは棋士にしか分からない。たとえ両親とは絶縁状態でも、弟には心を許していたはずだ。事実、二年半前の三段リーグ対局日には、何度か彼の姿を将棋会館で目撃している。

例会日ではない彼が会館に現れた理由は、姉の応援以外に考えられない。

別々に暮らしていても、あの二人は姉弟《きょうだい》の絆《きずな》で結ばれていたはずだ。

私はそう信じていたから、朝倉七段の前に、まず彼を訪ねてみようと思った。

千桜智嗣は現在、新潟市の大学病院に勤務する医師であるという。

新潟まで出掛けるのだから、避けられて会えないという事態は回避したい。

直接、病院を訪ね、退勤時の彼を待ち伏せすることにした。

新潟にいるはずのない女の顔を見つけ、一瞬で用件を悟ったのだろう。私を見つけた彼は、分かりやすく表情を歪《ゆが》めた。

「諏訪さんがいらっしゃるとは思いませんでした。俺の勤務先なんて、誰に聞いたんですか？」

「観戦記者の佐竹亜弓さんです」

「ああ、あの人か。一年くらい前まで、毎月のように来ていました」

「智嗣さん。私は棋士になりました」

真面目に話しているのに、失笑されてしまった。

「知っていますよ。将棋に興味のない人間でも知っていると思います。諏訪さんはきっと、ご自分で考えている以上に有名です」

「二年半前に負けた日から、私はお姉さんのことをライバルだと思ってきました。千桜四段に追いつくことが目標だったんです」

「おめでとうございます。あなたは追いついたし、すぐに追い抜くと思います」

本心で言っているのか、彼の声色から棘《とげ》は感じられなかった。

「私は女です。女性であることを武器にも言い訳にもしたくないけど、女同士にしか分からないこともあります。お姉さんのことは師匠やご家族より理解出来ると思います」

「……そうですね。そうかもしれない」

「会わせてくれませんか？　千桜四段を倒さない限り、私はスタートラインに立てません。お願いします。どうか千桜四段に会わせて下さい」

「申し訳ありませんが、本当に何も知らないんです。別れの言葉は告げられたけど、姉が何処に消えたのかは知りません」

「別れの言葉？　それはデビュー戦の前の話ですか？」

「ええ。前夜に姉が新潟まで会いに来たんです。『これから人生で最後の将棋を指す』と言っていました」

「ずっと具合が悪そうでしたけど、やっぱり……」

「いえ、諏訪さんが想像されているような話ではないと思います。父が手を回して、姉が世話になっていた病院のカルテをチェックしていましたから」

「命に関わるような話ではないということですか？」

「少なくとも失踪前に、そういった兆候はなかったはずです」

私と会わせたくないだけなら、元気だと明かす必要はない。彼が嘘をついているようには見えなかった。

「諏訪さんと戦った後、姉は入院しましたよね。その時に精密検査を受けています。大病を患っているということも、肺以外に疾患が見つかったという事実もありません。ただ、姉は退院して以降、一度もかかりつけの病院に現れていないんです」

「つまり、『最後の将棋』なるものを指すために、失踪したということですか？」

「姉の言葉の意味が、俺には分かりませんでした。むしろ諏訪さんの方が何か分かるんじゃないですか？　俺も、姉はあなたに特別な何かを感じていたと思います」

弟にも行き先を告げずに失踪したとなると、残る手掛かりは……。

「お姉さんが消えた後、朝倉七段とは話しましたか？」

「いえ。俺はもう将棋連盟と関わっていませんし、師匠も違いますから」

「では、一緒に訪ねてみませんか？　棋士になった私と、家族であるあなたになら、何か話してくれるかもしれません。お祖父《じい》ちゃんに頼んで連絡を入れてもらいます」

6

連休を利用して上京した智嗣さんと合流し、朝倉七段の自宅に向かっていた。

十九歳になった今も、私は男の人と付き合ったことがない。

恋愛に興味がないわけではないけれど、棋士になるまで余計なことは考えない。そう決めて生きてきた。

兄弟子以外の男と二人きりで出掛けるなんて、初めての経験である。

千桜姉弟の容姿が端整であるとはいえ、電車で隣に座っただけで、妙に身構えてしまう自分が意外だった。私は竹森とであれば、何の気兼ねもなく話せる。どうして智嗣さんだと緊張してしまうんだろう。

「お姉さんは内弟子になって以降、ずっと朝倉家で暮らしていたんですか？」

異性との会話に慣れていないことを悟られるのも癪《しゃく》だ。平静を装って質問してみる。

「そう聞いています。大学卒業後、姉は独り立ちしようとしたんですが、体調を心配した奥様に止められたらしいです。朝倉先生にも将棋に集中出来る環境に甘えなさいと、引き留められたと言っていました」

「女流棋士じゃなかったから、自立するなら働く必要がありますもんね。朝倉七段の人の好《よ》さは外見にも滲《にじ》み出ていますけど、生活費まで面倒を見ていたんですね」

「内弟子になったと知った後、父が朝倉先生に会いに行っているんです。勘当した娘とはいえ、余所《よそ》様の善意には甘えられないと言って、お金を渡そうとしたらしいのですが、きっぱりと断られたそうです。才能ある子を応援することに見返りはいらないって。父は理解出来ないという顔をしていました」

「私は、ちょっと分かるかな。お祖父ちゃんも内弟子を取っていたし」

「俺も分かります。姉の強さを知れば、夢を見たくなります」

将棋の世界で生きると決めた者にとっては、お金よりも大切なものが沢山ある。

もちろん、賞金だって欲しいけれど、それは一番じゃない。二番や三番でもない。夢を追うことは、お金を得ることよりも遙《はる》かに尊いのだ。

「朝倉七段の内弟子って、お姉さん一人ですか？」

「はい。もともと弟子を取るつもりはなかったらしいです。自分の体調管理だけで手一杯だからって。でも、姉のことは放っておけなかったみたいです」

「自分の境遇と被《かぶ》ったってことですよね」

私は子どもの頃から風邪すらほとんど引いたことがない。入院したこともないし、ここ五年ほどはインフルエンザの予防接種以外で病院に行ったこともない。

いつだって心も身体もすこぶる好調。棋士なら誰もが羨《うらや》む健康体だ。

世間が私と千桜夕妃に注目し始めた頃、ネットニュースのコメント欄で、私は心ない言葉を散々目にしている。彼女の容姿を称賛する声と、私の容姿をあげつらう声だ。

どう見たって千桜夕妃は美人である。一方の私は、ぽっちゃりとした体型で、愛らしいというより勇ましい。容姿で比べたら、百人が百人とも彼女を応援するだろう。

それでも、私がショックを受けることはなかった。

自分の容姿なんて鏡を見れば分かる。変えようがない。見目麗しい女性に生まれたかったという気持ちがないわけじゃないけれど、代わりに、もっとも素晴らしい賜物である健康な肉体を、両親から与えられた。

例えばブラック・ジャックがいたとして、二人の身体を替えてくれると言っても、私は絶対に断る。逆に彼女の方がそれを望むはずだ。

私たちにとって必要なのは、モデルのような肢体でも、綺麗《きれい》な顔でもない。

真っ直ぐに戦える身体があれば、それで良い。


朝倉七段には、お祖父ちゃんを通して訪問を伝えてある。

内弟子の弟と、内弟子のライバル。奇妙な組み合わせの私たちを、朝倉七段は穏やかな眼差《まなざ》しで迎え入れてくれた。

一年半前と同様、客間に通される。

奥様が点《た》ててくれた抹茶を飲み干した後で、本題に入った。

「率直に言います。二年半前、私は彼女に完敗しました。ようやく四段になれましたが、彼女を倒さずして、本物の棋士にはなれないと思っています」

「君はもう立派な棋士だよ。僕と妻は長く夕妃を見てきたからね。女性が四段になるということが、どれくらい大変なことか、君たち自身の次に理解していると思う」

「朝倉先生は以前、こう仰《おっしゃ》いました。順番が違う。今の君には、それを知る資格がない。だから、私は棋士になって戻って来ました。今度は教えてもらいます」

朝倉七段の柔和な表情は変わらない。

「千桜さんは何処に消えたんですか？　どうして逃げたんですか？」

「君は、あの日、夕妃が逃げたと思うのかい？」

「思いません。彼女には逃げる理由がない。でも、対局の場には現れませんでした」

朝倉七段とどれくらいの間、見つめ合っていただろう。

「すまない。お茶をもう一杯もらえるかな」

朝倉七段は居間にいる妻に呼びかけてから、

「あの子はね、自分のことを知られたくなかったみたいなんだ。答えるべきか否か、少し考えさせて欲しい。お茶を一杯飲む間だけ」

「急ぎません。千桜さんのことを教えてもらえるなら、何時間でも待ちます」

運ばれてきた抹茶に口をつけ、朝倉七段は目を閉じる。

彼女は弟にすら真実を告げずに姿をくらました。しかし、大恩ある師匠にだけは秘密を作らなかった。そういう理解で正しいだろうか。

お祖父ちゃんの話によれば、朝倉七段は将棋連盟理事たちによる聴取でも、弟子の現状について何一つ語らなかったらしい。

「智嗣君はあの子が生まれつき肺に問題を抱えていたことは知っているね」

「姉はそれを誰にも知られたくないと言っていました。対局に言い訳は不要だからと」

「あの子は弟子入りした時から、そういう信念を持っていた。何度も入退院を繰り返していたのに、連盟の人間にも肺の問題を隠していた。夕妃の身体のことを知っていたのは、僕と智嗣君くらいだろう」

「言い訳はしたくない。その気持ちは私にも分かります。でも、どうして、そこまで隠す必要があったんですか？」

「女だからだ。ただでさえ対等に見てもらえないんだから、同情を買うようなことはしたくない。それが夕妃の意志だったし、肺の問題を隠すことには僕も賛成だった。相手の体調に問題があると知って、無駄に時間をかけてくる人間もいるからね」

「でも、それなら、どうして彼女は昇段後の会見で公表したんですか?」

「あの場で夕妃が言っていた通りだよ。あの子は責任感が強い。対局料をもらう立場になったのに、戦えない理由を隠すのは不誠実。そう考えたんだろう。入院や突発的な体調不良で欠場することは避けられないからね」

「だとすれば余計に分かりません。始まる棋士生活を踏まえて、病状を告白したんですよね。だったら、どうして消えたんですか? 一局も指さずに彼女は何処に?」

「俺も教えて欲しいです。姉が消えてから、もう二年以上経っています。何一つ情報がないせいで、死亡説どころか殺されたのではなんて話まで出てきている。お願いします。どんな些細《ささい》なことでも構いません。姉のことが心配なんです」

「僕の口からは何も話せない。ただ、君たち二人は知っても良いのかもしれない」

朝倉七段は立ち上がり、桐簞笥《だんす》の最上段から何かを取り出した。

「夕妃のことを知りたいなら、ここを訪ねてみると良い」

差し出された用紙には、愛媛県のとある住所が書き込まれていた。

朝倉七段の自宅を出てすぐに、智嗣さんは渡された住所を検索した。

「病院だ。病床数が二百だから結構大きいな」

「やっぱり入院していたってことですか？」

「そこまでは分かりません。ただ、この病院をうちの父が把握していなかったことは確かです。少し前に姉の居場所を聞いた時、不機嫌そうでしたから。父は何もかもを掌握していないと気が済まない性質《たち》なんです」

「ここに行ってみないと何も分からないってことか」

「守秘義務がありますから、そうなりますね。今日が土曜日で良かった。最悪、泊まりになっても何とかなる。俺は今から羽田《はねだ》に向かいます」

「私も一緒に行きます」

迷う必要などなかった。

千桜夕妃を倒さない限り、私は本物の棋士にはなれない。

彼女が失踪《しっそう》した理由を知らずして、私は棋士の道を歩き出せない。

7

受付で智嗣さんが免許証を見せ、弟であることを伝えると、千桜さんが入院する個室まで看護師に案内された。

どうやら事前に朝倉七段が連絡を入れてくれていたらしい。

不穏な予感がなかったと言えば、嘘になる。

私が知っている千桜夕妃は、いつだって酷《ひど》い顔色をしていた。将棋会館で咳《せき》が止まらなくなる姿を見たのも、一度や二度じゃない。

だけど、ここまでの姿は想像していなかった。個室のベッドに横たわる彼女は透明な管に繋《つな》がれ、鼻の下に呼吸用のチューブをつけて目を閉じている。頬はこけ、タオルケットの先に覗《のぞ》く手首は、以前より細くなっていた。

病院を紹介されたのだ。元気な姿の彼女と再会出来るとは思っていなかったが、幾ら何でもあんまりだ。これじゃ、今にも……。

「姉さん」

智嗣さんが呟《つぶや》き、ゆっくりと彼女が目を開けた。

「……智嗣。久しぶり。大人っぽくなったねぇ」

彼女は虚《うつ》ろな目をしていたけれど、意識ははっきりしているようだった。

案内してくれた看護師から、手術が終わったばかりで体力が落ちているため、面会は短時間にして欲しいと言われている。

胸騒ぎが鎮まらない。二年間、黙していた朝倉七段が口を割ったのだ。

「まさか、このまま死ぬとか言わないわよね？」

力なく頭を傾けて、彼女が私を視界に捉《とら》える。

「……諏訪さん。どうしてあなたが」

「勝ち逃げなんて許さない。絶対に許さないから。私は、あなたに勝つことを目標にしてやってきたのよ」

お願いだから、何ともないと言ってくれ。余計な心配をするなと怒ってくれ。

あの日、あなたに負けたから、私は強くなれた。

再戦する日を夢見て、一日も無駄にせず努力してきた。

あなたがいるから、私は棋士になれたのだ。

「女でしょ？　こんなところでくたばってないで、気合いを見せなさいよ！」

「諏訪さん、ここは病室です。大きな声は……」

正論で諭されたって、昂《たか》ぶる感情は抑えられない。

悔しい。こんなところで、こんな形で、最大のライバルと……。

千桜さんはタオルケットをめくると、上半身をゆっくりと起こす。

「姉さん。無理はしないで」

「大丈夫。見て欲しいものがあるだけだから」

入院服の裾《すそ》を摑《つか》み、彼女はそれを胸の下まで引き上げる。

現れたのは、透き通るような白皙《はくせき》と、目を背けたくなるほどの傷痕《きずあと》だった。心臓の辺りから大きな傷痕が伸び、周辺は膿《う》んだように色が変わっていた。

「逃げません。こんなところで、くたばったりもしません」

苦しそうな顔で、しかし、彼女ははっきりとそう言い切った。

「戦うために手術したんです。半年かかると言われているので、私はフリークラスに転落します。でも、戦いたいんです。そのために戻って来ました」

「じゃあ、私は、あなたを待っていても良いの？」

服の裾を戻し、顔を歪《ゆが》めたまま彼女は頷《うなず》く。

「もう一度、将棋を指しましょう。今度は棋士の世界で」

告げられたのは、私が何よりも聞きたかった言葉だった。

8

棋士と女流棋士、二つのプロ資格は兼務を許されているが、千桜さんは四段に昇段した際、女流棋士の資格を申請しなかった。私も棋士資格の取得と同時に、女流棋士の資格を返上している。棋士として生きると、覚悟を決めていたからだ。

あの日の約束を守り、千桜夕妃は半年後の四月に復帰した。

朝倉七段が入院先を教えてくれたのは、私たちの熱意に押されたというより、そもそも彼女の復帰を予感していたからだったのだろう。

知りたいことは、まだ沢山ある。二年半もの長期にわたり闘病生活を送っていたとは、さすがに思えない。失踪前に弟に告げた言葉の意味も分からない。

ただ、そういった疑問の答えを探ることは、もう私の仕事ではない。

大切なのは、千桜夕妃と再び盤上で戦えるという事実だけだ。

彼女は長期欠場に入った時も、復帰に際しても、一切のコメントを出さなかった。

現在の実力に懐疑の目を向ける者もいたし、空白の時について説明することなく復帰したことを、自分勝手だと弾劾する者もいた。

将棋を指していても、指していなくても話題になる。彼女はそういう人間らしい。

千桜さんはフリークラスに転落したため、順位戦で当たることはない。再戦するには彼女が順位戦に復帰するか、トーナメント形式の棋戦で互いが勝ち上がるしかない。

彼女がC級2組に上がる日を、悠長に待つつもりはない。千桜夕妃が復帰する前に、私はC級1組に昇級してやる。今度は先を行ってやる。そう考えていた。

棋士の世界には現在、八つのタイトルが存在している。

タイトル奪取は、すべての棋士の目標であり夢でもある。しかし、タイトルを目指すよりも先に集中しなければならないのは、棋士の命とも言える『順位戦』だ。

四段に昇段した私の次なる目標は、順位戦で勝利を重ね、C級1組に昇級することである。昇級条件はシンプルで、六月から三月までの間に、一人十局を戦う順位戦において、上位三名に入るか全勝することだ。

C級2組は最も人数が多いクラスである。新人の棋士は順位も最下位からスタートすることになるため、一年で昇級したいなら、ほとんど全勝に近い成績が必要になる。

一方、フリークラスに転落した千桜夕妃の昇級条件は、もう少し緩い。

全棋士参加の棋戦優勝やタイトル戦挑戦などといった条件を満たすことは難しくとも、良いところ取りで三十局以上の勝率が六割五分といったあたりの条件は、調子を落とさずに対局出来ていれば、いずれ達成出来るに違いない。

千桜夕妃がC級2組に復帰するのが先か、私がC級1組に上がるのが先か。

棋士生活の一年目は、そんな状況で始まることになった。

一年で昇級したいなら、順位戦では全勝する必要がある。

並々ならぬ想いで臨んだものの、やはりプロの世界は甘くなかった。

三局目にして早くも黒星を喫し、七局目でも再び敗北することになった。

とはいえ五勝二敗は順位戦初参加の棋士としては立派な成績である。女の善戦が意外だったのか、諏訪飛鳥の一年目の戦いは、予想以上の頻度で報道された。しかし、メディアが取り上げるのは私の対局ばかりだった。

もう一人の女性棋士、千桜夕妃もフリークラスで勝利を重ねている。しかし、メディアが取り上げるのは私の対局ばかりだった。

フリークラスの彼女は棋士と奨励会員の間のような存在である。間違いなく棋士ではあるものの、収入だって極端に不安定だ。一年間、すべての対局に敗れれば、年収は百万円ほどにしかならない。三年という時を経て、世間の認知度は完全に逆転していた。

しかし、私の両目は、いつだって千桜夕妃のことを見据えていた。

棋譜を見れば嫌でも分かる。

彼女は決して終わった棋士ではない。棋力が衰えたなんてことも絶対にない。

「最近の飛鳥は、本当に楽しそうだね」

一年目の棋士生活も終盤に差し掛かった頃、亜弓さんにそんな言葉を掛けられた。

「毎日、充実しているでしょ。表情で分かる」

棋士になるより、なってからの方が大変だ。

お祖父《じい》ちゃんも、両親も、兄弟子たちも、皆、そう言っている。だけど、私は先達の言葉に頷けない。三段リーグの方が苦しかった。先の見えない恐怖と、心まで折られるような失望を繰り返した日々に比べたら、毎日が天国のように楽しい。

トーナメントで格上の棋士と当たり、手も足も出ずに惨敗しても、私は何故か嬉《うれ》しかった。棋界には恐ろしく強い人たちが何十人もいる。私はこれから、そんな彼らに何十回も何百回も挑戦出来る。幸せだった。棋士になって、本当に良かった。

「千桜さんも調子が良さそうだよ」

「将棋の話？　体調の話？」

「どっちも」

「そっか。それは良かった。万全の千桜夕妃にリベンジしたいもん」

彼女は復帰後、フリークラスの棋士が参加出来る棋戦において、八割近い勝率を挙げていると聞く。このままいけば一年でC級に復帰するだろう。

「飛鳥との対局が決まったら、インタビューを取らせてくれないかなぁ」

「フリークラスの間は取材を受けないって、連盟を通して発表していたよ」

「そうなんだよね。でも、飛鳥との対局は特別じゃない。史上初の女性棋士対決だよ？　対局後でも良いから、記念対談をセッティングさせて欲しい」

「亜弓さんなら私はいつでもウェルカムだけどねー。まあ、宣戦布告をしたいから、対談をするなら対局前が良いけど」

私のライバルは、千桜夕妃しか有り得ない。

順位戦で二敗している私は、来期の1組昇級が絶望的であり、このままいけば、たった一年で追いつかれる。心底悔しいはずなのに、何処かで歓喜している自分もいた。

そして、来期の対局を予感し始めた頃、私はある事実に気付く。

将棋会館で実際に彼女の対局を目にし、それは確信に変わった。

千桜夕妃の棋風が変わっていたのだ。


年度末の三月。

私は七勝三敗で昇級を逃し、千桜夕妃は一年でC級2組への復帰を勝ち取った。

約束の時は目前まで迫っている。

私はそう確信していたのだけれど、翌年も彼女との再戦が叶《かな》うことはなかった。

順位戦、十局の組み合わせに私たちの対局は入らず、九勝一敗の成績で三位に入った千桜夕妃は、二年連続の昇級を決める。

C級1組に昇級した時点で、棋士は昇段規定を満たし、五段となる。

追い越したと思っていた彼女に、私はたった二年で追い抜かれていた。

9

私は何て馬鹿だったんだろう。

棋士三年目の順位戦、最終局を終え、千桜夕妃の昇級を知った時、最初に思ったのはそんなことだった。

病気なんて関係ない。対局ではどんな言い訳も通用しない。そう分かっていたはずなのに、私は何処かで彼女に同情し、見下していた。

いつの間にか上から目線で、私の隣まで這《は》い上がって来いなどと考えていた。

自分でも気付かぬまま、慢心し、油断していたのだ。

再戦して勝利したわけでもないのに、千桜さんより強くなったつもりでいた。

「亜弓さん。私は本当に馬鹿だ。恥ずかしい」

「どうしたの、急に」

順位戦、最終局の後、亜弓さんに会うなり、本音が零《こぼ》れ落ちた。

二年連続で順位戦の成績は、七勝三敗。

C級2組の棋士の中では強い。しかし、昇級は出来ていない。

男たちと対等以上に戦えているというだけで、満足していたのだろうか。

「千桜さんが帰って来てくれて良かった。あの人がいるお陰で、私はいつも自分の甘さに気付ける。日進月歩の棋界で停滞は後退。一からやり直すしかない」

順位戦で勝ち越したくらいで喜んでいた自分が恥ずかしい。

タイムマシンがあったら、今すぐ戻って殴りたい。

飛王だ。私が目指しているのは飛王のタイトルなのに、どうしてこの程度の実績で喜んでいたのだろう。本当に、本当に、甘ちゃんだった。

「次は、がっかりさせないから。取材していて良かったって思わせるから。だから、もう少しだけ私に期待して」

「何を言っているのよ。取材していて後悔したことなんてない。飛鳥の戦いを、私は誇りに思っているよ」

「女性初の棋士の称号も、五段も、先に取られてしまった。でも、タイトルだけは譲らない。女性初の戴冠《たいかん》は私が成し遂げる。飛王を取るよ。私は絶対に飛王になる」

きっと、言葉には力がある。奨励会時代から見守ってくれている亜弓さんに宣言したことで、覚悟が一つ上のステージに進んだような気がした。

二十一歳。若い若いと言われても、もう子どもじゃない。

二つ年下の竹森稜太は、既に七回もタイトルを取っている。

じっくり棋力を磨いて、飛王に挑戦出来る時を待つ。そんなことを言っているようじや、いつまで経っても夢は叶わない。

A級棋士にならなければ挑戦出来ない『名人』とは違う。

棋士になったのだから、私にはもう『飛王』を目指す資格がある。

私の真の目標は、C級1組に昇級することでも、千桜夕妃に追いつくことでもない。

目指すべき場所は、そんな低い位置にはない。

飛王だ。私はお祖父ちゃんと同じ飛王になる女なのだ。


飛王戦は一九七四年に創設されたタイトルであり、すべての棋士と女流名人、女流王位が参加出来る棋戦だ。私と千桜さんは棋士枠での出場だから、昨年から女性は四人参戦している。しかし、飛王戦で予選を突破した女性は未《いま》だいない。

飛王戦の『予選』には、高段者にも優位性がないという特徴がある。シードの四名を除く全棋士が、八つのトーナメント表に分けられ、二回戦までに登場するからだ。

その後、各トーナメントの優勝者は、シードされた者と共に、紅白二つのリーグに振り分けられ、総当たり戦をおこなうことになる。

夢を叶えるための道程は長く、厳しい。

私は飛王を目指すため、棋士になって以降、研究会では特定の条件下での対局を最も多くこなしてきた。

三段リーグの持ち時間は、九十分。棋士の命である順位戦は、六時間だ。

タイトル戦の予選は大会によって持ち時間が、一時間、三時間、五時間と、まちまちだが、飛王戦の予選は最後まですべての対局が四時間でおこなわれる。

私は四段に昇段した時点で、この四時間の将棋に強い棋士になろうと決めていた。そういう訓練を兄弟子や弟弟子たちを相手に、積んできていた。

二十三歳。棋士生活五年目。

公式戦で通算百勝を達成して五段に昇段した私は、飛王戦の予選で力を発揮する。トーナメントの性質上、勝ち上がれば対局相手はほとんどが格上になる。

それでも、四時間の将棋に賭《か》けてきた情熱のすべてを、盤上で燃やし尽くし、泥臭く勝利を手繰り寄せていった。

辿《たど》り着いた予選最終局の相手は、A級棋士だった。

非公式戦や記念対局を除けば、棋士生活五年目にして初めて、十人しかいないA級棋士と戦うことになった。対局が決まっただけで魂が震えた。

棋士になり、棋界で躍動している。そう実感した。

A級棋士と対座しただけで、感動で涙が零れ落ちそうだったけれど、歯を食いしばってそれを堪《こら》えた。

ここはただの過程だ。通過点だ。

感傷に飲まれるな。

ベストじゃない。ベスト以上の私を引き出せ。

あと一勝。あとたった一勝で、挑戦者決定リーグへの参戦が決まる。リーグに進めれば、仮に優勝出来なくても二位になることで翌年のシード権が与えられる。飛王に大きく近付ける。

勝たなくてはいけない。ここで、絶対に、勝たなければならない！

10

予選の最終局を終え、トーナメント優勝者八人の名前と、紅白の組分けを見た時、私は運命みたいなものに、弄《もてあそ》ばれているんじゃないかと思った。

「諏訪さん。おめでとうございます！」

対局後、私に最初に声をかけてきたのは、竹森稜太だった。

「あんたも勝ち上がったか。一応、おめでとう」

私は先日、やっと五段になったばかりだというのに、こいつはとっくに最高位の九段になっている。と言うか、初タイトル獲得以降、一度も無冠になっていないから、長く段位では呼ばれていない。

年下のくせに、ことあるごとに私の前に立ちはだかる生意気な天才だ。

「俺、嬉《うれ》しいです。諏訪さんともう一度、戦いたかったから」

「悪かったわね。弱くて」

「そういう意味じゃないですよ」

「でも、事実そういうことでしょ。あんたと当たらないのは私が弱いからだもん」

「そんなことないですって！　女性初の飛王戦挑戦者決定リーグ到達者ですよ！」

そうだ。私はいつも千桜夕妃の後塵《こうじん》を拝してきたけれど、ついに史上初の名を手にすることが出来た。しかし、今回もすっきりはしない。何故なら、

「まさか六人の内、半分が三段リーグの同期とはね」

予選を勝ち上がったのは、私や竹森だけじゃない。別のトーナメントを千桜さんも勝ち上がっており、あろうことか私たち三人は同じ組になっていた。

「嬉しいなぁ。同窓会みたいじゃないですか」

「何が同窓会よ。こっちは、あんたと違って最初で最後のチャンスかもしれないんだからね。本当にむかつくガキだわ」

「二歳しか違わないじゃないですか」

「うるさい。黙れ。天才に私の気持ちが分かってたまるか。帰って研究しよ。あんたと喋《しゃべ》ってると天狗《てんぐ》がうつる」

「えー。諏訪さん、俺のこと、そんな風に思っていたんですか？　待って下さいよー」

二十一歳になった竹森稜太は、既にA級棋士である。

複数のタイトルホルダーでもある彼は、若手最強どころか現役最強の一人だ。

むかつくけれど竹森は強い。本当に、強い。正直、竹森と同じ組になったことは不運としか言いようがないが、もう一人のライバルと戦えることには感謝していた。

棋士になって四年、今日まで千桜さんとは一度も戦うことが叶《かな》わなかった。

しかし、この最高の舞台で、私が最も得意とする四時間将棋で、再戦出来ることになったのだ。気持ちが昂《たか》ぶらないはずがなかった。

そして、迎えた運命の挑戦者決定リーグ。

そこで繰り広げられたのは、誰も想像出来なかった波乱の展開だった。

11

紅《あか》組の六人が発表された時点で、私と千桜さんの勝ち上がりを予想する声は、存在しなかったように思う。

総当たりで全員が五局を戦う挑戦者決定リーグでは、往々にして四勝一敗や、三勝二敗で、勝敗数が並ぶことが多い。その場合、プレーオフはおこなわれず、前期リーグの勝星と前期予選勝星を参照して勝者が決まる。

レギュレーションにより私の順位は五位、千桜さんは六位であり、リーグを突破したいなら、事実上、全勝が求められていた。

加えて、私たち以外の四人の面子《メンツ》は絶望的に強力だった。

竜皇《りゅうおう》を防衛中の竹森稜太。現名人。そして、前年度、飛王戦七番勝負に出場して敗れた棋士と、もう一人のトーナメント突破者。全員がA級棋士だったのである。

場違いと卑下するつもりはないが、四人とも遥《はる》か格上の棋士たちだった。

女性である私たちが同じ組に入ったのは、せめてどちらかが一勝出来るようにという連盟の配慮によるものではないかと訝《いぶか》しむ声が上がったのも無理はない。

真実は分からない。ただ、そんな風に、将棋ファンへの忖度《そんたく》と揶揄《やゆ》されても仕方がないほどに、私たち二人と他の四人の実績には差があった。

私は今年、この飛王戦にすべてを賭けている。挑戦者決定リーグに進出して以降、ほとんどの時間を飛王戦で対局する相手の研究に使っていた。

A級棋士たちにとっては、ある意味、私たちとの戦いはボーナスステージだろう。所《しょ》詮《せん》はC級棋士。どう考えても警戒するような相手じゃない。何よりA級棋士ともなれば、狙っているタイトルは飛王だけじゃない。

飛王戦だけに賭けている私と、数ある棋戦の中の一つでしかない彼ら。

わずかな差かもしれないが、時間と、執念と、祈りが、奇跡を起こす。

私は何とA級棋士に三連勝したのである。

自分でも信じられなかったし、私の連勝は連日、ワイドショーやニュース番組で報じられることになった。

人生最大の快進撃を私が続けていたその頃、ライバルである千桜さんがどうなっていたかと言えば、彼女はA級棋士たちに三連敗を喫していた。早々にリーグ制覇も、来期のシード権獲得も、逃していた。

目に見える結果で、千桜さんを上回ったのは初めてかもしれなかった。

少なくとも今この瞬間だけは、私が地球上で一番強い女だ。そう確信出来た。

残り二局の相手は、別のタイトル戦を同時並行で戦っている弊害か、珍しく負けが先行している二敗の竹森稜太と、三敗の千桜夕妃だ。

二人に勝てば、問答無用で私が挑戦者決定戦に進出となる。


「諏訪さん。本当に凄《すご》いですね。このままいけるんじゃないですか？」

第四局。控室に入ろうとしたところで、竹森に話しかけられた。

「何で他人事《ひとごと》なのよ。あんたは順位が良いから、まだ可能性があるでしょ」

「俺、最終局が庵野《あんの》名人なんです。あの人との相性、最悪なんですよね」

「へー。あんたにも苦手意識のある相手なんているのね」

「よく庵野名人に勝ちましたよね。俺、感動しちゃって泣きそうでした」

「あんたってさ、昔からそうやって嘘くさいことを真顔で言うよね」

「何で信じてくれないんですかー」

嘆く顔も嘘っぽい。こいつは昔から本音がよく分からない。

「嫌いなんだよね。自分より若くて強い奴が」

「仲良くしましょうよー。同世代じゃないですか」

「鬱陶《うっとう》しいな。同世代じゃないし。て言うか、新聞で読んだよ。eスポーツだっけ？　あんた、先週、変なゲーム大会で優勝していたでしょ。何で将棋にすべてを賭《か》けてない奴が、そんなに強いのよ。本当、むかつく」

「将棋だって本気で頑張っていますって。eスポーツは息抜きです」

「私は将棋の息抜きにも将棋を指す。棋士なんだから将棋以外のことは引退するまで考えなくて良い」

「好きですけどね。諏訪さんのそういうところ。本当、やりにくいなぁ。今日は」

やりにくいのはこっちの方だ。緊張で胸が張り裂けそうだって言うのに、飄々《ひょうひょう》としているこいつは、今日も平常心のままナチュラルに全力を出してくる。

「ねえ、あんたさ、まさか私のことを研究してないわよね」

「しましたよ。するでしょ。むしろ、しないわけないでしょ」

「はぁ？　ふざけてんの？　C級棋士を相手に対策を立てるとか、竜皇として恥ずかしくないわけ？」

「いやいや、対策を立てない方が失礼でしょ。お世辞じゃなくて、本気で諏訪さんのこと、強いと思ってますしね。奨励会で吹っ飛ばされた時のことも忘れられないです」

「そんな大昔のこと忘れて良いから。これからは私と戦う時に対策するのやめて」

「何でですかー」

「ガキに棋譜を分析されていると思うと、むかつくから」

「もう二十一歳なんだから、子ども扱いしないで下さいよー」

私は竹森稜太の棋力を知っている。

現役の竜皇である彼が、私より遙かに強いことも理解している。

三局目が終わって以降、順位戦すら脇に置いて、こいつの棋譜を並べ続けてきた。

肉を切らせて骨を断つではないけれど、何かを犠牲にしてでも勝負するべき場所は、ここだと信じたからだ。

ここまでの飛王戦の結果は出来過ぎだ。現在の実力を考えれば、挑戦者決定リーグに進出したことも、そこでA級棋士に三連勝したことも、何もかもが出来過ぎだった。

今年を逃せば、次にいつこの場所まで辿《たど》り着けるか分からない。


「ほらね。俺の言った通りじゃないですか」

『負けました』の一言を告げた後で、竹森は笑って言った。

「諏訪さんは強いんですって。俺、小学生の頃から知っていましたよ」

悔しいはずなのに。

今日の敗戦で、挑戦者決定リーグの敗退が決まったというのに。

「おめでとうございます。諏訪さんならいけます。きっと挑戦者決定戦に進めますよ。俺、応援していますから」

竹森は最後まで笑顔を崩さなかった。

決して綺麗《きれい》な勝ち方ではなかった。

それでも、私は最後の最後まで粘り、接戦の末に勝利を手にした。

若手最強の竹森を倒し、これで挑戦者決定戦出場まであと一勝だ。

いや、他の対局次第では、今日にも勝ち上がりが決まる可能性がある。ほかの棋士たちが全員、二敗以下の成績なら、私の一位が確定する。

千桜夕妃は今日も負けていた。彼女は〇勝四敗で、最終日に私と対局する。

ほかの棋士たちは……。

星取表を見つめ、一秒で理解した。

竹森と同様、別のタイトル戦を並行して戦っている名人に土がつき、私に負けて一敗だった二人の棋士が、勝ち星を積み上げていた。彼らは三勝一敗同士のまま最終局を直接戦う。つまり、どちらか一人は絶対に、一敗のままリーグを終えることになる。

飛王戦の挑戦者決定リーグにはプレーオフがない。私が最終局で負ければ、どちらが勝っても頭ハネで私よりも上の順位になる。

最終局で負ければ二位で敗退、勝てば一位で挑戦者決定戦に進出。

結局のところ、私たちはこういう運命なのだろう。

人生で一番大切な日に、必ずお互いが立ち塞《ふさ》がる。

七年以上願い続けた彼女との再戦は、私だけの運命を左右する一局となっていた。

12

一言で棋士と言っても、千差万別、様々なタイプがいる。

私は年齢で言えば圧倒的に若いけれど、カテゴリーで言えば旧時代的な人間になる。ソフトを使っていないわけではない。ただ、基本的には研究会の対人将棋で研鑽《けんさん》を積んできた。言わば伝統的な手法で強くなった人間だ。

千桜さんや竹森は違う。研究にコンピューターを使うのは今や当たり前だが、二人は他の棋士と比べても、圧倒的にそういったものに時間を割いている。

二人はどちらも研究会に入っていないし、竹森に至っては将棋のインタビューを受けていても、いつの間にかゲームの話に脱線するような男だ。

強くなる方法に、万人に共通する正解はない。ただ、私はお祖父《じい》ちゃんから叩《たた》き込まれた対人の修行が一番だと信じたい。それを自分の将棋で証明したいとも考えていた。

たった二人しかいない女性棋士の公式戦初対決である。

しかも永世飛王の孫には、挑戦者決定リーグの突破がかかっている。

私たちの運命の対局には、当然のようにネットテレビの中継が入ることになった。

飛王戦の持ち時間は四時間である。互いが時間を使い切れば八時間以上の長期戦になるものの、ネットテレビであれば何の問題もなく最後まで放送出来る。

対局に現れた彼女は、いつものように地味なブラウス姿だった。一方の私は、気合い入りまくりの勝負服、お祖父ちゃんが作ってくれた友禅染の着物である。

この一局が持つ意味は、私と彼女で大きく違う。

千桜さんは負けたところで失うものなどないが、

「嬉《うれ》しいです。やっと約束を果たせる時がきました」

盤を挟んで対座した彼女は、そんな風に囁《ささや》いた。

「覚えていてくれたんですね」

「全身全霊で指させて頂きます」

「手加減してくれても良いよ」

今日も彼女は重たそうな咳《せき》をしている。今にも倒れそうな顔をしているくせに。

「諏訪さん。先に謝っておきます。あなたを挑戦者決定戦には進ませません」

千桜さんの顔に、不敵な微笑が浮かんだ。

将棋界には、先人が提唱した崇高なる哲学がある。『相手にとって一生を左右するような重要な対局にこそ全力を尽くす』というものだ。

ただ、そんな思想があろうとなかろうと目の前に駒と盤がある限り、棋士はいつだって全力を尽くす。大量リードしている時は、盗塁をしてはいけないとか、投手は打ちにいってはならないみたいな、ちゃんちゃらおかしい暗黙の掟《おきて》は存在しない。

「先にタイトルに挑戦するのは私です」

言ってくれるじゃないか。

手加減して欲しいなんて、本当は、こっちだって思っちゃいない。

私が倒したいのは、全力の千桜さんだ。

「受けて立つわ」

ここまで四連敗という成績なのに、彼女の心は少しも折れていなかった。

考えてみれば、これまでの相手はすべてA級棋士。棋界のトップばかりだ。

敗戦の中にも感じるところがあったのだろう。見せつけられた力の差でさえ、いずれ自分なら撥《は》ね除《の》けることが出来ると、彼女は戦いの中で思ったに違いない。

告げられた宣戦布告が不思議と嬉しかった。


運命の一局は、私の先手番で始まった。

奨励会時代の千桜夕妃は、誰よりも手の速い女だった。

小気味よく次から次へと指し、残り時間の差で無言のプレッシャーをかけ続ける。

どうやって研究しているのか知らないが、とにかくあらゆる盤面で判断が速かった。

しかし、三年の時を経て復帰した彼女の棋風は、ガラリと変わった。序盤からじっくりと考え込むことも珍しくなくなったし、長期戦に持ち込むことも増えた。

後手番となった彼女は、序盤から、珍しいほどガチガチに守りを固めてきた。体調が悪いくせに、持ち時間をたっぷり最後まで使う気で指していることは明白だった。

長期戦はこっちも望むところである。千桜さんは体力がない。時間が経てば経つほど、疲れが溜《た》まれば溜まるほど、こちらが有利になる。

今日は、今日だけは、絶対に負けられないのだ。

千桜さんの強さについて、師匠の朝倉七段は、かつてこう語っていた。

「彼女は対局相手が考えていることを読み取れるんです。三択くらいであれば、選ぶ手は、ほぼ分かると言っていました。だから相手よりも先に思考を進めることが出来る。その結果、対局者は信じられないような速さで手を返され、あたかも誘導されているように感じてしまう。何百局と指している僕ですら、操られているのではと感じることがあります」

敵の思考を正確にトレース出来る能力。

朝倉七段が言う通り、確かに千桜さんにはそういう力があるのかもしれない。七年前の対局でも、気付けば彼女の罠《わな》にはまっていた。誘導され、私は完敗を喫した。

けれど、今日は違う。彼女の特別な能力を理解したからこそ、序盤から時間を惜しみなく使って、盤面を読むことにしていた。

彼女は序盤から何度か不可解な手を指している。どう考えても損をする手、布石にはなりようがない手を、しっかりと時間を使って指してきた。

何を考えている？　一体、何が見えている？

彼女は時間や勝負の雰囲気まで利用して、指すべきではない手に誘導してくる。

しかし、これは飛王戦の挑戦者決定リーグ。持ち時間は四時間だ。詰将棋に傾倒している私は、終盤に強い。慎重に指していっても、そうそう時間切れにはならない。絶対に誘いには乗らない。彼女が不可解な手を指す度に、慎重過ぎるほど考察を重ねたからだろう。中盤で持ち時間は一時間以上開いてしまったが、盤面はどう見ても私が優勢だった。

　このままミスをせず、真正面から組み合ったまま押し切る。

　五連勝で挑戦者決定戦に進出してやる。

　それは、盤面が終盤に差し掛かろうかという頃合いだった。

「まさか、これを狙っていたの？」

　気付いた瞬間、私は思わず呟《つぶや》いてしまった。

　彼女は怖いくらいに真剣な眼差《まなざ》しで私を見つめたまま、口を開かない。

　千桜さんは体力がない。少なくともこの挑戦者決定リーグの間は、ずっと調子が悪そうだった。精神的な意味でじゃない。肉体的な意味でだ。

　今日も哀しくなるくらいに重たい咳が止まらない。

　異常なまでの早指しをやめたとはいえ、平均的な棋士たちと比べれば、彼女は圧倒的に手が速い。叡皇《えいおう》戦などの極端に持ち時間が少ない棋戦を除けば、ごく稀《まれ》にしか秒読みにまで至らない。

千桜さんがスピードを求める将棋を指すようになったのは、自身の体力を考慮してのことだ。私はそう考えていたし、実際、今でもそうだと思っている。

だから今日、ここで、こんなことを狙ってくるとは夢にも思っていなかった。

この戦いは、私にとってだけ意味を持つ対局だ。

女性の初対決とはいえ、彼女は負けたところで失うものがない。

勝利したところで挑戦者にはなれないし、来期のシード権も得られない。

それなのに、極めてクレイジーな盤面を狙ってきた。

「……千日手」

将棋では、駒の配置、持ち駒の数と種類、手番がまったく同じ状態が四回現れると、『千日手』として判定される。その勝負はなかったことにされ、先手と後手を入れ替えて最初から指し直しとなる。もちろん、持ち時間もそのままだ。

私が定跡通り切り返せば、彼女は二手前の手を繰り返すだろう。

誘導に乗らず、痛みを覚悟で盤面を進めることも出来るが、その場合、私は確実に、既に『龍』に成っている『飛車』を失うことになる。

千日手による指し直しが嫌なら、成っている飛車を寄越せ。ずっと私が優勢な状態で進めていた盤面で、彼女が放ったのはそういう一手だった。

これは逆転のための起死回生の一手なのか？　それとも初めから狙っていたのか？

千日手を最初から狙うなんて聞いたことがない。指し直しになれば先手と後手が入れ替わるとはいえ、幾ら何でも有り得ない。そう思うのに、計画通りだったのではという疑念が拭《ぬぐ》えない。序盤から何度も不可解な手があった。それらが絶妙に絡み合い、この盤面は生まれている。

七年前に戦った時、私は女流棋士としての棋譜を研究されていると考え、長く封印してきた戦型を採用している。しかし、なすすべもなく負けてしまった。

あの日の反省を生かし、今日は迷わず自信がある戦型で戦おうと決めていた。

今の調子なら、たとえ研究されていても真っ向勝負で勝てると思ったからだ。

しかし、裏を返せば、相手にとっては推測が容易だったということでもある。彼女は私が選ぶだろう手を研究し尽くし、必然の千日手を狙ってきたのかもしれない。

私の読みは、ある意味では正しかった。

彼女は私の得意な戦型を把握していたし、しっかりと研究してきていた。その上で、私は実力で彼女の上をいこうとした。だが、千桜さんはその先まで描いていた。

将棋の先手と後手は、対局前の『振り駒』で決まる。恐らく千桜さんは最初から決めていたのだ。もしも後手になったら、体力的なハンデを背負ってでも、千日手に持ち込み、先手を奪い返すと。

私の持ち時間は二時間を切っており、片や彼女は三時間以上残している。

千日手は駄目だ。後手になり、ここまで持ち時間に差をつけられた状態では、ジリ貧になる。私だけが秒読みに追い込まれる可能性も十分にある。

では飛車を渡すのか？　形勢はどのくらい変わる？

無理だ。選べない。ここで飛車を失うのは、あまりにも痛過ぎる。

当然選ぶべき手を指すと、彼女は一秒で指し返してきた。

二手前とまったく同じ盤面が現れる。

分かり切っていたことだが、彼女はこの将棋を続けるつもりがない。

指し直しか、飛車か。その二択以外は認めないのだ。

決めなければいけない。迷っている間にも、私の残り時間だけが一方的に削られていく。指し直しになるなら、少しでも時間を残して二局目に突入しなければならない。

だが、次は私が後手だ。しかも、この一局に、ここまで周到な罠を用意してきた彼女なら、次も想像外の仕掛けを繰り出してくるかもしれない。

あと一勝なのに。あと、たった一勝で、夢に大きく近付くのに。

終生のライバルは、全身全霊でなりふり構わずに、私の夢を阻もうとしていた。

13

公式戦で千日手が発生した場合、三十分の休憩を挟み、先手と後手を入れ替えて最初から指し直しとなる。

この一週間、私はこの一局にすべてを賭《か》けていた。

最善手を指し続けるため、序盤からリスクを冒して入念過ぎるほどに時間を使ってきた。その一局をご破算にされ、まさかの形で指し直しとなった。

『先にタイトルに挑戦するのは私です』

対局前のあの言葉は本気だった。

彼女は帝国ホテルでの記者会見で、『竜皇』が目標だと語っていた。飛王と竜皇、目標は違えど、私たちは共にタイトルを取る日を夢見て、戦い続けている。

指し直しとなった一局で、彼女は序盤、ほとんどの手をノータイムで指してきた。自分が先手になった時の戦型も、当然ながら十全に研究してきていたのだ。

先手有利のまま盤面は進み、気付けば私の持ち時間は三十分を切っていた。対する彼女はまだ二時間以上も残している。

誰がどう見ても追い詰められているのは私の方だった。

私の肩には人生最大級のプレッシャーがのしかかっている。

十代の頃なら、空気に飲まれてしまったかもしれない。

絶望的な展開に心が折れ、決着がつくより先に諦《あきら》めてしまったかもしれない。

だが、あの頃と違うのは、私が棋士であることだった。

諦めてたまるか。相手の術中にはめられたくらいで、投げ出してたまるか。

私が信じてやらずに、誰が信じるというのだ。

私は、私を信じている。今日までの努力と、絶望的な状況下での底力を信じている。

だから、どんな手でも使おうと思った。

醜くても良い。みっともなくても良い。棋士として考え得るベストを尽くす。

長期戦を望んだのはそっちなんだから、とことん付き合ってもらうからな！


劣勢をひっくり返すには、あまりにも時間が足りない。

どう考えてもこちらが先に時間を使い切り、ろくな手を打てないまま力押しで負ける。

そう悟った瞬間に、私は目標を切り替えた。

千日手など狙って作り出せる局面ではない。この後、奇跡的な棋譜が刻まれ、仮にそういう場面を作れても、千桜さんは絶対に乗ってこない。私にはもう時間が残っていないのだから、飛車でも角でも捨ててくるはずだ。

超攻撃的なスタイルの私が、恥も外聞もなく、盤上で玉を右往左往させている。

こちらが逃げに転じたことは、彼女もすぐに気付いたようだった。

私の姿勢を悟っても彼女は慎重だった。焦って追わずに、確実に仕留められる時を狙い、時間をたっぷり使って、嬲《なぶ》りにきた。

性格の悪い将棋だが、勝つために全力を尽くすその姿勢は嫌いじゃない。

しかし、今回ばかりは彼女の読み違いだった。

千桜さんは対局相手の思考をトレースするのが得意だが、百パーセント読めるわけじゃない。彼女が知ることが出来るのは、あくまでも相手が選びそうな手だ。

私は闇雲に逃げているわけじゃない。数時間前にやられたことを、違う形でやり返そうとしているだけだ。

そして、それに彼女が気付いた時には、既に盤面が完成していた。

飛車や角を除けば、ほとんどの駒は後方に弱い。それらと王以外に後ろに下がれるのは金と銀だけだし、その動きも制限されるからだ。その上、敵陣の三段に入った時点で、駒は成ることが出来る。最弱の歩ですら、一度動くだけで金になれる。

それが故に、将棋では敵の王に自陣三段以内に入られた状況、つまり入玉《にゅうぎょく》されてしまうと、詰ませることが非常に困難になる。

敵陣までの道程は長く険しいが、入玉し、周囲を駒で囲ってしまえば、敵はほとんど勝つことが不可能になる。

彼女がそれに気付いた時には、私は道筋を見つけていた。

残り時間から形勢逆転が難しいと判断した私は、中盤で頭を切り替えた。

逆転勝ちを諦め、入玉による引き分け『持《じ》将棋《しょうぎ》』に持ち込むことを決めたのだ。千桜さんが狙った千日手に誘導された直後だったからこそ思いついた策だった。

負けがなくなったとはいえ、私の持ち駒で、彼女を詰ませることは不可能に近い。

彼女が選べるのは、自身も入玉し、両者合意による引き分けにすることだけだ。

私はもう時間を使い切ったが、彼女はまだ一時間以上を残している。このまま長引いても、時間を失うのは彼女だけである。

対局中に喋《しゃべ》ってはいけないというルールはない。

「体力勝負を挑んできたのはそっちだから」

負けはないと確信した後で、冷ややかに告げると、

「入玉します」

彼女は苦しそうな顔で、即座にそう応じた。

敵陣に王が入っていなくても、入玉が確実な状況であれば、事実上の入玉とみなして合意することが出来る。千桜さんに選べる手は、もうそれしか存在せず、両者合意による持将棋が成立した。

相入玉による持将棋になった場合、盤上と持ち駒の数によって勝敗が決まる。

大丈夫。

しっかりそこまで計算して指してきた。

飛車と角は五点。残りの駒はすべて一点だ。二十四点に満たない棋士が負けとなり、どちらも二十四点以上であれば、引き分けとなる。

何度計算しても間違いない。私たちは共に二十四点以上を確保していた。

持将棋になるとタイトル戦では両者に〇・五勝ずつが与えられる。そのレギュレーションであれば、私の勝ち抜けが決まるが……。

わずかな期待は、すぐに連盟事務員の説明によって打ち消された。

リーグ戦では相入玉となった場合、先手と後手を入れ替えて指し直しになる。

運命の戦いは、二度目の仕切り直しとなったのだ。

指し直しにおいて片方の持ち時間が六十分に満たない場合、少ない方の対局者の時間が六十分になるよう、両者に同じ持ち時間が加算される。三局目の戦いでは、私はぴったり一時間。千桜さんは二時間二十四分が、持ち時間になる。

依然としてアドバンテージは彼女にある。

だが、二度の指し直しにより、私は再び先手番となった。

先手での私の勝率は六割強。

今度こそ、絶対に、千桜夕妃を打ち負かしてやる。

14

千桜さんとの対局が始まってから、既に十時間が経っていた。

三十分の休憩時間に入った時点で、ほかの二局はとっくに勝負が決している。

体調が優れない中で戦っているからだろう。疲れ切った様子の彼女は、持将棋が決まっても、その場から動けず、うつむいて重たそうな咳《せき》を続けていた。

「控室で休んだ方が良いんじゃないですか」

「……はい。もう少ししたら」

盤上ではあんなに強気だったのに、聞こえてくる声は、いつだってか細い。

先手が入れ替わるとはいえ、持ち時間を考えれば有利なのは彼女だ。

だが、控室にも向かえないような体力で、次もまともに指せるんだろうか。

「お疲れ様です。これ、飲みます?」

対局室を出ると、竹森が缶珈琲《コーヒー》を手に立っていた。

「は? 何であんたがまだいるのよ」

こいつは三時間以上前に、相性が悪いと言っていた名人に勝利していた。とはいえ、私が勝とうが負けようが、挑戦者決定戦には出られないし、二位に与えられるシード権も得られない。こんな時間まで残っていた理由が分からない。

「いやぁ、ある意味、世紀の対決じゃないですか。どっちが勝つか見たかったんです。千桜さんは同期だし、諏訪さんは同世代だし」

「しつこいな。同世代じゃないって言ってるでしょ。お子様は帰れ。リーグ戦で負けたんだから、遊んでないで研究でもしなさいよ」

「遊んでたわけじゃないですよ。『クラッシュ・オブ・アース』はここで出来ますしね」

竹森はeスポーツのプロでもある。

クラッシュ何たらというのは、こいつがやっているゲームの名前だろう。対局が終わった後、そのまま控室で遊んでいたらしい。

まったくふざけた奴だった。

「あ。二人の対決、もうニュースになっていましたよ。令和最大の女の意地の張り合いだって。外野のくせに、うるさいですよね」

　あんたも外野だろ。

「世間の皆様には悪いけど、今日は私が勝つわ」

「何で世間の皆様に悪いんですか？」

「私を応援している人なんて、お祖父《じい》ちゃん世代のオールドファンくらいだもん。美人、病弱、ここまで四連敗。誰だって千桜さんを応援するわよ」

「日本人は判官贔屓《ほうがんびいき》ですからね。まあ、最後のはそうかもしれないですけど、別に千桜さんの方が特別可愛いってこともないんじゃないですか」

「昔も注意したよね。思ってもいないことを言うのやめなよ。逆に、むかつくから」

「いや、本気で思っていますけど」

　この大嘘つきが。とぼけたような真顔に腹が立つ。

「だったら、あんたの美術の成績は1だね」

「諏訪さんって、本当、俺に手厳しいですよね」

「嫌いだもん。私より若くて強い奴は全員嫌い」

「じゃあ、そのお強いA級棋士のアドバイスを聞いて下さい。俺なら次は新手を使います。千桜さんは完全に体力の限界だ。振り回して乱戦に持ち込めば勝機はあります」

「そういうのいらないから」

「千桜さんは控室にも行けないくらい疲れ切っている。勝負にこだわるべきです。大抵の棋士には、その手を指して負けるより、指さないで負けた方が後悔すると思って、賭《か》けに出る瞬間があります。もちろん、俺にもあります。でも、千桜さんにはそれがない。あの人は負ける時でさえ確信を持って指している。もしかしたら千桜さんは、この世で一番、研究に充てている時間が長いのかもしれません。真っ向勝負は危険です」

「はいはい。天才棋士のご忠告として頭に入れておくわよ」

年下のくせに私にアドバイスしようなんて二十年早い。

適当にあしらって控室に入ったものの、竹森の言葉が頭から離れなかった。

一メートルの距離で見ていたのだ。今更、誰に教えられなくても、彼女の体力が尽きかけていることくらい分かっている。

竹森の奴は勝負にこだわるべきだと言っていた。そんなこと、言われるまでもなく理解している。これは私の運命を決める戦いだ。

盤上で指される手に、綺麗《きれい》も汚いもない。

私が運命の一局に選ぶべき戦型は……。

15

その対局が終わったのは、深夜二時過ぎのことだった。

今日のリーグ最終局は、東西の将棋会館で午前十時に一斉に始まっている。

二度の指し直しがあったとはいえ、両者の持ち時間を合わせても八時間の挑戦者決定リーグが、こんな深夜にまで及ぶなんて異例である。

対局はネットテレビで中継されていたけれど、最後まで放送されたんだろうか。

指し直しの第三局は、最終的に、私も千桜さんも時間を使い切り、泥沼の一分将棋になった。

お互いに持てる力をすべて出し尽くした。そんな戦いだった。

彼女ほどではないとはいえ、さすがに私だって疲労困憊《こんぱい》だ。

対局を終え、立ち上がった瞬間に、数年振りの立ちくらみを経験したし、対局室のドアをあんなに重たいと思ったのは初めてのことだ。

「飛鳥！」

対局室を出ると、廊下の向こうから観戦記者の亜弓さんが走ってきた。

もうとっくに電車もなくなっているのに……。

勢いよく抱きつかれ、思わずバランスを崩してしまう。

亜弓さんは背が低く、華奢《きゃしゃ》な体型である。私の方が二十キロは重いのに、のけぞってしまう程度には、力を使い果たしていたらしい。

「頑張ったね！　飛鳥は本当に、頑張った！」

「……すみません。こんな時間まで」

「謝らないで。あなたの戦いを見届けることが、私の生き甲斐《がい》なんだから」

「お疲れ様でーす」

亜弓さんの後ろから、特に聞きたくもない声が届く。

竹森だった。まさか、こいつもこんな時間まで待っていたのか。

「色んな意味で良い勝負を見せてもらいました。二人とも疲労で自覚ないと思いますけど、両者秒読みになってからの指し手は、歴史に残るレベルでめちゃくちゃですよ」

「仕方ないでしょ。こっちだって体力も気力も限界だったんだから」

「何で真っ向勝負したんですか？　俺、アドバイスしたのに」

「あんたに言われたら、そうしようと思っていたとしても、したくなくなるわよ」

「酷《ひど》いなぁ。千桜さんは大丈夫なんですか？　終わった瞬間に突っ伏していましたよね。顔色も超やばかったですし、死んだんじゃないですか？　部屋から出て来ないし」

「亜弓さん、離して。そこのガキを殴るので」

「何でですか！　心配しているのに！」

その時、後ろから扉の開く音が聞こえた。

うつむいた人影が現れ、そのまま倒れるようにして壁に寄りかかる。

「千桜五段！」

慌てて亜弓さんが走り寄ったが、彼女はそれを手で制した。

伸ばした手が震えているけれど、本当に大丈夫なんだろうか。

彼女は七年前に私と戦った時も、直後に入院している。こういっちゃ何だが、もう三十代。あの頃より更に体力は落ちているはずだ。

心配している傍から、聞いているだけで苦しくなるような咳が零《こぼ》れた。

「連盟の人を呼んだ方が良くないですか。それとも救急車の方が良いのかな」

竹森まで心配そうな顔で、千桜さんの傍に立つ。

「……大……丈夫です。一人で……帰れます」

「いや、とてもそうは見えないから言ってるんですけどね。顔色やばいですよ」

「いつものことなので。少し休んでから帰ります」

「千桜さん。座って下さい。竹森。下から連盟の人を呼んで来て」

彼女をソファーに座らせ、私もその隣に腰を下ろす。

実績では上の竹森が消えたからだろうか。

「そんなに体調が悪いなら、さっさと棄権してくれたら良かったのに」

三人だけになった冷えた廊下で、弱音が零れ落ちた。

それは多分、必死に最後まで噛《か》み殺し続けた、私の臆病《おくびょう》な心だった。

「そんなこと出来るわけないじゃないですか」

「敗退が決まったリーグの一局より、身体の方が大事でしょ」

「諏訪さんは世界でただ一人、私のことを本気でライバルだって思ってくれているじゃないですか。あなたの人生がかかった一局で、中途半端なことは出来ません」

「……何よ、それ」

終生のライバルだと思っていたのは、私だけではなかったってこと？

あなたも私との戦いを、大切なものだと思ってくれていたってこと？

「私、将棋を指していると、時々、相手が何を考えているか分かるんです。今日も諏訪さんの想いが途中から流れ込んできました。だから負けられないって。絶対に強い私でいなきゃいけないって」

どうしてだろう。

勝っても、負けても、圧勝しても、惨敗しても、絶対に泣かないと決めていた。

前回は泣いてしまったから。敗北を悟った瞬間、涙を流してしまった自分を、死ぬほど恥じていたから。

それなのに、気付けば両目から、堪《こら》えようのない涙が零れ落ちていた。

私の涙に気付いた亜弓さんが、気遣うように背中をさすってくれたけれど、

「違うの。これは違うから」

分かっていた。はっきりと自覚出来ていた。

これは悔し涙じゃない。自分への怒りの涙でもない。

嬉《うれ》しかったのだ。人生でただ一人、この人にだけは負けたくないと思ったライバルが、自分を同じように認めてくれていたこと。それが堪《たま》らなく嬉しかった。

人間は寂しい生き物だ。

棋士は孤独な職業だ。

家族でも、夫婦でも、心の奥の奥まで分かり合うことは出来ない。たとえ血が繋《つな》がっていても、皮膚で隔てられている以上、究極的には他人だ。味方でいてくれる人は沢山いるけれど、私の本当の気持ちまでは誰にも理解出来ない。今日までそう思い込んで生きてきた。

だけど、もしかしたら彼女だけは、千桜さんだけは違うのかもしれない。

私が将棋に抱いている複雑な想いを、彼女が将棋に抱いている無垢《むく》な期待を、お互いだけは理解出来ているのかもしれない。

女同士だからじゃない。

女で、棋士だからだ。

世界で二人だけの私たちにしか共有出来ない想いが、確固として存在している。

「あなたはいつも私の前に立ちはだかる。でも、次は負けないから。絶対に」

三局目が始まった時点で、私と彼女の残り時間は、約一時間半違った。

それでも、圧倒的に不利な状況から、互いが秒読みになるところまでは迫った。

死闘だった。

お互いの誇りと、夢と、命を賭《か》けた、死闘に違いなかった。

私は敗北し、挑戦者決定戦に進むという夢を阻まれてしまったけれど。

感謝こそすれ、恨みはすまい。

彼女はこんな体調で、ライバルの前に立ちはだかってくれた。

私たちは友達じゃないが、将棋盤の上では分かり合うことが出来る。そういう人がいることに、自分よりも強い女性がいることに、今はただ感謝したいと思う。

何度敗れても、その度に心を折られても、私は立ち上がり、戦い続ける。

百折不撓《ひゃくせつふとう》。それが棋士、諏訪飛鳥の信条だ。


階段を駆け上がって来る音が聞こえ、涙を拭《ぬぐ》ってからそちらを見ると、連盟の事務員が竹森の後に続いて現れた。

事務員たちが千桜さんの顔を心配そうに覗《のぞ》き込み、

「諏訪さん。これ、使います？」

私の隣に立った竹森は、ハンカチを差し出してきた。

「マスカラが落ちているから。泣いていたのかなって」

「はあ？　泣いてないし」

「いやいや、見れば分かりますって。目、赤いじゃないですか」

「泣いてないって言ってんだろ。さっさと帰ってゲームでもしてろよ。鬱陶《うっとう》しいな」

「えー。俺、二人のことが心配で残っていたのに」

竹森がうなだれ、何故か亜弓さんが小さく笑った。

「前途多難ですね。竹森竜皇は頑張っていると思うけどなぁ」

亜弓さんが何を言っているのか、よく分からなかった。

もう少し休めば歩いて戻れるという千桜さんの言葉を受け、事務員たちは先に階下に下りて行った。

持ち時間の長いタイトル戦では、日をまたぐことも珍しくない。

大変なのは私たち棋士だけじゃない。見守ってくれるスタッフの力なくしては、対局も興行も成り立たない。

私たちはそれに、きちんと感謝すべきだろう。

「千桜五段。会話をすることで気が紛れるということもあるかもしれないし、少しお喋《しゃべ》りしても良いでしょうか」

観戦記者の亜弓さんだって将棋界になくてはならない人だ。その亜弓さんが、千桜さんの前に立ち、恐る恐る口を開いた。

「千桜五段は公式案件を除けば、ほとんどの取材を断っていますよね。藤島章吾さん以外の取材は、スポンサーである新聞社の記者であっても、断られている場合が多い。実際、私も十回はお断りされています」

「……すみません」

「いえ、謝罪をするのは私の方です。断られると知りながら何度も打診しているわけですから。でも、諦《あきら》められないんです。私は数少ない女の観戦記者です。同性にしか引き出せない話、同性にしか語れない話もあると思います」

「亜弓さん、ずっと、千桜さんのことを取材したいって言ってたんだよ」

援護射撃をしてみた。誰よりもインタビューを受けてきた私は、亜弓さんの記者としての情熱の深度を知っているからだ。

「亜弓さんは信頼出来る人だよ。私も随分と助けてもらった。励みにもなった。女の気持ちを理解出来るのは、結局のところ女だけだしね」

「そうかなぁ。男にも理解出来ると思うけど」

断りもなく口を挟んできた竹森を睨《にら》んで黙らせる。

「千桜さん。体調が回復してからで構いません。一度、私にもインタビューさせて頂けませんか？　あなたに伺いたいことが山ほどあります」

憔悴《しょうすい》し切った顔のまま、千桜さんは亜弓さんを見つめる。

「一つだけ、条件を出しても良いですか？」

「はい。どんなことでも」

「海外への普及活動に力を入れたいんです。将棋には千年の歴史があります。私たちはようやく誕生した女性棋士ですから、広告塔になれると思うんです。私を利用して将棋を海外に広めてくれませんか？　そのために出来ることがあれば何でも協力します」

「率直に言って、大変興味深い提案です。私も将棋の面白さを信じています。もっと世界に広まるべきだし、それだけの力を持っていると信じています」

「ずっと考えていたんですが、一人じゃ、どうして良いか分からなくて」

「社に戻って部長に相談してみます。千桜さんの独占インタビューを取れるなら、二つ返事でしょうし、連盟と足並みを揃えられるように動いてみますよ。こういう話なら飛鳥だって協力してくれるでしょ？」

「うん。良いと思う。囲碁には国際大会があるのになって、昔から悔しかったから」

「あのー。そういうことでしたら俺も協力しますよ」

再び竹森が口を挟んできた。

「俺はまだ二十一歳ですけど竜皇です。いずれは名人にもなるでしょうから、どうせ、そのうち理事にも推薦されます。何をするにしても、権力はあった方が良くないですか？　まあ、女性の千桜さんと諏訪さんが立候補すれば、すぐにどちらかは理事になれるでしょうけど」

「竹森にしてはまともなことを言ったね」

「俺、小学生の時、将棋を極めるか、チェスを始めるかで悩んだことがあるんです。ほら、チェスは世界中でプレーされていますし」

「じゃあ、何で将棋にしたのよ」

「だってチェスは奪った駒を使えないでしょ」

あれは高校生の頃だっただろうか。

亜弓さんに将棋を選んだ理由を聞かれたことがある。確かあの時、私は竹森とまったく同じ回答をしていた。

「どう考えたって将棋の方が盤上遊戯として難度が上じゃないですか。それに、日本でプレーするなら将棋の方が稼げますしね」

「あんたって天才のくせに人間としては下等だよね」

同じことを考えていたことが悔しくて、反射的に皮肉を口にしていた。

「諏訪さんや千桜さんは良い家に生まれているから、お金の大切さが分かってないんですよ。でも、千桜さんは勘当されているんでしたっけ。あれ、将棋を始めたのっていつですか？」

こいつ、いつまでここにいるつもりなんだろう。

もしかして千桜さんのことが好きなんだろうか。

十二歳も年の離れた女に惚《ほ》れるとは、相変わらずのマセガキだ。

「小学一年生の春です。入院先の院内学級で友達に教えてもらいました」

「棋士になった時の記者会見でも、そんな話をしていましたよね」

「はい。確かあの時も質問者は佐竹さんでしたね」

時が経つのは早い。あの記者会見も、もう七年も前の話だ。

千桜さんと二人で話をさせて欲しい。

私が頼むと、亜弓さんと竹森は先に階段を下りていった。

「感想戦ですか？」

「まあ、したくないと言えば嘘になるけど、違う」

「では、何の話でしょうか？」

「その前に、敬語、やめてくれない？　私の方が十歳も年下なんだし」

「努力してみます。話というのは」

七年前の記者会見の日から、ずっと聞いてみたいことがあった。

「さっきの話の続き。院内学級で友達に将棋を教えてもらったって言ってたよね。千桜さんを不愉快にさせたいわけじゃないし、負けた腹いせで嫌味を言うわけでもないから、誤解して欲しくないんだけど、そんな友達、本当に存在しているの？」

「どういう意味でしょうか」

「私には、あなたが嘘つきに見えることがあるの」

そのまま受け取られたら、喧嘩《けんか》を売っていると思われても仕方のない言葉だった。

しかし、彼女の表情は変わらない。

「千桜さんは盤上でも嘘をついていたよね。人間の棋風は、たとえ三年のブランクがあっても、あんな風には変わらない。復帰したあなたは別人のように棋風が変わっていた。考えられる理由は一つだけ。昔から盤上で嘘をついていたから」

「ごめんなさい。答えようがありません。否定しても、肯定しても、納得してはもらえないと思います」

「世間の人々は、あなたが病気で三年間休んでいたって信じている。手術に耐えて、戦場に戻ってきた棋士なんだって信じている。でも、私にはそうは思えない」

何故なら知っているからだ。

私は彼女の弟である智嗣さんに、失踪《しっそう》前夜の出来事を聞いている。

千桜さんはその日、

『これから人生で最後の将棋を指す』

そんな言葉を残して、消えたという。弟にも明かされていない秘密があるのだ。

「本当に勇敢なら、はなから病気を理由に消えたりしない。朝倉七段の説明にもミスリードがある。あなたは確かに復帰に半年を要する大手術を受けた。だけど、その前に空白の二年半がある。ねえ、千桜さん。あなたは手術を受けるまで何をやっていたの？消えていた本当の理由は何？」

「ごめんなさい。答えは同じです」

立ち上がろうとした彼女の手を、咄嗟《とっさ》に摑《つか》んだ。

抵抗する力もないままよろけ、彼女は再びソファーに腰を下ろす。

「今度は逃がさない。絶対に」

「ご心配頂かなくても、もう逃げません。私は竜皇になる人間ですから。諏訪さんが本当に強い棋士なら、何度でも戦うことになる。それに、本気で口を割らせたいなら、手を摑むのではなく、私に勝つのが先では？」

それは棋士としての明確な挑発だった。

聞きたいことがあるなら勝ってからにしろ。かつて私は、彼女の師匠、朝倉七段にも似たような言葉を告げられたことがある。まったくもって、そっくりな師弟だった。

「分かった。その言葉、忘れないでよね」

彼女から手を離して告げる。

「三度目はない。次は絶対に、あなたの王を取ってやる」

千桜さんは静かに微笑を浮かべ、それから、覚束無《おぼつかな》い足取りで階段を下りて行った。

幕間　ニースの地で　後編

南フランスの地中海に臨むコート・ダジュール。その中心的な都市であるニースの旧市街を抜けた先には、コリーヌ・デュ・シャトーと呼ばれる見晴らしのいい丘がある。

その一角に建つ病院を、二人の異邦人が訪れていた。

来訪者が名乗るより早く、彼女の存在に気付いた老人がその名を口にする。

「ユキ・チザクラ！」

陽当たりの良いエントランスでくつろいでいた患者たちも二人に気付き、わずか数秒で千桜夕妃《ちざくらゆき》は取り囲まれることになった。

自身が有名人であることを彼女は自覚している。しかし、まさか異国の病院で、名乗るより先に気付かれるとは夢にも思っていなかった。

「私と将棋を指して下さい！」

「いえ、俺と！」

「私も指したいです！」

将棋盤を手に、人々が彼女の周囲に群がる。

この病院では、患者たちの娯楽と言えば将棋だった。

千桜夕妃は今や世界的な人気を誇る盤上遊戯のヒロインである。将棋に明るい者なら、史上初の女性棋士でもある彼女の顔と名前を知らないはずがなかった。

来訪者を取り囲む患者たちを、看護師が落ち着かせようとしていたが、集まり始めた人々の狂騒は鎮まらない。

何故、彼女がこんなところにいるのか、その理由は分からない。

それでも、患者たちが願うことは同じだった。

千桜夕妃と将棋を指したい。

世界最強の女性棋士である彼女に、教えを乞《こ》いたい。

看護師が英語で彼女に謝罪すると、千桜夕妃は問題ないと笑って見せた。

彼らが満足するまで将棋を指すとフランス語で告げ、そのまま同伴者と共に、エントランスの一角に腰を下ろす。


突如、病院で始まった将棋大会。

千桜夕妃の周りを取り囲むように患者たちは将棋盤を床に置き、自然と指導対局のようなものが始まった。

対局者は二十三人。千桜夕妃は自らの手を指しては、すぐに次の盤の前に移動する。

患者たちは彼女が一周するまでの間、存分に次の手を考えられるわけだが……。

いかに将棋好きの患者が揃っているとはいえ、棋士は棋士。

駒落ちもない戦いで、まともに張り合える人間はいなかった。

二十三の盤面を完全に把握する千桜夕妃は、ほとんどノータイムで指し続ける。

対局者の中にはかなりの実力者もいたが、彼女は誰に対しても十秒以上の時間をかけなかった。

そして、あっという間に、すべての勝敗が決する。

二十三人もいたのに、誰一人として一時間ともたなかった。

何処に住んでいても、インターネットを介して実力者とマッチング出来る時代だ。

この病院の患者たちは、将棋ファンの中でもコアな部類に入る。

二十三人の挑戦者たちが弱かったわけじゃない。ただ、相手が強過ぎただけである。

「やっぱり凄《すご》いなぁ」

「俺なんて何をされたのかも分からなかったぞ！　今も分からない！」

患者たちは興奮しながら語り合う。

「でも、アンリ先生ならどうだ？」

「そうだ。この病院で一番強いのはアンリ先生だ！」

その時、千桜夕妃の同伴者の女性が、様子を窺《うかが》っていた看護師に英語で話しかけた。

「私は佐竹亜弓《さたけあゆみ》と言います。日本で観戦記者をしています。私たちはアンリという方に会いに来ました」

「アンリ先生にですか？　確かにこの病院にいますが」

「お願いします。彼に会わせて下さい」

看護師は困惑したような表情を見せた後、付いて来るよう二人に告げる。

看護師が二人を案内した先は中庭だった。

日陰に幾つものソファーやテーブルが用意されており、エントランスと同様、多くの患者たちが将棋を楽しんでいた。

「どうやら対局中のようですね。でも先生は強いので、すぐに決着がつくと思います」

看護師が指差した先に視線をやった佐竹の顔に、怪訝《けげん》な表情が浮かぶ。

「あれがアンリですか？」

そのテーブルで将棋を指していたのは白髪白髭の老人と、小学生らしき男の子だった。

老人は入院服を着ているし、もう一人は子どもにしか見えない。

「彼はこの病院で一番将棋が強いから、『先生』と呼ばれているんです」

困惑の眼差《まなざ》しを浮かべたまま、佐竹は隣に立つ千桜夕妃に視線をやる。

アンリと呼ばれた男の子を、彼女は無表情のまま見つめていた。

第四部　竹森稜太の強靭で潔癖な世路

1

厳しくも、理解のある両親だった。

幼少期を振り返る時、躊躇《ためら》いもなく、そう思う。

旧帝大の応用物理工学科を卒業した父は、メーカーに就職したものの一年で辞め、大学院に出戻った。卒業後は博士研究員、いわゆるポスドクとして大学に残っている。そして、同分野を専門としていた母と出会ったのも、そんな頃だった。

やがて結婚した二人は、そのまま志を共に、研究者の道を目指したらしい。

一人息子である俺、竹森稜太《たけもりりょうた》が誕生したのは、両親が三十代も半ばの頃だった。母の妊娠を機に二人はポスドクを辞め、父は神奈川県で住宅設備メーカーに就職した。

理系を絵に描いたような両親に育てられた俺は、子どもの頃から数字と機械に夢中だった。クゴリーノやキュボロといった知育玩具《がんぐ》を沢山買い与えられたけれど、幼少期、特に興味を持ったのは、タブレットやスマートフォンである。

買い換えでお下がりとなった電子機器が、何よりのおもちゃだった。無料で遊べるゲームが溢《あふ》れている時代だ。通信環境さえあれば、遊び切れないほどにゲームはあった。

俺はゲームを楽しむために、自ら文字を学ぼうとした。攻略サイトを読むために、他のプレーヤーとチャットで交流するために、漢字の勉強をしたがった。

小学校に上がる頃には、大抵の常用漢字を読めるようになっていたし、電子機器上では変換するだけで漢字を打てる。知らない言葉と出会っても、コピー・アンド・ペーストで辞書サイトに貼り付ければ、一秒もせずに読みと意味が明らかになる。

海外のユーザーとの会話も同様だった。インターネットがあれば一瞬で翻訳出来る。

より深く遊ぶには、ゲームを完璧《かんぺき》に楽しむには、語学力と社会的な知識が必須《ひっす》であり、当時の俺は勉強もレベル上げのような感覚で楽しんでいた。

ゲームで強敵に勝つには、計算式を理解しなくてはならない。

リズムゲームなどのジャンルを除けば、結局のところ、勝敗を左右するのは数字だ。ダメージ計算にも、確率論にも、数字が関わってくる。

不遜《ふそん》な話になるが、俺にとって小学校の授業はレベルが低過ぎた。だから、漢字検定も、数学検定も、自分のレベルを上げるために、望んで受験させてもらった。

それらすべてが、ゲームを完璧に楽しむための努力だった。

この風変わりな息子にとって、ゲームは勉強の障害にならない。そう悟って以降、両親が俺に制限するのは課金だけになった。

「どんなゲームで何時間遊んでも構わない。ただしチャットの履歴は確認するし、課金はお小遣いの範囲内でだ」

理解のある父親が好きだった。

子どもの拙《つたな》い説明に、真剣に耳を傾けてくれる寛容な母親が好きだった。

多分、俺はとても幸運で、幸福な子どもだったのだろう。

家が大好きだったから、小学校時代、放課後は毎日、脇目も振らずに帰宅していた。

名前も、住んでいる場所も、年齢も知らないけれど、友達はいつだって画面の向こうにいた。同級生の友人と屋外で遊びたいなんて、考えたことすらなかった。

北欧発の『クラッシュ・オブ・アース』というアプリがある。

全世界でプレーされているストラテジーゲームで、ある日、所属しているクランのリーダーから、個人チャットが入った。

『リョウタ君。運営からうちのクランに世界大会出場の打診がきたんだ。君もメンバーに入れる？ 前に小学生だって言っていたけど、あれ、冗談だよね？』

クラッシュ・オブ・アースは、国内に三十万人のアクティブユーザーを持つゲームであり、俺は半年間、国内ランキングでベストテンから漏れたことがなかった。

日本発のゲームは強くなるために課金が必須である場合が多い。しかし、このゲームは課金しても成長時間が短縮されるだけで、ゲームバランスを理解出来ない限り、幾らお金を使っても勝てない。俺のような小学生でも大人と対等に戦えるゲームだった。

『春に小学四年生になりました。大会には出たいです。』

『マジで小学生だったの？ じゃあ、十歳ってこと？ スキンに課金しているよね？』

『今はまだ九歳です。お年玉でコンビニのプリペイドカードを買ってやりました。』

『この前、チャットでダメージの計算式をレクチャーしていたよね。いや、びっくりだよ。どうしよう。リョウタ君は普通に戦力だから、いないときついんだよな。』

『小学生は出場出来ないんですか？』

『大会の優勝賞金は日本円で四百万なんだけど、規定で十八歳未満はもらえないらしいんだ。』

『賞金がもらえないのは残念です。でも、皆と一緒に戦いたいです。』

上には上がいる。国内大会ならまだしも、今の自分が世界大会で優勝出来るとは思えない。ただ、挑戦はしてみたかった。

自分より強い人間と戦うのは、いつだって快感だからだ。


人生における最初の転機は、間違いなく、あのeスポーツの大会だった。

ゲームをしてお金を得ている人たちがいる。知識としては知っていたけれど、まだ九歳になったばかりの自分には、無縁の話だと思っていた。実際、大会では賞金が手に入る前に敗退してしまったし、世界は予想通り甘くもなかった。

それでも、理解出来てしまった。

ゲームが好きなら、作る側ではなく、プレーする側でも、それを仕事に出来るのだ。

そして、そのタイミングで、俺はネットニュースを通じてある事実を知る。

その年の竜皇戦《りゅうおう》の優勝賞金は、四千三百二十万円だった。

どうやら将棋のトップ棋士は、賞金や対局料だけでも一億円を稼げるらしい。

俺の父と祖父は、俗に言う将棋マニアである。

父は会社の行き帰りにスマートフォンで対局中継を観戦し、帰宅してからは録画したNHKのテレビ中継を視聴し、『週刊将棋』と『将棋世界』を欠かさず購読している。

アマチュア有段者の祖父は、人に将棋を教えることを好み、俺は四歳になると同時に、『スタディ将棋』をプレゼントされていた。

祖父の家は遠いけれど、インターネットを使えば、いつでも対局出来る。スカイプを通じて祖父から手ほどきを受けた俺は、いつの間にかどんどん上達していった。

お小遣いが少ない子どもにとって、年に一度のお年玉は貴重な実入りの機会である。祖父に気に入られれば、ほかの孫たちよりお年玉が沢山もらえるかもしれない。そんな下心を抱いた俺は、祖父を負かすため、二年前から無料のソフトで特訓するようになっていた。

竜皇戦の賞金額を見て、俄然《がぜん》、興味を抱いた俺は、他の盤上遊戯も調べ始める。

チェスは最もレベルが高いと言われている世界大会でも賞金額が十万ドルだった。リバーシ、オセロは、世界大会の賞金額が五千ドルで、そもそもプロが存在しない。バックギャモンも調べた限りでは十万ドルだった。

特例的な瞬間風速を除けば、将棋の賞金額は世界的に見てもトップクラスらしい。

囲碁の棋聖《きせい》戦は竜皇戦をわずかに上回っていたものの、日本では将棋と囲碁の人気に開きがある。プロで最強になれたと仮定して、スポンサーやCMなどの付加的な収入まで考えれば、将棋の方が断然稼げる気がした。

レジェンド棋士の逸話もまた、俺の背中を後押しする。

「兄は頭が悪いから東大に行った。自分は頭が良いから棋士になった」

本当にそんな言葉が語られたのかも、それが本心からの言葉だったのかも分からない。ただ、勉強なんて出来て当たり前だったし、ほかにすることがない人間が一生懸命になるものだと考えていた。

俺の人生は、いつだって想定外の出来事で舵《かじ》が切られる。好奇心から参加したeスポーツの大会がきっかけとなり、真剣に棋士の道を志すようになった。


日本将棋連盟の研修会に入っても、自信は微塵《みじん》も揺らがなかった。

奨励会に編入してからも、高い勝率を維持して、一気に昇級していった。

将棋の戦術は今なお進化している。節目節目に現れる革命児によって、それまで常識とされていた考え方が覆されることがある。

例えば、昭和の頃には、『将棋の定跡を勉強しない』棋士が、一定数存在していた。

彼らは定跡ではなく、個性や創造性を伸ばすことを重視しており、その力でもって終盤戦を制することを何よりの武器としていた。

だが、突如現れた天才少年軍団によって、終盤重視の理論は覆される。

詰将棋のように、終盤には確定した答えが存在している場合がある。極端なことを言えば、盤面を読む力がある者が指せば、全員が同じ手になるのである。

答えを探す作業になる終盤は、時間さえあれば読み切れる。ひらめきや創造性は、盤面が確立しない序盤や中盤にこそ必要なものだったのだ。

若武者たちの考えが正しかったことは、棋界の勢力図の激変によって証明された。

将棋は進化する。新しい力を持つ者の誕生によって、不意に、常識は覆される。

こんな時代に現役最強棋士となった俺もまた、そういう存在なのかもしれない。

俺は将棋に一番時間をかけているけれど、eスポーツにも変わらない情熱を注いでいる。実際、そこでの戦いを通して学ぶことも多かった。

将棋とは盤上がすべてではない。俺に勝てない奴らは、それが分かっていない。

戦いはいつだって頭の中で起きており、最善手を選べなくても、相手がミスをすれば勝利出来る。対人戦というのは、そういうものだ。そして、ミスを引き出すための最も簡単な方法は、相手が研究しているとは思えない盤面に誘導することである。

人間の目には悪手に見えるのに、ソフトが指したがる手というものがある。人間よりも遙《はる》か先を読めるコンピューターが弾《はじ》き出す手を研究すれば、それだけで旧時代の棋士に対して優位に立つことが出来た。

既に人間よりコンピューターの方が強いのだ。どう考えたって目指すべきはコンピューターであり、師事するべきは将棋ソフトだった。

「竹森稜太は離席せず、カンニングせずに、コンピューターと同じ手を指す」

「竹森稜太の頭の中には、将棋ソフトが存在している」

驚きをもって記事に書かれたことがあるが、俺からすれば自然なことだった。

俺には両親譲りの極端に理系に偏った頭脳がある。

情報処理に強く、数字への感度も高い。その前提で、子どもの頃から、将棋ソフトの手を完璧《かんぺき》に再現することを目標として、研究を重ねてきた。人間がコンピューターに勝てないのだから、全棋士の中で、最も将棋ソフトに近い手を指せる俺が最強になるのも必然だろう。

加えて、俺は絶対に名前負けもしない。過去の実績にも怯《ひる》まない。根本的に人間というものを信用していないからだ。これまでずっと正しかったからといって、相手が人間である以上、これからも正しいとは限らないのである。

研修会でも、奨励会でも、ほとんど敵はいなかった。もちろん、全勝とはいかなかったけれど、格上でもない限り、同じ人間に二回続けて負けることはなかった。

少なくとも一度、対面で戦えば、相手の癖が見える。

癖さえ読めてしまえば、あとはコンピューターが幾らでも対策を立ててくれる。

奨励会時代には二つ、忘れられない戦いがある。

一つは、三段リーグで全勝優勝を逃した千桜夕妃《ちざくらゆき》との一局。

もう一つは、初段に上がった直後に経験した、諏訪飛鳥《すわあすか》との対局だ。

将棋だけにすべてを賭《か》けている少女。諏訪飛鳥はそれまでカモにしてきたタイプだったはずなのに、その日は純粋な実力差から完膚無きまでにねじ伏せられてしまった。

同じ段位の人間に叩《たた》きのめされたのは初めての経験だった。

「あんたさ、嘘くさいのよ。挨拶《あいさつ》も、笑顔も、全部」

勝ったのは彼女だ。

恨まれる理由などないのに、対局後、思いっきり睨《にら》まれた。

「ガキが調子に乗るなよ」

ぶっきらぼうに呟《つぶや》き、彼女は感想戦もせずに部屋を出て行ってしまった。

二歳しか違わない。そっちだって子どもじゃないか。

喉《のど》まで出かかった言葉を飲み込んだのは、何を告げても負け惜しみにしかならないほどの完敗だったからだ。何より、告げられた言葉には、思い当たる節があった。

俺は友達というものを必要としていない。誰かと特別に仲良くしたいと思ったことがない。煩わしいだけの人間関係なんて、人生に無用だと考えていた。

年少である俺は嫉妬《しっと》を買いやすい。適当に話を合わせ、誰とでも上手《うま》くやっていくのが賢い生き方だ。作り笑顔や上っ面の挨拶が、自然と処世術として身に染みついていたのだけれど、それを完璧に見抜かれていた。

彼女は俺の何を見て、それに気付いたんだろう。

同世代に、こんなに強い人がいた。

しかも、その人物は俺の本質まで見抜いている。

次に戦う日がきたら、勝利して、自分を認めさせてやりたい。そう強く思った。


諏訪飛鳥との再戦は、一年半後に実現した。

舞台はプロ棋士の座を賭けて戦う三段リーグである。

俺たちは対局前からマスメディアの注目を浴びており、互いに全勝、八勝同士で九局目にぶつかることになった。

相手が同格である限り、俺は同じ相手に二回続けて負けない。

一年半で、彼女との実力差は完全に逆転していた。

「これで、俺がガキじゃないって分かってもらえましたか？」

「ぶっ飛ばされたくなかったら、黙れ」

勝利後に告げると、射殺されるのではと思うほどに殺気を帯びた眼差《まなざ》しで睨まれた。

「もう俺の方が背も高いですよ」

敗戦の後では何を言っても負け惜しみになる。一年半前の俺のように、言い返したくても言い返せないのだろう。

あんなに憎しみのこもった瞳《ひとみ》で、誰かに睨まれたのは初めてだった。

両親以外の誰かに、あんなに強く想われたのも、初めての経験だった。

俺の人生は、いつだって予想外の出来事で舵が切られる。

不思議だ。どうして腹を立てられているのに、胸がざわつくんだろう。

嬉《うれ》しいなんて思ってしまうのは、何故なんだろう。

強者であり続ける限り、きっと、彼女は睨み続けてくれる。

十三歳の冬、人生の目標がもう一つ出来た。

あの人に、諏訪飛鳥に、ずっと、俺のことを見ていて欲しい。

2

人間が変えられるのは未来だけなんだから、過去にしがみついても仕方ない。

昨日を悔やまない。失敗は引きずらない。

そんな信条で生きている俺が、珍しく子どもの頃の思い出に耽《ふけ》ってしまったのは、多分、今日が将棋界で最も賞金額の高いタイトル戦、竜皇戦の第一局だからだろう。

普段は対局会場に前泊するが、今回は会場が都内のホテルということもあり、前日会見の後で帰宅していた。昔から外泊でゆっくりと休めた例《ためし》がない。行き帰りの時間を考えても、自宅で休んだ方がコンディションを整えられるのは明白だった。

「十で神童、十五で才子、二十過ぎればただの人」

幼少期に神童と騒がれた者が、成人していくに従って特異な能力を失っていくことを諷《ふう》したことわざだが、竹森稜太の人生はそうはならなかった。

相性が悪かった庵野《あんの》名人を含む黄金世代が引退した後、俺は名実共に棋界で最強になった。現在は五冠にして名人であり竜皇である。棋界最難関と評される皇将《おうしょう》リーグを六戦全勝で突破し、タイトルを奪取したのも今年のことだ。

タイトルの過半数を手にした俺が棋界最強であることに、異論がある者はいない。

九年前、三段リーグを突破した千桜夕妃は、史上初の女性棋士になった。その二年半後には、永世飛王《ひおう》の孫である諏訪飛鳥が、二人目の女性棋士になった。

時代が変わったと思った。これからは女性の棋士も次々に誕生していくのだと誰もが夢想した。俺自身もそう考えていた。

しかし、三人目の女性棋士は未《いま》だに現れていない。

時代が、棋界が、変わったわけじゃない。あの二人だけが特別だったのだ。

ただ、そんな二人ですら、A級棋士やタイトルには手が届いていない。

あの頃、天才少女と騒がれた諏訪飛鳥も、既に二十五歳である。彼女は二年前にC級1組に昇級したが、以降は昇級争いに絡めていない。

三十五歳になった千桜夕妃も、B級2組で足踏みを続けている。

それでも、きっと、彼女たちが史上最高の女性棋士なのだろう。

子どもの頃は、大人になった自分なんて想像も出来なかった。

二十代の内に名人になれると考えていたし、実際、なれたわけだけれど、二十三歳にして自分が既婚者になっているなんて夢にも思わなかった。

午前六時、顔を洗ってからリビングに向かい、ドリップで珈琲《コーヒー》を淹《い》れた。

朝に弱い妻は、まだ起きていない。

どんな日であれ行動パターンの変わらない妻に、腹が立つし、そういうところが好きなのだとも思う。共働きなのだから、自分のことは各自が責任を持ってやる。それが結婚に際して、夫婦の間で二番目に決まったルールだ。

竜皇戦は名人戦と並ぶ最高峰のタイトルだけれど、そんな日でも彼女は朝食を準備してくれない。見送ってくれることもない。寂しい気持ちもあったが、いつも通りの日常が続くことで、大切な一局に平常心で向かえるという効能もある。

勝負は水物であり、戦いは対局の前から始まっている。

まずは平生の精神状態を保ったまま、会場入りしたい。

現在、竜皇戦の優勝賞金は五千万円を超えている。予選の対局料も高額なため、並々ならぬ意気込みでこの棋戦に挑む棋士は多い。しかも、女流棋士枠、アマチュア枠、奨励会員枠が存在するため、事実上、この一年で最も強い棋士を決める戦いと言えた。

竜皇と名人は、他のタイトルと比べても別格だ。十九歳、史上最年少で竜皇のタイトルを戴冠《たいかん》した俺は、現在、三期連続で防衛に成功している。

『永世竜皇』の称号を得る条件は、連続五期か通算七期である。今年も防衛に成功すれば、連続五期となり、史上三人目の永世竜皇となる。

そんな運命の竜皇戦で挑戦者となったのは、まさかの人物だった。

千桜夕妃六段。いや、竜皇戦への挑戦権を得たことで、七段への昇段条件を満たした彼女が、今回の対局相手である。

彼女は俺のたった一人の同期だった。


すべてのプロは『棋士』という言葉で一括《ひとくく》りにされるが、百七十人もいれば、その実力は千差万別だ。とはいえ、全員がプロである以上、『名人戦』を除けば、すべてのタイトルに挑戦するチャンスがある。

ただ、実際にタイトルを争うことになるのは、高段位の猛者《もさ》ばかりだ。

竜皇戦の挑戦者となった千桜夕妃は、B級2組の棋士である。順位戦だけ見れば中堅の棋士になるが、いかんせん欠場が多いので真の実力は未知数だ。

いや、心の中で虚勢を張っても仕方ない。はっきり認めるべきだろうか。

世間的な評価よりも遥《はる》かに高く、俺は彼女の実力を認めていた。

復帰以降も概算で五分の一ほどの棋戦を欠場しているのに、B級棋士なのだ。そんな人間の棋力を、中堅なんて言葉で表していいはずがない。

何より俺は知っている。どう見ても千桜夕妃は同類だった。

コンピューターと指し過ぎて、頭の中にＡＩが入っている。そういう類《たぐい》の人間だ。

彼女とはこれまで、わずかに二回しか対局したことがない。一度目は三段リーグであり、九年間の棋士生活では、飛王戦の挑戦者決定リーグで戦った一度きりだ。

プロとしての成績で言えば一勝〇敗となるわけだけれど、俺が過去に喫した一敗は、大きな意味を持つ黒星だった。三段リーグ全勝優勝という記録を阻まれたからだ。

昨日、ホテルでおこなわれた記者会見でも、その話題になった。

「久しぶりの対局が、こんな場所っていうのも運命なんでしょうね。千桜七段とはいつも節目で戦っている気がします。今回も俺には永世竜皇がかかっている。九年前の敗北は今でも忘れられません。あなたが挑戦者に決まった時から、久しぶりの対局を楽しみにしていました」

「久しぶりの対局になったのは、竹森竜皇が強過ぎるからですよ。私のような凡人は、あなたがいる場所まで辿《たど》り着くことが、まず難しい」

女性がタイトル戦の挑戦者になるのは史上初である。疑いようもなく快挙だが、辿り着いただけで満足するような人間は、はなから棋士になどならない。

彼女は謙遜《けんそん》していたけれど、その目には闘志がみなぎっていた。

プロになって以降、一度しか戦ったことがないとはいえ、千桜さんと会うのが久しぶりかと言われれば、そんなことはなかった。

現在、俺たちは共に将棋連盟の理事である。

役員の仕事は多岐にわたるものの、千桜さんはここ数年の連盟で、最も功績を残した理事の一人だ。

自身が活躍することで、将棋の人気を少女たちに広げたことも大きいが、最大の功績は、将棋を世界でも有数のメジャー競技に押し上げたことにあった。

彼女は切れ味鋭い将棋でA級棋士やタイトルホルダーを倒すことがしばしばあり、もともと人気の高い棋士だったが、理事になって以降、自らのポリシーを変えていた。

自分は体力がないから、なるべく楽な服装で将棋を指したい。容姿に注目されたくないので、必要以上に着飾らない。そんな信条に従い、彼女は棋士になっても最初の数年間はほとんど化粧をせず、対局時もブラウス姿だった。

しかし、常任理事となり、『国際宣伝部』の初代部長に就任して以降、公の場に出る際は着物を纏《まと》うようになった。

艶《あで》やかな着物を纏い、男たちを相手に一歩も引かず、凜々《りり》しい眼差《まなざ》しで、激しく、情熱的に戦う。単純にそのビジュアルは映えたし、マスメディア対応が嫌いという噂が冗談に聞こえるほどに、海外への普及活動に力を入れていた。

率先して広告塔を務める覚悟を決めた彼女は、流暢《りゅうちょう》な英語を操り、将棋の国際的な知名度を革命と言えるレベルで変えている。

そして、そんな千桜さんの活動に誰よりも協力的だったのが諏訪飛鳥であり、彼女の番記者のような存在である佐竹亜弓《さたけあゆみ》だった。

二人の女性棋士を先頭に、日本将棋連盟はここ数年、海外での普及活動に本腰を入れて取り組んでいる。

将棋には連盟も気付いていなかった無限の可能性があり、一度火がついてしまえば、あとは簡単だった。少しの後押しで、国際社会に自然と広がり始める。

千桜さんはその後の展開にも貪欲《どんよく》だった。

俺がプロとして活動する、もう一つの分野『エレクトロニック・スポーツ』、世間で言うところの『eスポーツ』は、近年、競技人口が劇的に増えており、オリンピックの正式競技に加えようという活動まで起きている。そんなムーブメントを受け、千桜さんは『マインドスポーツ』である将棋においても、同様の活動を始めていた。

実現するしないはともかく、働きかけることは出来る。その働きかけがニュースになることで、また将棋の知名度が上がることになる。

彼女は将棋の世界を、中からではなく、外に働きかけることで変えていった。

常任理事になって以降、俺はずっと、間近で千桜さんの仕事ぶりを見ている。

協力出来ることには何でも協力してきたし、そんな仲だからこそ断言出来る。

女性だからじゃない。彼女はその働きで、将棋界に確かな名声を残すだろう。

そして今年、ついに将棋そのものでも晴れ舞台に躍り出た。

病弱な肉体とは裏腹に、三十五歳になった今も千桜夕妃の見た目は若々しい。

世界は女性棋士の初戴冠を見たいと願っている。

ただし現実は、世の中は、そんなに甘くない。

過去の統計を見れば、将棋のタイトル戦において、年上の挑戦者が年下のタイトルホルダーに勝つ確率は非常に低いことが分かる。

俺は二十三歳、彼女は三十五歳。

将棋界において時計が逆回転することは有り得ない。

世間の期待を打ち砕くのが、今回の俺の仕事だ。

3

竜皇戦は七番勝負であり、持ち時間は名人戦の九時間に次ぐ、八時間である。

一局が二日がかりで実施されるため、一日目の終わりには封じ手がおこなわれる。

午前九時に対局が開始され、午後六時になったら手番の人間が封じ手の準備に入り、控室で指定の紙に記入して立会人に渡せば、一日目の対局は終了だ。

俺はもう自分でも覚えていないくらいタイトル戦を経験しているが、千桜さんは封じ手のある二日制の対局は初めてである。

奨励会時代の極端な早指しは影を潜めているものの、今でも彼女が極めて手の速い棋士であることは間違いない。テンポよく指されるせいで、多くの棋士は思考を読まれているという疑念に囚《とら》われ、勢いに飲まれてしまう。

彼女は俺と同じAI将棋の申し子であり、その存在は九年間、ずっと不気味だった。

底知れぬ恐怖を感じる唯一の棋士とさえ言えるかもしれない。

ランキング戦2組で優勝し、決勝トーナメントの三連勝を経て竜皇戦に辿り着いた彼女は、今、最も勢いのある棋士だろう。

だが、彼女は全棋士の中で一番と言って良いほどに体力がない。

タイトル戦の経験も初めてだ。

少なくとも今回は、いつも通りやれば負けるはずがない。そう思っていた。

タイトル戦は全国津々浦々の老舗《しにせ》旅館やホテルで開催される。京都で開催された五局目を終え、自宅に戻ると、珍しく妻が夕食を作って待っていた。

「どういう風の吹き回し？」

「泣いて帰って来るんじゃないかと思ってね」

「何だよ、それ。まだ俺のことをガキ扱いしてるわけ？」

あなどっていたわけではなかった。千桜さんの怖さを誰よりも理解しているつもりでもいた。過去の棋譜を並べ、万全の研究だってしてきた。

しかし、先勝したのも、二局目を取ったのも彼女の方だった。同じ棋士に連敗を喫したのは実に二年振りのことであり、各紙が挑戦者の活躍を派手に書き立てていた。

千桜さんは早指しの棋士で、俺はじっくりと時間をかけて考えるタイプだ。

一局目。彼女は竜皇戦が二日制であることを知らないかのような勢いで、どんどん指してきた。俺は防衛する側の王者だ。胸を貸してやるつもりで、それに付き合ってしまい、彼女のペースで指し続けた結果、一日目で終盤まで手が進み、下らないミスをリカバリー出来ないまま、初戦を落とすことになった。

二局目は反省を生かし、自分のペースで指すことにした。だが、この時もそれが裏目に出てしまう。寄せに定評がある千桜さんにたっぷりと時間が残り、俺ばかりが切羽詰まった状態で、終盤を指す羽目になってしまったからだ。

そこから二連勝し、勢いを殺したと思ったのも束の間、昨日始まった五局目を、俺は再び落としてしまう。

タイトル戦のプレッシャーは、他の棋戦とは比較にならない。彼女は初挑戦であり、二日制の戦いも未経験である。

彼女の体調次第では、四連勝も有り得ると思っていた。

しかし、実際には、二勝三敗で竜皇奪取に王手をかけられてしまった。

俺は、竹森稜太は、現役最強の棋士だ。

名人であり、竜皇であり、五冠だ。

追いかける展開になるなんて夢にも思っていなかった。

「南條《なんじょう》コズエの新刊、買ってたよね。あんたの寝室にもなかったんだけど、何処に置いたの？」

フライパンを火にかけながら、妻が尋ねてきた。

俺は母の影響で子どもの頃から少女漫画が好きだった。

南條コズエはデビュー作から追いかけている漫画家である。

妻は普段、ゲームにも漫画にも興味を示さないが、ドラマの原作になった現在のシリーズだけは珍しく読んでいた。

「帰りに新幹線の中で読み直そうと思って持っていったんだよ」

実際には対局に負けた悔しさで、それどころではなかったけれど。

「私が楽しみにしてたの知ってたでしょ。喧嘩《けんか》売ってるの？」

「気になっていたなら発売日に言ってよ。ていうかさ、そんな話より先に、夫に言うことがあると思うよ」

「何かあったっけ」

「対局、見たんでしょ？　夫が王手をかけられた時くらい励ますべきじゃない？」

口にしたくもない弱音を吐いたのに。

「唇が青いよ。やっと千桜さんの強さが分かったみたいね」

妻の口から返ってきたのは、冷ややかな言葉だった。

「中継されているんだから、竜皇を奪われても泣くなよ。恥ずかしいから」

「夫と対局相手、どっちの応援をしてるの？」

妻は右の口の端を上げ、挑発的に笑う。

「千桜さんに決まってるじゃん」

「何でだよ」

「あんたも、ほかの棋士も、最後は男が勝つと思っている。だけど、こっちは男だけにオーガナイズされた世界とも、月のものとも戦って、ここまで来てるんだ。女棋士をなめるなよ」


半年前に、彼女は、諏訪飛鳥は俺の妻になった。

十年近く片想いをしていた彼女に、俺はプロポーズを三回断られている。

恋人もいないのに、永世飛王も、彼女の兄弟子たちも賛成してくれているのに、どうして俺じゃ駄目なのかと涙目で尋ねると、

「最初に会った時に言ったでしょ。あんた、嘘くさいのよ」

彼女はそう言って、俺の人間性をばっさりと切った。

「嘘で三回も告白しないですよ」

「別に告白は疑っていない。その態度がうさんくさいって言ってるの」

呆《あき》れたような顔で、彼女は言葉を続ける。

「竹森って本当はもっとドライな奴でしょ。感情が欠落しているって言うのかな。人になんて興味がないくせに、それがバレないように演じている」

「人に興味がなかったらプロポーズなんてしませんよ」

「普段からおちゃらけていた方が油断されて有利だって思ってるでしょ？」

「それは……思ってますけど、諏訪さんには正直に話しているじゃないですか」

好きだからだ。

子どもの頃からずっと、あなただけが特別だからだ。

「そりゃ、そうでしょ。私には演技が通じないんだから」

「何で俺じゃ駄目なんですか？　諏訪さん、将棋が恋人でしょ？　男の人を見て格好良いなんて思ったことないでしょ？　だったら……」

「千桜さんの弟は格好良いと思ったよ」

「嘘。千桜智嗣《ちさくらともつぐ》さんでしたっけ。医者だし。まあまあ将棋も強いし」

「いや、全然。あの人のことが好きだったんですか？」

「いや、全然。男に興味ない」

何だよ。じゃあ、名前を出すなよ。

「諏訪さん、将棋の強い人が好きじゃないんですか？　俺より強い男なんて、もう現れないですよ。俺で良いじゃないですか。結婚して下さいよ」

「だから興味ないんだってば」

「何でですかー。どうすれば興味を持ってくれますか？　ちゃんと教えて下さいよ」

「鬱陶《うっとう》しいな。男が泣くな。じゃあ、あんたが八冠制覇したら考えてやるわよ」

根負けした彼女から返ってきた答えは、そういうものだった。

それから、必死になってタイトルを取り、外堀を埋め続けた結果、過半数である五冠を達成したところで、ようやく求婚を受け入れてもらえることになった。

「あー。もう追い払うのも面倒臭い」

そんなことを言いながら、彼女は俺の妻になってくれた。

結婚する際に出された最初の条件は、死ぬまで呼び捨ては許さない。年下なんだから、私を呼ぶ時は「さん」をつけろというものだ。

惚《ほ》れた側の人間は、いつまでも従順でいるしかない。

結婚する前も、結婚してからも、まったく頭が上がらなかった。

そんな関係性は、結婚して半年が経った今も変わっていない。

「泣き言を言うつもりはないけど、さすがに自分の妻には応援して欲しかったな」

「するわけないじゃん。むしろ何で応援してもらえると思ってるの？　知っているでしょ。私、自分のことを強いと思っている奴を見ると、虫唾《むしず》が走るんだよね。しかも実際にそいつが強いと殺意まで覚えるんだよね」

何て凶暴な女なんだろう。そこに惚れたわけだけれど、つくづくこの人は勝負の世界でしか生きられない人間なのだと思う。

「竜皇戦で俺が負けたら、また史上初を千桜さんに取られるよ。史上初の女性タイトルホルダー」

「私、千桜さんが取っていない『新人王』を取ったもん」

「新人王なんてタイトルじゃないよ」

「はあ？　負け惜しみ？　あんた、取ってないでしょ」

「しょうがないだろ。中学生のうちに段位が一気に上がったから、参加出来なかったんだ。レギュレーションがおかしいんだよ。強過ぎると参加出来ないって不公平だ」

「むかつくわ。本当、むかつく」

新人王はもしかしたら、俺が唯一、取っていないタイトルかもしれない。

「俺を応援してくれるなら、優勝賞金、好きに使っていいよ」

「いらん。お金は自分で稼ぐ。夫が将棋で稼いだ金なんて、情けなくて使えるか」

本当に、彼女はいい性格をしていると思う。

将棋の子として生まれ、エリートとして育った飛鳥さんは、お金のありがたみを知らない。単純に棋士を目指すという部分だけで言えば、苦労したことがない。棋士になるために勘当された千桜さんとは対照的だ。

「千桜さんが竜皇のタイトルを取ったら、次からは義理で応援してあげるわよ」

「義理じゃなくて心から応援して欲しいけど、まあ、応援してくれるなら嬉《うれ》しいよ。でも、どういうこと？　何で俺が竜皇のタイトルを奪われたらなのさ」

「九年前。あの人、デビュー戦の前に姿を消したでしょ」

その騒動は、よく覚えている。

大々的に記者会見まで開いたのに、彼女は初戦に現れず、不戦敗となった。

「あれはかわいそうだったね。復帰にも三年くらいかかっていたし」

「あんたってさ、本当に将棋のことしか分かってないよね。千桜さんが手術したのは、復帰の半年前よ。空白の二年半がある。何か別の理由があって姿を消していたの」

「静養していたんでしょ。朝倉七段がそう話していた記憶があるよ」

聞いた通りに告げたのに、鼻で笑われてしまった。

「千桜さんと約束しているの。私が飛王になるか、彼女が竜皇になったら、本当のことを聞かせてくれるって。だから私は千桜さんを応援する」

「よく分からないけど、それなら飛鳥さんが飛王になればいいんじゃないの」

「黙れ。あんたに勝てないから飛王になれないんでしょ」

「俺と戦う前に負けてるじゃん。最近は挑戦者決定リーグにも辿《たど》り着けていないし」

「はい。地雷を踏んだね。マジで半年間、ご飯作らないから」

「地雷を踏まなくても作ってくれないじゃん」

別に俺たちは喧嘩《けんか》をしているわけじゃない。

ちょっと変態みたいだけど、俺は飛鳥さんになじられるのが好きだし、飛鳥さんも俺に本音を吐き出すことで、息抜きをしている。……確信はないけれど、多分。

竜皇戦、六局目の決着は、意外な形で着いた。

時間を大幅に残して、千桜さんが投了したのだ。

流行形で研究が進んでいたこともあり、一気に終盤まで進んだとはいえ、二日制のタイトル戦で封じ手すら発生せずに対局が終わるのは、史上初の出来事である。

千桜夕妃という棋士は、誰も想像していないようなことを平気でやる人間だ。

第六局は俺の先手番だった。彼女も俺も先手後手の勝率がほとんど変わらない棋士だが、先手には自分から仕掛けやすいという強みがある。

実際、彼女の三勝のうち二勝が先手で生まれている。今大会まで勝率八割以上という数字を残していた俺の得意の戦型、後手横歩取りが敗れたのも、その時だった。

一つの事実として、今日の対局では、中盤から俺が主導権を握り続けていた。

六局目から七局目までの日程は短い。しかし、今日の結果を受け、彼女には一日、休息のための時間が増えたことになる。この対局での逆転は難しいと見て、早々に見切りをつけ、体力を回復させるための時間を確保しようと目論《もくろ》んだのだろうか。

最終局に賭《か》けて、難しい状況に追い込まれた勝負を投げる。そんな話、聞いたことがない。だが、どんなに有り得そうにないことでも、彼女なら意図的にやってくる可能性がある。千桜夕妃はいつだって、その心の内が最も読みにくい棋士だ。

4

竜皇戦、七番勝負。

三勝三敗で迎えた最終局は、ここ、神奈川県の老舗《しにせ》旅館で開催される。

最年少の永世竜皇誕生か、史上初の女性タイトルホルダー誕生か。

俺が勝っても、千桜さんが勝っても、棋界の歴史が変わる。

思えば今回の竜皇戦は最初から異様な雰囲気だった。女性が絡んでいるということで、マスメディアの数も、質も、報道の熱も、いつもとは違った。

当然、今日の対局も最初から最後まで、ネットテレビで中継される。

旅館のエントランス外まで溢《あふ》れる顔触れは、いつもと比べ圧倒的に女性が多かった。

やはり世間が期待しているのは、女性初の戴冠《たいかん》だ。女でも男に勝てる。それを証明するために、現役最強棋士である俺が倒される画《え》が欲しいのだ。

これは男と女の代理戦争じゃないのに、俺が負ければ、千桜さんの偉業は、まるで『女の勝利』とでも言わんばかりの論調で報道されるに違いない。


報道陣を避け、控室に辿り着くと、千桜さんが控室の前で一人の記者と喋《しゃべ》っていた。

飛鳥さんと懇意にしている佐竹記者だった。

「頑張って下さいね。応援していますから」

俺が現れたのを見て、佐竹記者はそんな言葉を千桜さんに告げて、去って行った。

どうやら妻の親友まで彼女の味方らしい。

「千桜さん。体調は如何《いかが》ですか？」

「お気遣い、ありがとうございます。今日が一番、調子が良いと思います」

「千桜さんは飛鳥さんと違って、ちゃんとした人間ですよね。俺は敵なんだから、嘘をついて油断させればいいのに」

「竹森竜皇・名人は憧《あこが》れの棋士です。一番強いあなたと一番強い自分で戦いたい」

「三勝三敗ですよ」

　そもそも憧れも何も俺は年下だし、彼女とは完全に同期だ。

「一週間前に勇気を出して飛鳥さんに聞いたんです。どっちを応援するのって」

「夫婦なのに勇気が必要なんですか？」

　強張《こわば》った表情だった彼女に、ようやく微笑が浮かぶ。

「千桜さんを応援するに決まってるでしょって即答でした。その後で、面白いことも言っていました。千桜さんが竜皇になったら、秘密を聞かせてもらえるんだって。一つだけ、質問させて下さい。飛鳥さんは『将棋よりも大切なものはない』って断言しています。eスポーツと二足の草鞋《わらじ》を履いている人間が言っても説得力ないけど、俺も将棋が一番好きだし、大切にしています。でも、もっと大事なものがあります。飛鳥さんもそうだし、両親や自分の健康の方が大切です。それは、これからも変わらないと思います。だけど、千桜さんは飛鳥さんと同じタイプの人間だろうなと思っていました」

　彼女の表情は変わらない。

「だからなのかな。消えていた三年に秘密があるって聞いて、分からなくなりました。

あなたが消えたのはデビュー戦だった。最終的には戻って来たけど、それは結果論で、帰って来られなかった可能性だってありましたよね。肺、大手術だったと聞きました。あなたが失踪《しっそう》したのは、将棋よりも大切なものがあったからですか？」

「そうだと言ったら、どう思いますか？」

「将棋だけにすべてを捧《ささ》げてきた女性にならば負けてもいい。でも、違うなら、いつか飛鳥さんが女性初のタイトルホルダーとなれるよう、絶対に防衛します」

「諏訪さんのことを愛しているんですね」

「教えて下さい。あなたには将棋よりも大切なものがありますか？」

遠い過去の記憶にアクセスするように、しばし宙を見つめてから、

「ありません」

穏やかな口調で、しかし、彼女ははっきりとそう断言した。

「今も、昔も？」

「はい。あの頃も、今も、将棋より大切なものはありません」

それは、俺が千桜さんに期待していた答えだった。ただ、その答えを聞けたことで余計に謎は深まる。将棋よりも大切なものがなかったのに、どうして消えたのか。

「竜皇戦への出場権を手に入れた後、師匠に言われました。『僕が見たい景色は、あと一つだけだ。君が竜皇になったら引退するよ』って。師匠には誰よりも感謝しています。棋士としても尊敬しています。引退する姿なんて、まだ見たくありません」

だが、言葉とは裏腹に、彼女は俺を倒しにくるだろう。

将棋よりも大切なものなどないと言い切ったその心と体で。

「朝倉《あさくら》先生は引退するにはまだ早い。負けられない理由が、また一つ増えました」

「私は心を決めました。師匠が身を引くことを考えているなら、その道を用意するのが弟子の務めです。私はあなたを倒します」

5

竹森稜太竜皇・名人と、千桜夕妃七段の最終局は、振り駒の結果、挑戦者の先手番で始まることになった。

ここまでの六局、千桜さんは一度として八時間の持ち時間を使い切っていない。それどころか六局とも終局した時点で、俺より持ち時間が一時間以上多かった。

彼女がインタビューや取材の際に、時々、言う言葉がある。

対局中に相手が考えていることが分かるというものだ。

将棋とは、この世で最も互いを想い合う競技であり、対局によっては思考の大半が、相手が何を考えているか考察する時間になる。手番が向こうにある時、相手が次に指す手だけを予想しているわけじゃない。場合によっては、探るべきは相手自身になる。生い立ち、性格、現在の立場、あらゆるものが盤上に繋《つな》がっている。

次に指す手が百パーセント分かっても、素人では棋士に勝てない。しかし、棋士同士なら話は別だ。相手が考えていることが分かれば、絶対的に有利になる。

千桜さんは三択くらいまでに絞れる盤面であれば、次に指される手は、ほぼ確実に当てられるという。最初に聞いた時は、はったりだと思ったけれど、対局を何度も経験した今なら分かる。あの言葉は真実だ。

俺が長考して指した手には、ほとんど時間をかけずに切り返してくるからだ。

俺が答えを選ぶより早く、こちらの手を確信し、応手を考え始めていたとしか考えられない。

将棋ソフトは日進月歩で強くなっている。開発者の努力の成果だと理解している人間が多いけれど、それは理由の半分でしかない。将棋は時間制限のある勝負だ。ソフト自体が改良されなくても、コンピューターの処理速度が速くなれば強くなる。

思考の速さは棋力とイコールだ。持ち時間の短い棋戦で、若い棋士の方が好成績を残しているのも、それが理由である。

そして、千桜さんの強さの真髄も、そこにある。

全棋士の中で、いや、もしかしたら歴代の棋士たちの中でも、彼女はずば抜けて思考が速いのだ。

「指したくない方に誘導されている気がする」

千桜さんに負けた棋士たちが、そんな言葉を口にする姿を幾度も見ている。

数十分、時には一時間以上考えて指した手を、ものの数秒で切り返されるせいで、そう誤解してしまうのだろう。

だが、真実は違う。彼女は対局者の手を、対局者自身より先に確信し、切り返しの手をじっくりと考えているだけだ。そこに気付いていない棋士たちは、思考を誘導されているという疑心暗鬼に陥り、焦り、飲まれていく。

瞬時に返せるわけがない複雑な手を、たとえ一秒で返されても、決して焦ってはいけない。マジックでも、勘で最善手を返してきたわけでもない。そこには、きちんと理屈がある。単に彼女が人の心を読むことに長《た》けているだけだ。

何度も自分に言い聞かせながら、慎重に盤面を追い、指していった。

一日目の対局が俺の封じ手で終わった時点で、彼女の残り時間は、五時間半となっていた。一方の俺は二時間半である。

三時間の差は大きいが、先手有利で進んでいた形勢は、中盤でひっくり返した。

既に盤面は終盤に差し掛かっている。

明日、二時間半あれば大丈夫。番狂わせは絶対に起きないはずだ。

6

前日、俺が選べた手は三択ではなかった。

少なくとも七つの手で悩み、一時間以上考えて封じ手を決めている。

俺が最終的に選んだのは、七つの選択肢の中で、最もセオリーから外れた手だ。対局者が千桜さんでなければ、あの手は選ばなかったと言っても良い。

読み合いに強い相手だったからこそ選んだ奇手だった。彼女の能力をリスペクトしつつ、既に優勢となっている盤面を確実に進めるための手だった。

それなのに、封じ手が明かされ、盤面が動くと、彼女は五秒で切り返してきた。

「嘘でしょ」

思わず、声が出てしまった。

一晩あったのだ。彼女には俺の手を予想する時間が沢山あった。だが、いや、だからこそ、俺は時間を調整し、予想が難しい封じ手を選べる盤面に誘導していた。

これ以上ないほど特異な封じ手を選んだのに、彼女は完璧《かんぺき》に読み切っていた。

俺が放った奇天烈《きてれつ》な一手により、今朝までの考察がすべて無駄になる。そういう作戦だった。一晩の熟考を徒労に変えて精神を削り、予想外の手に対する考察で、時間と体力を奪う。

用意してきた作戦は、五秒でご破算になった。しかも無駄になっただけじゃない。

この手を完璧に読んでいたということは、ここから先の盤面についても、ありあまる時間で考察してきているということだ。

俺の残り時間は二時間半。彼女は五時間半。倍以上違う。

有利な形勢で進めていても、ここからの時間の使い方次第では……。

ここに至り、完璧に理解することになった。

千桜さんもコンピューターによって強くなった棋士だが、俺とは決定的な違いがある。

それは、その独特な能力が、対人戦に特化していることである。

彼女は対局中、相手をよく見ている。呼吸、視線、手の動き、汗、一挙手一投足から、相手の心を読み取っている。自分の手番の時でさえ、時折、顔を上げてこちらの様子を確認していることからもそれが分かる。

俺は対局中、自分の手を、最強の将棋ソフトに近付けることに集中している。

一方で、彼女はＡＩの思考過程を脳裏に走らせながら、敵の心まで探っている。

もしも彼女が二つの能力を十全に操れているなら、俺の上位互換ということにならないだろうか。考えてみれば、何年か前に飛王戦の予選で勝利した時も、コントロールして勝ったわけじゃない。偶然に近い勝ち方だった。

七局目の終盤にして、初めて冷や汗が背中を伝った。

体力やタイトル戦の経験だけじゃない。地力でも俺が上だと思っていた。

だが、本当は違うんだろうか？　体調が万全なら、棋界最強は、ＡＩの強さと、人の心を読む力を併せ持つ、千桜夕妃なのか？

……いや、違う。落ち着け！

仮に考察が正しかったとしても、今、盤上で優勢なのは俺だ。

どう見たって追い詰めているのは、こっちの方だ。

焦るな。飲まれるな。それが千桜夕妃の作戦だ！

彼女が五秒で切り返してきた手は、俺も予想していたものだ。それに対する返しも既に考えていた。しかし、俺はそこからたっぷり十五分を考察に使った。

準備していた手を再考察するためではない。平常心を取り戻すためだった。

封じ手直後の五秒で、正直、度肝を抜かれた。

本当に相手の考えていることが読める人間なのだと、恐怖すら感じた。

しかし、俺は思い出すことが出来た。千桜さんの持つ特異な雰囲気に飲まれた棋士たちが、彼女に負けてきたのだ。

時間は使い切って構わない。肝要なのは最後まで平常心を保つことだ。

彼女は強い。けれど、俺はもっと強い。

真正面から戦えば負けやしない！

盤面が進めば進むほどに、どんどん持ち時間の差が埋まっていった。

誰がどう見ても苦しいのは彼女の方だ。

起死回生の一手を探るため、彼女は考えるしかない。

相手が指す手が読めても、自分が指す手は一人で決めなければならない。

長考が続くようになり、リズムの良い彼女の将棋は死んだ。

ポーカーフェイスだった眼差《まなざ》しに、険しい表情が浮かび、重たい咳《せき》も増えている。

彼女の覚悟は分かっている。世界的なインフルエンサーとなった彼女が竜皇になることで、将棋界にどれだけの光がもたらされるかも理解している。

女であることも、肺に問題を抱えていることも、知っている。

それでも、負けてやるわけにはいかない。

俺は名人にして竜皇であり、五冠だ。現役最強の棋士なのだ。

勝たなければならない。

彼女が真に強い棋士だからこそ、俺が倒さなければならない。


竹森稜太と千桜夕妃は似ている。

性別も、出自も、棋風も違うけれど、ソフトと同じ手を指す棋士という一点において完全に同類だ。ただ、恐らく俺は彼女よりも上の高みに到達している。

コンピューターでの研究を繰り返し続けたある日、俺はその境地に達した。

ソフトが最善手を間違えた時に、直感でそれに気付けるようになったのだ。

究極のところ、将棋には正解がない。相手の指す手だけは絶対にコントロール出来ないからだ。なればこそ、こう言い切ることが出来る。

コンピューターは既に人間より強いものの、ソフトが完璧なわけではない。それを証明するように、ソフトは一年経つと、一年前のバージョンに、七、八割の確率で勝ってしまう。ソフトでも指す手には間違いがあるのだ。

そして、彼女は中盤で、まるで将棋ソフトのような過ちを犯した。それは、いかにもコンピューターが選びそうな手だったが、最善手ではなく、そこから俺は優勢な盤面を作ることに成功した。その時に作ったアドバンテージが最終盤まで生き続けている。

頭の中のコンピューターが、数値ではっきりと告げている。

俺と千桜さんの形勢は、もう何時間もほとんど変わっていない。

このままでいい。このまま土俵際までゆっくりと押していけばいい。


先に持ち時間を使い切ったのは、千桜さんの方だった。

長考に次ぐ長考で、彼女は致命傷を避ける最善手を見事に指し続けたが、結果的に先に時間を使い切った。

俺にはまだ十二分残っているが、彼女はこれからすべての手を一分以内に指さなければならない。あとは油断せずに仕留めるだけだ。

真綿で首を絞めるように、じっくりと料理するのがベストだろう。

怖いのは逆襲じゃない。こちらがミスをすることだ。

読め。全身全霊で、全神経を集中して、正確に、冷徹に、読むのだ。

最後の瞬間まで一手も失敗せずに、彼女の希望を摘め！

その時、

「私だけじゃ難しいかな」

将棋盤を見つめながら、俺にしか聞こえないような小声で、彼女が囁《ささや》いた。

意味が分からなかった。投了するつもりなのか？

詰みはまだ見えていない。決着はついていないが、形勢を逆転出来ずに時間を使い切ったことで、諦《あきら》めたということか？

千桜さんは天井を見上げると、一度、大きく息を吐き出した。

極限まで追い詰められた時、棋士は壊れてしまうことがある。

彼女にとってこの七局目は、二度とないかもしれない戴冠《たいかん》のチャンスだ。肉体の疲労と心の摩耗で、訳の分からないことを呟《つぶや》き始めたのかもしれない。

彼女はよく戦った。傷ついた身体で、精一杯、戦い抜いた。

静かに、しかし、毅然《きぜん》と引導を渡してやろう。それが王者の務めだ。

わずか一メートルの距離での対峙《たいじ》である。

彼女の呼吸が、咳が、深く、激しくなっていくのが分かる。

互いに四手ずつ指したところで、千桜さんの汗一つかきそうにない青白い顔の頬に、一滴の汗が伝った。

体力も、気力も限界だろう？　早く楽になるといい。

最終盤でコンピューターは間違えない。俺は絶対に、勇み足をしない。

千桜夕妃は強かった。だが、竹森稜太はそれ以上に強かった。

この中継を見守っているのは、将棋ファンだけじゃない。彼女の勝利を期待している世界中の人々は、追い詰められた千桜さんを見て、何を思っているだろう。

最年少棋士に最年少名人。歴史を塗り替える度に、俺は世間に持ち上げられてきた。新時代の棋士として、棋界のニューヒーローとして、必ずしも望まない注目を浴びることも多かった。しかし、今日だけは悪役に違いない。

勝利しても祝福されないこともある。それもまた将棋なのだ。

記者会見で何を話そう。

対局の後で、千桜さんにどんな言葉をかけよう。何より、

「飛鳥さんに、どんな言い訳をしよう」


何が起きたのか、瞬時には理解出来なかった。

心の声が口から漏れていた？　否《いな》、聞こえてきたのは千桜さんの声だった。

俺が考えていたことを、一言一句違《たが》わずに彼女が口にしたということか？

何で？　どうして？　だって……。

凛《りん》とした音が響き、彼女の駒が想像もしていなかった場所に移動した。

「勝ったと確信するのは、まだ早いんじゃないですか？」

どういうことだ？　何が起きている？

千桜夕妃が読めるのは、相手が次に指す手だけではないのか？

相手が何を考えているか分かるというのは、文字通りの意味で……。

「ミスを犯さなければ勝てると考えていましたよね。あなたの思いを確信してから、三時間、ずっと、この時を待っていました。あなたに仕留めるために動かれたら、今の私では逃げ切れない。だから時間を与え続けました」

彼女は何を言っている？

「時間があれば、あなたは慎重に指してくる。優勢で焦る必要がないんだから、私の体力を削って、じっくりと終局を待つに決まっている」

真綿で首を絞めるように、じわじわと彼女を追い詰める。そう決めたのは俺だ！

違う。選んだのは俺だ。

「このままでは勝てない。そう気付いた時から、この盤面を目指して来ました。やっと追いつきました。もうすぐ、お互い、秒読みの勝負です」

追いつかれただと？

盤面は俺の優勢だったはずだ。たった一手で何が変わるというの……。

千桜さんの玉将に、強い睨《にら》みを利かせ続けていた俺の飛車が死んでいる？

逆転されたのか？　いや、こちらに危機は迫っていない。単に彼女が窮境を脱しただけだ。

ここから、どちらかが詰むまでに、あと何十手必要になる？

分からない。見えない。考える時間を失ったこの局面で、何十手も先の盤面を読み切るなんてスーパーコンピューターでもなければ不可能だ。

わずかにあった虎の子の残り時間は、あっという間になくなろうとしていた。

早指しになればなるほど、頭の回転が速い若い棋士が有利である。

彼女は三十五歳で、俺は二十三歳だ。統計によれば有利なのは依然として俺だが、敵は早指しがめっぽう得意な千桜夕妃である。

余計なことばかり考えている内に、あっという間に時間がなくなった。

「竹森先生、持ち時間を使い切りましたので、これより一分将棋となります」

記録係の女流棋士が告げたその時、再び汗が背中を伝った。

対局中に二度も冷や汗をかくなんて初めての経験だった。追い込まれていることを身体が自覚したのだ。

「三十秒…………四十秒…………」

手が浮かばない。頭が整理出来ない。

「五十秒。一、二、三、四……」

指すしかなかった。駒を動かさなくては、『十』を読まれた時点で負けとなる。

千桜さんは五秒と考えなかった。

俺が決断を下すより先に次の手を確信し、切り返しを考えていたということか？

盤から顔を上げ、対面を確認すると、青白い顔に微笑が浮かんでいた。

ずっと、苦しそうに指し続けていた彼女が、ここに至り、初めての笑顔を……。

「三十秒」

この一局が持つ意味を、これから指す一手一手の重みを、理解していないのか？

「四十秒」

どうして笑えるのだ。

この最高に、最低な状況で、どうして！


俺は自らの一分を、常にギリギリまで使い続けた。

五秒で結論が出る場面でも、一分間、じっくりと考え続けた。

一方で、彼女の切り返しは早かった。長くても二十秒ほどで指し返してくる。

コンピューターと指しているのではと錯覚するほどに迷いがない。

サイコロを振る回数が多ければ多いほど、出目の平均は期待値に近付く。地力に差があるのだ。手数が多くなればなるほど勝敗の天秤《てんびん》は実力差を反映するはずである。

それなのに、膠着《こうちゃく》状態だけが三十分以上、延々と続くことになった。

そして、プロ棋士なら誰でもすぐに指し返せそうな局面で、彼女の動きが止まった。

「三十秒」

初めてだった。両者秒読みになった時から、一度として三十秒以上の時間を使わなかった彼女が、初めて記録係に時間を読み上げられた。

「四十秒」

顔を上げ、彼女を確認する。

微笑が消えていた。血色の悪い唇を触りながら、彼女は盤面を睨み付けていた。

「五十秒。一、二……」

その時、古い記憶を思い出した。

棋士になったばかりの頃、年配の観戦記者がこんなことを語っていたらしい。

『千桜三段が長考を始めるのは、相手を確実に落とせると思った時なんだよ。あの子は勝てると確信した時にこそ、長考に沈むんだ』

千桜夕妃の細く白い指から、迷いなき一手が放たれる。

まるで死神が鎌を振り下ろすように、彼女の駒が、王将の前に落とされた。

第五部　ただ君を知るための遊戯

1

恋も、夢も、願い続けたとて叶《かな》うとは限らない。

九年だ。今日まで九年も待った。

棋士、千桜夕妃《ちざくらゆき》の独占インタビューを取ることは、私、佐竹亜弓《さたけあゆみ》の宿願だった。

世界には、たった二人しか女性の棋士がいない。もう一人は中学生の時分からよく知る諏訪飛鳥《すわあすか》五段だが、二人の人生は好対照である。大抵の場面で、栄冠と名誉は千桜さんの頭上に輝いているからだ。

女性棋士になったのも、五段に昇段したのも、彼女が先だった。

いや、話は昇段だけに止《とど》まらない。現役最強の王者、竹森稜太《たけもりりょうた》を倒し、初挑戦で見事に竜皇《りゅうおう》を戴冠《たいかん》した千桜さんは、わずか数ヵ月で六段から八段に昇段した。将棋界の最高段位は九段であり、来期、竜皇の座を防衛出来れば、彼女は九段に昇段する。

女性初の棋士が誕生した時、たった九年で彼女が八段に昇り詰めることも、最高峰のタイトルである竜皇の座に輝くことも、予想出来た人間はいなかったはずだ。その活躍に期待することはあっても、現実問題として、女性が男性を相手に勝利を重ねる日がくるなんて、想像出来なかったはずである。

しかし、千桜夕妃は今や正真正銘の竜皇だ。

「女性は将棋で男性に勝てない」

そう語る人間こそが笑われる。そんな時代が、やってきたのだ。

彼女が棋士になった時も、三年のブランクを経て復帰した時も、インタビューをさせて欲しいと打診し、即座に断られている。棋士というだけで偉大だと私は考えているが、当の彼女は、そうは思っていないようだった。

「まだ何も成し遂げていないので、自分語りをしたくないんです」

彼女の功績は実に大きいものの、本人にその自覚がない。

飛鳥の助力もあり、簡単な質問には答えてもらえるようになったが、これまで彼女の口から語られてきたのは、あくまでも表層的な話ばかりだった。

私は観戦記者だ。それも数少ない女性記者である。千桜夕妃が本心を語るなら、聞き手は絶対に自分でありたい。ずっと、そう願いながら仕事をしてきた。

だから、何年もかけて、彼女への説得を続けてきた。

千桜夕妃、あなたは棋士を目指す少女たちのパイオニアだ。

これまでの人生について語ることを、義務だとまでは言わない。ただ、あなたの生き方を参考にすることで、次世代の女性棋士が生まれる可能性は大いにある。

あなたの歴史は、棋士を育てたい者にとっても重要なテキストになる。

どうか未来の棋士のために、千桜夕妃の人生を語って欲しい。

夢を叶えた者としての責務を果たして欲しい。

卑怯《ひきよう》な論法だと自覚しながら、それでも私は、千桜さんのロングインタビューを取るために、何年も言葉を投げ掛け続けてきた。

そして今日、ようやく積年の思いが叶う。

竜皇になった千桜さんは、誰の目にも『成し遂げた人間』になった。彼女自身が自分に納得したことで、ついに独占インタビューの了承をもらえたのである。

恥ずかしいくらいに気持ちが昂《たか》ぶっているのだろう。

予約してあったお店に、私は三十分以上前に到着していた。

新聞社を退社し、観戦記者として再出発してから十一年。

私にとって今日は、心から待ち望んでいた日だった。

「将棋会館でも一室、お借り出来たのに。良かったんですか？　こんな料亭で……」

約束の時刻ぴったりに現れた千桜さんは、店の外観に目をやり、目を細めた。

ここは中央区の中でも高級店が建ち並ぶ一画だ。完全個室の料亭であり、ランチタイムでも庶民には手が出にくい値段のコースが並ぶ。

「戴冠直後の独占インタビューですからね。お店は編集部長が予約してくれたんです。気が済むまで、じっくり話を聞いてこいと仰せつかっています」

「場所で話が変わることはないと思いますけど、では、お言葉に甘えさせて頂きます」

「はい。まずは美味《お い》しいご飯を食べましょう。私も楽しみだったんです。それに、今日は一回目だと思っています」

「一回目？」

「千桜さんの人生を、たった一度のインタビューで聞き尽くせるわけないじゃないですか。焦るつもりも急《せ》かすつもりもないんです。千桜さんを疲れさせたくもありません。そういう話もお店の中でしましょうか」

彼女と会話を交わせるようになったのは、今や伝説となった飛王戦挑戦者決定リーグ最終局の後だ。飛鳥との死闘を経て、彼女は私とも交流を持ってくれるようになった。

とはいえ、昨日までの彼女のスタンスは、核心に踏み込ませない、本質的なことは話さない、一貫してそういうものだった気がする。

懐石料理を食べ終わり、レコーダーを取り出す。

「インタビューは新聞に掲載されるんですか？」

「実は、まだ決まっていないんです。インタビュー形式で記事にする場合は、なるべく沢山の人に読んでもらえるよう、ウェブでの公開を考えています。ただ、私が代筆する形で、自伝的な書籍を出版することも有りなのではと思っています」

「一冊の本に出来るほど、中身の濃い人生は歩んでいないですよ」

「それは自覚していないだけでは？　千桜さんの人生が濃密でないはずがありません」

お世辞ではない。私は本気でそう思っている。

数々の偉業を、持病のある身体で成し遂げた稀代《きたい》の棋士。その波瀾万丈《はらんばんじょう》な半生は、棋士を目指す少女たちにも、そうでない人間にとっても、大いに参考になるはずだ。

「私は諏訪五段の人生も見守ってきました。女性棋士について著すなら、私以上に相応《ふさわ》しい人間はいないと自負しています。出版という形はお嫌ですか？」

「聞かれた質問には、正直に答えたいと思っています。ただ、人間ですから、きっと話せないこともある。それでも良ければ、佐竹さんの思う形で公表して下さい」

「ありがとうございます。では、早速、始めましょう」

「はい。何から話せば良いでしょうか」

レコーダーのスイッチを入れ、彼女の前に置く。

「生い立ちからお聞きします。千桜竜皇はいつ、将棋と出合われたのでしょうか？」

2

子どもの頃から、生きることと、死ぬことについて、考えていました。

身近な親族との死別を経験するより早く、亡骸《なきがら》を間近に見るより早く、『死』について理解していたと記憶しています。

私は、親族の大半が医療従事者である、千桜一族に生まれました。

和を基調とした家屋が建ち並ぶ千桜本家には、百人を超える親族が暮らしています。近い年頃の子どもたちも沢山いましたが、喘息《ぜんそく》が出るからと、幼い頃から外で遊ぶことは禁じられていました。

友達を知らない。将来に希望が持てない。私はそういう少女でした。

六歳の春、小学校に入学したものの一週間と経たずに肺炎になり、一族が経営する東《とう》桜《おう》医療大学病院に入院することになりました。

一ヵ月で退院出来る。初めはそう言われていたのに、病状は悪くなる一方で、手術が決まり、年内の復学は難しいだろうと告げられました。それどころか、このまま小学生の間は入院生活になるかもしれないとまで言われてしまいました。

数日しか通えませんでしたが、小学校は笑い声に満ちていました。

私が抱える問題を理解していた先生も、とても優しかった。

友達の作り方を知らない私ですから、たった数日で親しい友など出来るはずもありません。それでも、小学校は楽しかったんです。

だから、長期の入院は、とてもショックでした。

私は大学病院長の孫なので、個室を与えられていました。

手術が終わり、一ヵ月が経った頃、点滴に繋《つな》がれたまま、小児病棟のある別棟に案内されました。そこに院内学級が設けられていたからです。

見回した白い教室には、小学校と違い、様々な年齢の子どもたちがいました。

彼らの痛々しい姿に、釘付《くぎづ》けになってしまったことを、今でもはっきりと覚えています。点滴の管に繋がれているのは、私だけではありませんでした。

顔の半分を包帯で覆われた子。

片足しかない松葉杖《まつばづえ》の子。

車椅子に座った髪のない子。

皆が皆、何処かを病んでいて、私と似た青い唇をしていました。

私は、私たちは、普通ではないのだ。

知っていたけれど、分かっていたけれど、涙が溢《あふ》れました。

私も、彼らも、何も悪いことなんてしていません。それなのに、どうして最初から、こんなに違うんだろう。どうして自分たちは『普通』じゃないんだろう。

私はそれが、ずっと、凄《すご》く、悔しかったんです。

院内学級での生活は、不幸でも、幸福でも、ありませんでした。

私は勉強が好きです。新しい知識を身につけることは、それだけで楽しい。だけど、どうしても考えてしまいます。

どうせすぐに死んでしまうなら、こんなことに何の意味があるんだろう。

何を覚えても、何を学んでも、死んでしまえば終わりです。

だから、それは必然の咆哮《ほうこう》だったのかもしれません。

ある陽射しの穏やかな午後。

教室で咳《せき》が止まらなくなり、担当医が看護師と駆けつけて来ましたが、私は帰りたくなかった。熱が出ていても頭は働きます。勉強だって出来ます。いつか死ぬその日まで、こんな風に逃げてばかりじゃ、何者にもなれない。そう思ったのです。

「今日はここまでにしよう。休んで、熱が下がったらまた明日、勉強しよう」

諭されたその時、私は担当医の白衣の裾《すそ》を摑《つか》んで、叫んでいました。

「病気に負けたくない！　生きたい！　何でもするから治して！」

怒りが、願いが、口から零《こぼ》れ落ちていました。

だって、このまま死ぬんじゃ、あんまりじゃないですか。

ただ死ぬためだけに、生まれてきたみたいじゃないですか。

六歳の私は死にたくなかった。

ただ、ひたすらに、生きる資格が欲しかったんです。


咳が止まらないまま、病室に戻りたくないと駄々をこねた日の翌日。

入院する個室に、院内学級の先生と、喋《しゃべ》ったことのない男の子が訪ねて来ました。

院内学級では平日、毎日、授業がおこなわれています。彼は同じ小学一年生のテキストで勉強している子どもでしたが、見かける日の方が少ない児童でした。

名前も知らなかった彼のことを覚えていたのは、単に容姿が特徴的だったからです。

彼はブロンドの髪と青い目を持っていました。教室では日本語を話していましたが、会話が覚束《おぼつかな》無い印象を受けたこともありました。

「熱があるから今日は休めと言われました。でも、私は勉強したいです」

真剣に訴えましたが、先生からの許可はもらえませんでした。

当時の私は、何かを諦《あきら》める度に、人間としての資質も、一つ、また一つと失っていくような気がしていました。私には時間がありません。それなのに、与えられたわずかな時間の中ですら、自由を許されない。

だけど、あの日、すべてが変わりました。先生に紹介された男の子は、

「将棋って知ってる?」

そんな質問と共に、手提げ袋から、折りたたみ式の盤と駒を取り出しました。

「これならベッドの上でも遊べるよ。僕は心臓が悪い。君は肺が悪いって聞いた。僕らは運動が出来ないけど、将棋は駒を動かす遊びなんだよね」

本家の縁側で、お祖父《じい》ちゃんたちが指している姿を見たことがありましたので、存在は知っていました。ただ、その日まで、私はそれを大人の遊びだと考えていました。

喋ったこともなかった彼が、突然、将棋に誘ってきた理由を、私は知りません。単に教室では遊び相手が見つからず、ベッドで退屈しているだろう近い年頃の児童を誘ってみようと思っただけなのかもしれません。

今でも答えは分かりませんが、その日の出会いは、私にとって運命的でした。

運動を禁じられている私でも、盤上でなら縦横無尽に駒を動かせます。

右にも左にも上にも下にも、行きたい場所は何処でも目指せるんです。

奪われても、奪い返すことが出来る。

盤の上は何て自由なんだろう。将棋の駒たちは何て強いんだろう。

私はたった一日で、将棋に夢中になってしまいました。

「ねえ、明日も来て良い？」

夕方、私が誘うより早く、彼は笑顔で尋ねてくれました。

一年以上前から指している彼には歯が立ちません。彼は丁寧に戦術の基本を教えてくれましたが、付け焼き刃の知識では勝負になりませんでした。

弱い人間と指してもつまらないだろうに、彼はまた来たいと言ってくれました。

それが、とても嬉《うれ》しかった。明日も将棋を指せることが、明日に約束があることが、六歳の私には、ただ、ひたすらに嬉しいことでした。

将棋を教えてくれた彼は、その名前を、アンリ・ヴァランタンといいました。

将棋を知った日の夜、お見舞いに来た母に、将棋盤と駒、棋書をせがみました。

翌日には届けられた子ども向けの教本を、看護師に手伝ってもらいながら読み、その日のうちに幾つかの定跡を覚えたと記憶しています。

いつまでも負けたままではいられません。

将棋を知り、私は自分が恐ろしく負けず嫌いであることに気付きました。

一週間でアンリを追い抜いてやる。笑顔であしらう彼を負かしてやる。

そう心に誓いましたが、私の野望は、すぐには実現しませんでした。

アンリは喋ったこともない女の子に、根気強く一から教えて、将棋仲間を作るような子です。彼との差は簡単には埋まりませんでした。

あまりにも勝てないせいで、毎日のように棋書を読んで勉強しているのに、それが報われないせいで、私は負ける度に涙を零していました。

同い年の男の子に勝てないことが、心の底から悔しかったのです。

彼に少しずつ勝てるようになったのは、将棋を覚えて三ヵ月が経った頃でした。

アンリに将棋を教えてもらった子は何人かいましたが、私のような情熱を抱くに至った子はほかにいませんでした。

強く。昨日より強く。私たちは棋書を貸し合い、それぞれが得意な手について対策を講じ合い、将棋が強い患者が入院したと聞けば、勝負を申し込みに行きました。

負ける度に身を切られるほどに悔しかったけれど、それ以上に楽しかった。

こんなに楽しいことは、ほかにない。本気でそう考えていましたし、同じように感じているアンリという友達がいる毎日が幸せでした。

「僕、いつか棋士になりたいな」

将棋を覚えて一年が経った頃、アンリがそれを口にしました。

「それでさ、タイトルを取るの。タイトルを取った棋士は、その名前で呼ばれるようになるんだよ。千桜名人とか千桜竜皇とか千桜飛王《ひおう》とか。格好良いでしょ」

彼は新しい知識を手に入れる度に、私にも教えてくれました。

「棋士になりたい子は、まず将棋を勉強するための研修会に入るみたい。研修会で強くなったら、次は奨励会に入って、そこで四段になったら棋士になれるんだって」

小学生の私たちにとっては、何もかもが雲を摑むような話でした。

ただ、私が研修会に入りたいと言うと、アンリも同意してくれました。

「僕も入りたい。でも、まだ無理だよ。僕も、夕妃も、強い大人に勝てないじゃん」

入院患者相手の勝率は、日に日に上がっていました。ですが、中には本当に強い人がいて、そういう方が相手では歯が立ちません。職団戦に出場している先生たちにも、ほとんど勝てていませんでした。

「棋士じゃない人に余裕で勝てるくらいにならないと、研修会には入れないよ」

アンリの言葉はもっともだと思いました。今まで以上に勉強して、誰にも負けないくらい強くならなければならない。決意を新たにした私に、アンリはこう続けました。

「夕妃の家は、お金持ちでしょ。パソコンは買ってもらえないの？　パソコンがあればソフトで勉強出来るし、インターネットに繫《つな》げば、病室でも色んな人と勝負出来るよ」

その頃、アンリとの対局では、私の勝率は三割といったところでした。

私が強くなっても、同じだけアンリが成長するせいで、なかなかその背中を捉《とら》えられずにいました。

私はアンリが入院している棟を知りません。院内学級に行けば会えるし、私がベッドから動けない日は、アンリの方から会いに来てくれるからです。

心臓が悪いと聞いていましたが、彼が体調を崩す姿は久しく見ていませんでした。そうか。アンリは夜、パソコンで将棋を指していたのだ。両親にノートパソコンを買ってもらい、すぐに私はそれを確信しました。

コンピューターを使って勉強していたから、彼はあんなにも強かったのです。

ノートパソコンを手に入れて以降、私の棋力は飛躍的に伸びました。

何しろパソコンがあれば二十四時間、将棋を指せます。

環境にも後押しされ、小学三年生になる頃、私とアンリは、どんな入院患者にも負けないようになっていました。職団戦に出場している医師たちとも、互角以上の勝負が出来るようになったのです。

子どもは成長します。敗北も涙も飲み込んで、吸収し、加速します。

入院生活が四年目を迎えた頃、院内で私たちに勝てる人間は、お互い以外にいなくなっていました。

小学校時代の最高の思い出についてもお話しします。

あれは、長期休暇を知らない私たちの、小学四年生の夏の出来事でした。

「行きたい場所があるんだけど、夕妃って外出許可はもらえるの？　これ、二人分のチケットが取れたんだよね」

アンリが差し出したのは、竜皇戦七番勝負、第一局のチケットでした。

「竜皇戦が二十八年振りに公開対局になったんだ。東京の能楽堂《のうがくどう》が舞台で、新幹線代も必要だったから、買えたのは二日目だけ会場に入れる安いチケットだけど」

竜皇戦と言えば、名人戦と並ぶ最高峰の戦いです。しかも、その年の挑戦者は名人でした。今、一番強い二人が戦う対局です。そんなの生で見たいに決まっています。

アンリはチケットをプレゼントしたがっていましたが、私は当時から十分過ぎるほどのお小遣いをもらっていました。一万円札以外でお年玉をもらったことがありませんし、幸いにしてお金で困るということはありません。ただ、どう考えても、子どもだけで東京に将棋を見に行くなんてことを、両親が許してくれるとは思えませんでした。

とはいえ、諦めるという選択肢は、最初からありませんでした。

公開対局のチケットには様々な種類があります。二日間とも観戦出来るチケットもあれば、棋士とご飯を食べたり、指導対局をしてもらえるチケットもあります。

小学生だったアンリに買えたのは、二日目だけ観戦が出来るチケットでした。ただ、逆にそれが幸運でした。東京であれば日帰りが可能だったからです。アンリには話していませんでしたが、私の父は分院の院長で、祖母は大学病院の院長です。私は職員なら誰もが知るＶＩＰ患者でした。

食事制限も受けていないし、両親が見舞いにやって来た時には、売店やレストランで好きな物を食べています。事前に伝えておけば病院食は運ばれてきません。鍵《かぎ》をかけられる部屋ですから、誰も勝手に私の様子を確認することは出来ません。看護師に、ほかの部屋で将棋を指すから、朝ご飯も、お昼ご飯も自分で買うと伝えておけば、誰にもばれずに行き来出来るはずです。

チケットは一ヵ月後のもので、対局の再開は午前九時でした。

始発の新幹線に乗れば、封じ手が開封される頃に着ける計算になります。

今思えば、あれが私の最初の冒険だったのだと思います。

当日、約束していた場所で待ち合わせ、アンリと二人で病院を抜け出しました。新幹線に乗ってすぐに咳《せき》が止まらなくなり、アンリは途中下車で引き返そうとしましたが、私は頑《かたく》なに拒みました。

新潟駅までのタクシー移動、二時間の新幹線に、東京駅から渋谷《しぶや》までの電車移動。三時間以上かけて会場に辿《たど》り着いた時には、体力の限界が近付いていました。

乗り物に揺られているだけなら問題ないと思っていましたが、同じ姿勢を保ち続けることも、構内での乗り換えも、幼い肉体にとっては負担でした。

東京の空気は想像以上に悪く、満員電車でも体力を削られてしまいました。

会場に入ると、既に対局が始まっていました。

前日もテレビ中継されていましたので、途中からでも対局の流れは分かりましたが、遅れて会場入りしたせいで、私たちは最後列の席にしか座れませんでした。

小学四年生です。

同世代の中では背が高くても、大人たちには敵《かな》いません。

棋士の息づかいを肌で感じたいのに、憧《あこが》れの名人と竜皇は、遥《はる》か遠くにいました。

それでも、テレビで見るのと実際の対局とでは、大きく違っていました。

会場は熱気に溢《あふ》れ、集まった観客の誰もが、熱に浮かされたように頂点の戦いを見守っていました。二人の棋士の横顔が大きく見えるような気さえしました。

静まり返った対局会場に、打たれた駒の音が響く。

棋士が指す一手は、音まで違う。

しかし、棋士と大盤を見つめる幸福な時間は、長くは続きませんでした。

時間が経つにつれ、どんどん咳が激しくなっていったからです。移動で限界近くまで追いつめられた肉体が、人混みの空気の悪さで悲鳴を上げていました。

そして、両手で口元を押さえ、咳《せ》き込んでしまったその時、「お嬢さん。大丈夫かい」と、隣の通路から声をかけられました。

かがみ込むような姿勢で私の顔を覗《のぞ》き込んでいたのは、壮年の男性でした。

「真っ青じゃないか。休んだ方が良い。救護用のベッドがあるから、そこで……」

スーツ姿の男性が伸ばしてきた手を、私は咄嗟《とっさ》に払いのけてしまいました。

「竜皇戦が見たいんです」

涙を堪《こら》えて訴えると、男性は私の頭に優しく手を置き、こう告げました。

「分かっている。少し控室で横になるだけだ。名人は難解な手を指した。心配しなくても竜皇はすぐには動かない。持ち時間もたっぷりあるしね。ここで勝敗が決まりかねないから長考するよ。控室にもモニターはある。対局が動いたら戻って来れば良い」

会場から去りたくはありません。ですが、現実問題として体力の限界でした。言わずもがな、私とアンリを控室に案内すると、男性は朝倉恭之介《あさくらきょうのすけ》と名乗りました。

後に私の師匠となって下さる棋士、その人です。

持参していた薬を飲み、救護用のベッドに横になると、師匠は私たちのすぐ近くまでモニターを持ってきてくれました。

「朝倉さんは良いんですか？　竜皇戦を見なくて」

不安に思い、尋ねた私に、師匠は笑ってくれました。

「良いんだよ。これが僕の仕事だからね。救護スタッフなんだ。病人の気持ちは、お前が一番よく分かるだろって言われてさ。こういうイベントがあると、すぐに救護スタッフに抜擢《ばってき》される。一応、僕も棋士の端くれなんだけどね。君たちも知らなかったでしょ？　最近は一年の半分くらい休んでいるからなぁ」

腎臓《じんぞう》の病気であるネフローゼ症候群を患い、棋士になってからも癌と闘いながら、A級に在籍したまま亡くなった最強の棋士がいました。当時から彼のことは知っていましたが、私はその棋士だけが特別なのだと思っていました。

身体が弱いと、棋士にはなれない。そう絶望していたのです。

しかし、あの日、師匠がそうではないことを教えてくれました。

薬が効いたのか、一時間ほど横になっていると、呼吸が落ち着いてきました。

師匠が話していた通り、竜皇はまだ長考に沈んでいます。

会場に戻りたいと告げると、師匠はパイプ椅子を二つ抱えて戻って来ました。それから、会場の最前列の脇に椅子を設置し、私とアンリをそこに案内しました。

「こういうものはね、子どもが一番良い場所で見なきゃいけない」

師匠はそんな風に言いながら笑っていましたが、こんなことを勝手にしたら、怒られてしまう。私は咄嗟にそう思いました。ですが、背後に目を移すと、何人かの棋士たちが笑顔で頷《うなず》いていました。

自分も棋士になった今なら、あの日の師匠たちの心が分かります。

棋士に憧れる子どもたちこそが、棋界の未来を背負《しょ》って立つのです。

「君たちのチケットは『銀将コース』だよね。ご両親も将棋を指しているの？」

両親は将棋に興味を持っていないこと、チケットはお小遣いで買ったことを告げると、師匠は随分と驚いていました。

二日目の対局を朝から観戦出来る『銀将コース』は、当時、一枚につき二万五千円でした。普通に考えたら、小学生が用意出来る金額ではありません。

ここに至った思いの丈を告げると、師匠はすぐに汲《く》み取ってくれたようでした。

「来てくれて、ありがとう。じゃあ、決着がついたら、また僕のところにおいで。君たちに時間があったら指導対局をしよう」

棋士の指導対局を受けられるのは、金将コース以上です。それなのに、

「僕が君たちと指したいんだ」

師匠は会ったばかりの子どもたちにも、そんな風に接してくれる人でした。


今でも鮮明に思い出せる、夢のような一日でした。

呼吸の音まで聞こえる最前列で、白熱する対局を観戦出来たことも、プロ棋士による指導対局を受けられたことも、何もかもが最高の思い出です。

その日まで、私たちの夢は奨励会に入り、棋士になることでした。

ですが、あの日を境に、目標が変わりました。

竜皇戦で戦いたい。竜皇になりたい。

私は、魂の一番深い場所に、絶対に色褪《いろあ》せない夢を刻むことになりました。

師匠との初めての指導対局も、本当に印象深いものでした。

自分一人では考えもつかないような手を、理由まで含めて教えてもらえたからです。

圧倒的でした。師匠は、棋士は、それまでに戦った誰とも完全に次元が違った。

本当に強い人間がどういう将棋を指すのか、それを初めて知りました。

「新潟に師匠はいないんだよね。じゃあ、これを渡しておこう」

別れ際、師匠は携帯電話の番号と自宅の住所が書かれた名刺を下さいました。

「君たちより強い小学生は、世の中にそう多くない。これから先、どんな道を選ぶかは分からないけど、もしも将棋のことで困ったら、僕に連絡を下さい」

どうして、この人はこんなに優しいんだろう。

私が肺に、アンリが心臓に、病を抱えているからなんでしょうか。

そんな子どもたちを、自分の過去に重ね合わせていたからなんでしょうか。

新幹線に乗ってからも、涙が止まりませんでした。

当時の師匠の気持ちを、私は今でも推測することしか出来ません。

ただ、一つだけ、間違いない事実として話せることがあります。

この日の出来事が、私の人生を大きく変えることになったということです。


竜皇戦を見た運命の日から三ヵ月後、退院が決まりました。

それは、私自身にとっても、あまりに突然の退院でした。

土曜日の午前中に検査を受けたと思ったら、昼食前に両親が現れ、三十分後には病院を後にしていたのです。院内学級の仲間にお別れをする暇さえありませんでした。

三年半以上も入院生活を送っていたのです。

「退院出来るなら、もっと早く教えて欲しかった」

車の中で両親に抗議しましたが、

「また先延ばしになったら、がっかりするでしょ。夕妃を落胆させたくなかったのよ」

母から返ってきたのは、それ以上、何も言えなくなる答えでした。

退院後、私の生活は、言葉を選ばずに言えば、母と家政婦に監視されているような状態にありました。

お昼寝を義務付けられ、勝手に出歩くなんてことは絶対に許されませんでした。

毎日、将棋を指していたアンリと会えなくなり、寂しさと喪失感に苛《さいな》まれる一方で、新生活には嬉《うれ》しい出来事もありました。

三年前に出来た弟の智嗣《ともつぐ》が、私の帰宅を歓迎してくれたことです。

何度か病院にお見舞いに来てくれてはいましたが、弟とは数えるほどしか会ったことがありません。ほとんど他人みたいな姉なのに、私が帰宅すると、翌日には将棋を教えて欲しいと言ってきました。智嗣は私の新しい将棋仲間になってくれたのです。

弟はとても賢い少年で、教えられたことを、あっという間に吸収していきます。

誰かに将棋を教える毎日は新鮮でした。家族と生活出来ることも嬉しかった。

ただ、やはり頭の片隅には、いつだってアンリの顔が浮かんでいました。

私はアンリにさえ何も言わずに退院しています。どうして教えてくれなかったんだと、彼は怒っていないだろうか。突然の退院で、誰にも挨拶《あいさつ》が出来なかったことを、先生はきちんと説明してくれただろうか。気になっていることは幾つもありました。

直接、謝りたかったし、何より彼ともう一度、将棋を指したかった。

事情を話せば大学病院に連れて行ってもらえたはずです。そう分かっていましたが、結局、私は母にも父にも何も話せませんでした。

アンリは男の子です。内緒で東京まで出掛けたこともあります。誓って私たちは将棋を指していただけですが、よからぬことを想像されるのが嫌でした。少女らしい恥じらいの気持ちに勝てなかった私は、病院には一人で会いに行きたいと考えていました。

東桜医療大学病院に出向くチャンスが訪れたのは、退院から二週間後のことでした。土曜日の午後、家政婦が身内の不幸でお休みとなり、母親が婦人会の集まりで消え、智嗣も学年行事で不在でした。

バスを乗り継いで大学病院に着くと、すぐに院内学級に向かいました。

授業がない土日も子どもたちのために教室は開放されています。

私はアンリの入院病棟を知りません。併設されているナースステーションで尋ねると、思いもよらぬ言葉を告げられました。

「アンリ君、一週間前から教室に来ていないんだよね」

意味が分かりませんでした。私が何も言わずに退院したことで、怒ってしまったんだろうか。それとも、彼も退院して、病院から去ったということだろうか。

母が帰って来る前に戻らなければ、大目玉を食らってしまいます。

気になって気になって仕方がなかったけれど、その日は帰るしかありませんでした。

退院から一ヵ月後。再検査のタイミングで、担当医に尋ねてみました。

同じ小学四年生の患者で、フランス人のアンリという少年。彼が入院している病室を、医師なら電子カルテを使って調べられると思ったからです。

「本当は個人情報だから、教えちゃ駄目なんだけどね。夕妃ちゃんは院長の孫だからなぁ。俺から聞いたってのは内緒だよ」

担当医は軽口を叩《たた》きながら、アンリの名前を検索してくれましたが、

「ヒットしないね。アンリなんて子は入院していないな。アルファベットで検索しても出てこない。本当にうちの患者？　その子も小学四年生なんだよね？」

わざわざ確認したことはありませんが、彼は出会った頃から、私と同じ教科書で勉強していました。小学四年生で間違いないはずです。

「ごめん。本当に見つからないや。データベースで二年前まで遡《さかのぼ》れるんだけど、アンリなんて男の子はヒットしない」

結局、その日もアンリの行方は分からずじまいでした。

一説によれば、人と人が出会う確率は、〇・〇〇〇六パーセントなのだそうです。

巡り会いは奇跡です。そんな奇跡が出会わせてくれた友達だったのに、その後もアンリの行方は分からないままでした。

さよならも言えずに退院したせいで、病院を再訪したのが二週間後だったせいで、会

えずじまいのまま時だけが流れ、手遅れになってしまったのです。

担当医は悪い人ではありません。ただ、お調子者で抜けたところのある方でした。アルファベットで検索したと言っていましたが、フランス人ですからスペルは『Henry』か『Henri』となります。ローマ字表記の『Anri』で検索して、ヒットしなかったと言っていた可能性もあります。

『一週間前から教室に来ていないんだよね』

ナースステーションで看護師に告げられた言葉も不可解でした。

彼が来ないなら、病棟に呼びに行けば良いのです。実際、私が体調を崩した日は、看護師が学級に欠席の連絡を入れていました。

父親に聞けば、詳細を調べてもらえたはずです。しかし、私は最後までその勇気を出すことが出来ませんでした。入院中、ずっと特定の男の子と仲良くしていたなんて、両親に知られたくなかったからです。何より、今、必死に探さなくても、いつか会えると思っていました。

棋士になるには奨励会に入るしかありません。

目指す道の途上で、必ず再会することになるはずです。

大切な友達と会えない寂しさを情熱に変えて、私はそれまで以上に、将棋に熱中するようになっていきました。

新潟市内の将棋クラブに智嗣と入ったものの、私より強い人間はいませんでした。

いきなり出鼻をくじかれてしまいましたが、幸運にもインターネットがある時代に、少女時代を過ごすことが出来たため、対局相手に困ることはありませんでした。女であっても、導いてくれる師匠がいなくても、研鑽《けんさん》を積むことが出来ました。

ただ、私には『千桜夕妃』だからこその不幸もありました。

棋士になるという、たった一つの夢を、両親に認めてもらえなかったことです。

退院したばかりの頃は、まだ良かった。どれだけ将棋に傾倒しても、両親に嫌な顔をされることはありませんでした。むしろ将棋に夢中になることで、私の心と身体が健全に成長していく様を、両親は歓迎しているようでした。

小学六年生の春、「棋士になりたい」と告げた日から、すべてが一変しました。

二十歳まで生きられないかもしれない。幼少期に残酷な現実を告げられた私が、退院出来るまでに回復したのは、夢を抱いたからです。

棋士を目指せない人生など、死に等しい生き方でした。

しかし、私の気持ちを両親が理解することは、最後までありませんでした。

中学三年生の夏。

奨励会を受験させて欲しいと、土下座をして両親に懇願しました。

何度も何度も頭を下げました。泣くつもりなどなかったのに、苦しくて、痛くて、溢《あふ》れる涙を止めることが出来ませんでした。

応援してくれなくても良かった。ただ、夢を追うことを許して欲しかったのです。

けれど、両親の気持ちが動くことはなく、最後には「棋士を目指すと言うなら、この家から出て行け！」とまで言われてしまいました。

売り言葉に買い言葉ではありませんが、その瞬間に決意が固まりました。

三年前に夢を否定されて以降、私は朝倉先生に家庭の問題を相談していました。

千桜一族の事情と、肉体に抱える問題。そして、命にも等しい夢。

師匠は私のことを誰よりも理解して下さっている方です。インターネットを介して、指導対局も受けていました。私の棋力も、覚悟も、完璧《かんぺき》に把握した上で、

「では、僕の内弟子になりますか？」

師匠はそう尋ねて下さいました。

私の人生における最大の幸運は、アンリと出会い、将棋を知ったことです。

そして、二番目の幸運は、朝倉恭之介先生に師事出来たことでした。

中学三年生、十四歳の夏。

私は生家を飛び出し、朝倉家の内弟子となりました。

その一ヵ月後、念願だった奨励会への入会を果たしました。

師匠の妻である朝倉頼子《あさくらよりこ》さんは、私を娘のように迎え入れてくれました。

棋士を目指す少年ならともかく、若い女を家で同居させるなんて、簡単には承服出来ない案件だったはずです。ですが出会ったその日から、いつだって奥様は優しかった。まるで本当の娘のように、私を愛し、見守ってくれました。

頼子さんは将棋を指しません。ただ、同じ女性にしか相談出来ないこともあります。私にとって頼子さんは、第二の母であり親友のような存在でもありました。

師匠は新手、妙手、定跡の進歩に貢献した者に与えられる升田幸三《ますだこうぞう》賞を、二度も受賞している棋士です。棋士のノーベル賞であるこの賞を複数回受賞した棋士は、師匠を含めて四人しかいないと言えば、それがどれほどの偉業か分かってもらえるのではないでしょうか。

朝倉家での暮らしが始まり、私の棋力は急速に上がっていきました。

師匠から与えられた最初のアドバイスは、将棋ソフトを使って研究しなさいというものでした。単にコンピューターと戦えということではなく、ソフトを使って様々な手、戦術の研究をしなさいという意味です。

棋士は対局を通して成長します。しかし、闇雲に対局を繰り返すだけでは、正しく成長することも、最短距離で成長することも出来ません。段階段階でぶつかるべき壁があり、それらを研究によって打破していくことで、棋力は上がっていくからです。

「男は研究会で夜遅くまで新手を話し合うことが出来る。けれど、女の子はそういう場に参加しにくい。僕も糖尿病を患ってからは、ずっと一人だ。でも、将棋ソフトが進化しているおかげで、第一線に留《とど》まることが出来ている」

身体の弱い師匠からのアドバイスは、私にとって金言ばかりでした。

「コンピューターの処理速度は脳の回転より速いから、短時間で様々な可能性を探ることが出来る。順位戦で下位に沈むベテラン棋士は、ソフトを有効に活用出来ていない。そのせいで流行や最新型への対策が遅れてしまう。ソフトの進化で将棋の真理へのアプローチ手段は格段に増えている。歴史上、今が最も方法論がある時代だ。君はデジタルネイティブの棋士になりなさい」

師匠は私が憧《あこが》れ続けた本物の棋士です。その棋士と同じ屋根の下で過ごし、毎日のようにアドバイスを受けられるのは、本当に幸運なことでした。

師匠に頂いたもう一つの大きなアドバイスについても、お話しします。

それは、『棋士』になりたいなら、君は『女流棋士』になるなというものでした。

家を飛び出した時点で、私には女流棋士になれるだけの棋力がありましたから、アマチュア枠のある女流棋戦に参加すれば、比較的容易に資格を満たせたはずでした。

奨励会員は月額一万円強の会費を、将棋連盟に払っています。生活費も、学費も、奨励会の月会費も、気にするなと言われたって気になってしまいます。

奨励会員は将棋に集中するため、連盟によってアルバイトを原則として禁じられています。勘当されている身ですから、両親にお金の無心も出来ません。

女流棋士になれば、対局料を得ることが出来ます。

家を飛び出した当初、私は生活にかかるお金を、女流棋士になって稼ごうと考えていました。しかし、すぐに師匠に止められてしまいました。

「女性が棋士になれない理由について、連盟はプレーヤーの分母の小ささを公式見解として挙げている。でも、実際の要因は多岐にわたるはずだ。体力勝負であることもその一つだし、僕は女性たちの精神にも原因があると思っている。夢への飢餓、渇望は、大きなモチベーションになる。奨励会員に青春時代はない。三段リーグともなれば、人間でいることすら許されない。誘惑を断ち切り、恐ろしいまでの執念で、将棋のことだけを考える日々だ。僕は女流棋士の制度とタイトルが、一面では女性の足を引っ張っていると考えている。男性よりも早く、簡単にプロになれるせいで、成し遂げたという気持ちになり、飢餓感を忘れてしまう。歴史を紐解《ひもと》いてみれば良い。夕妃のように棋士を本気で目指した女性は何百人といる。それなのに女性で一番強いと言われた女流棋士でさえ、三段リーグでは勝ち抜けなかった」

説明を聞き、やはり女は男より弱いのだろうかと、浅薄な私は落ち込んでしまいました。ですが師匠はすぐに、そうではないと仰《おっしゃ》ってくれました。

「女性最強と呼ばれた彼女は、奨励会から去った後、男性棋士との対戦成績が格段に向上した。二足の草鞋《わらじ》を履く生活から解放された途端、本当の実力を発揮出来るようになったんだ。分かるかい？　女流棋士を兼任している人間が奨励会を勝ち抜くのは、男たちより遙《はる》かに難しい。過去の挑戦者たちの戦績が、それを証明している。君はただでさえ体力がないんだ。女流棋士との両立が出来るとは思えない」

師匠はいつも感情ではなくデータを根拠に話を進めます。説明は完璧に理解出来ましたが、師匠にこれ以上、負担をかけたくないというのも、私の切なる願いでした。

正直に胸の内を打ち明けると、師匠はこう言いました。

「今後二度と、お金の心配をするのはやめなさい。君を棋士に育てると決めたから内弟子にしたんだ。生活に関しては僕に甘え、将棋と自分の健康のことだけ考えなさい」

「だけど、今なら」と、食い下がる私に、師匠は毅然《きぜん》とした態度で告げました。

「答えは『はい』だけで良い。君が僕と頼子に返せるものがあるとすれば、棋士になる姿を見せることだ。ただ、後ろめたさを感じていることは知っているから、もう一つだけ付け加えよう。夕妃が竜皇になったら、その時は賞金で学費を返してもらう」

涙が零《こぼ》れそうでした。

どうして、この人は、奥様は、血も繋《つな》がっていない私に、こんなにも優しいんだろう。疑いもなく信じてくれるんだろう。

女性初の棋士になって、「師匠と奥様のお陰です」と話すのだ。

その日から、私の胸には、そんなもう一つの目標が刻まれることになりました。

家を飛び出して、奨励会に合格した時、私は中学三年生でした。

高校には通わないつもりでいましたが、それは師匠と頼子さんに反対されました。

奨励会員は月に二回の『例会』と呼ばれる対局が唯一定められた務めで、それ以外は時折、対局の記録係が回ってくるだけです。

必然、高校に通わない奨励会員は、お金はないのに暇はあるという状態になります。

高校生の年齢で自分の生活を律するには、強靭《きょうじん》な意志の力が必要になります。学校にも行かず、朝から晩まで将棋の研究に没頭するのは、意外と難しいことなのです。私はそれが出来るつもりでいましたが、この時も師匠はデータに基づいて、それが危険であることを教えて下さいました。

近年の統計では、時間的にはきつくとも、規則正しい生活を余儀なくされる高校進学組の方が、将棋の成績も上だったのです。

「棋士になったら自由にして良い。ただ、それまでは、高校にも大学にも通いなさい。今のうちに出来るだけ沢山の本を読みなさい」

師匠はそんな方針で、私を育てて下さいました。

高校卒業後、私は東京外国語大学の言語文化学部に進学しています。

その二年後、二段に昇段したのは二十歳の時でした。

歩みは遅くとも、成長を続けられた要因は、デジタルネイティブの棋士として育てられたことにあると、自己分析しています。今のソフトは強化学習によって人間とは違う価値観を身につけているため、感覚的な部分さえ進歩しています。

将棋は選べる手が無数にあるせいで、序盤や中盤の優劣を客観的に捉《とら》えることが難しいのですが、コンピューターは評価値という具体的な数字を算出出来るため、人間には判断が難しい形勢や指し手の価値を示すことが出来ます。ソフトを上手《うま》く使いこなせば、他の棋士たちがまだ気付いていない手や局面の優劣を知ることすら可能になるということです。

将棋は勉強すればするだけ強くなります。ただ、成長の速度は、勉強の仕方によって大きく変わります。大切なのは時間の長短ではなく、その使い方です。

将棋とは知恵を働かせて勉強した者こそが勝者となれる、賢者の遊戯なのです。

奨励会の年齢制限は二十六歳ですが、体調不良による不戦敗が続いたせいで、二段で長い間、足踏みを続けることになってしまいました。

叶《かな》うとは限らない夢を追うことは、苦しく、厳しい。振り返ってみても、あの頃は、考えても仕方のないことを気に病むことが多かったように思います。

私が体調を崩している時、師匠は絶対に対局を休ませませんでした。若い頃に無理をしたせいでハンデを抱えることになった人生を、弟子に繰り返させまいとしていたからです。

弟子を思うが故に、厳しくして下さっていることは分かっていました。

ですが、もしも間に合わなかったら、すべてが無駄になってしまいます。

奨励会の若者たちは、人生を将棋だけに捧《ささ》げています。

青春も、他の可能性も、何もかもを犠牲にして戦っています。

たとえ命を落とすことになってしまっても、私は棋士になりたかった。棋士になれないで長生きするくらいなら、棋士になって二十代で死にたいと本気で思っていました。

二段になって半年ほどが経った頃、対局を有利に進めていたのに、中盤で不意に眩暈《めまい》と嘔吐《おうと》感に襲われてしまったことがありました。

こちらの体調に気付き、無理やり長期戦に持ち込もうとする方は、それまでにも大勢いましたし、その日の対局者が選んだのも、そういう戦術でした。

勝つためにベストを尽くすのは、当たり前のことです。

汚いとは思いません。体力も含めて、棋士の力だからです。

必死の早指しで局面を進めましたが、途中で気付いてしまいました。

このまま無理をすれば倒れてしまう。また入院生活を送る羽目になってしまうかもしれない。そんなことになれば、どれだけ不戦敗が続くか分かりません。負ける気などしないのに、投了するしかありませんでした。

女性用控室で横になり、二種類の薬を服用すると、時間と共に、鼓動が落ち着いていきました。これなら病院に行かなくても済むかもしれません。

対局後、私が控室で横になっている姿を見慣れていたからでしょう。その日も誰かに声を掛けられるということはありませんでした。

奨励会は二段までは関東と関西で分かれています。

かつての私は、奨励会に入ればアンリと再会出来ると考えていました。

けれど、いつまで待ってもアンリは現れませんでした。関西の奨励会員の名簿にも、毎年の受験生の名簿にも、その名前を見つけることは出来ませんでした。

友達がいないことを、寂しく感じたことはありません。私には素晴らしい師匠がいます。何でも相談出来る頼子さんがいます。毎月のように大切な弟にも会えています。決して孤独ではありませんでした。それなのに、時々、無性に寂しくなってしまうのは、やっぱりアンリに会えないからでした。

アンリが何処で何をしているのか、まったく分からないせいで心がざわつくのです。

嫌な負け方をした日は、アンリのことばかり考えてしまいます。

帰途に就いてすぐ、再び眩暈に襲われた私は、将棋会館から最寄りの千駄ヶ谷駅にも辿《たど》り着けず、やむなく公園で休むことにしました。

こんな体調です。明日は大学の講義も休まなければなりません。

今日も太陽は、あんなに高いのに。

子どもたちは、無邪気に走り回っているのに。

どうして自分一人だけが、こんなにも弱いんだろう。

泣きたくなるような想いを抱きながら、屋根付きのベンチで休み、ボーッと空を眺めていたら、不意に横から名前を呼ばれました。

缶珈琲《コーヒー》を片手に立っていたのは、見覚えのある年配の観戦記者でした。

こんなに近くに誰かが来るまで気付かないほど、ぼんやりしていたらしい。ひとしきり落ち込んだ後で、彼のことを思い出しました。

藤島章吾《ふじしましょうご》さん。何度か取材の申し込みをされたことのある記者でした。

「隣、座っても良いかい？　年のせいで膝《ひざ》が痛くてね」

彼はそんなことを言いながら、少しだけ距離を空けて、隣に腰を下ろしました。

観戦記者と一口に言っても、様々なタイプがいます。新聞社や雑誌社に所属し、社の主催する棋戦を扱う記者が多いですが、藤島さんは完全なるフリーランスでした。若手について書くのが好きらしく、奨励会のこともよく記事にしている記者です。

私は初段に上がった時も、二段に昇段した時にも、取材を申し込まれていました。まだ自分は何も成し遂げていない。何を語っても滑稽《こっけい》に聞こえてしまう。そう思って断り続けていましたが、彼は嫌な顔一つしませんでした。

「千桜さんは本当にいつも頑張っているね。頭が下がるよ」

藤島さんはその日も褒めて下さいましたが、奨励会では頑張っていない人などいません。素直に思っていることを伝えると、

「いや、あんたは誰よりも頑張っているよ」

少し強い口調で断言されました。

「この十年、いや、もう二十年かな。あんたより不戦敗の多い奨励会員を見ていない。詳しいことは知らないけど、大変なんだろ。偉いよ。女ってだけで偉いのに、千桜さん

の頑張りには、本当に頭が下がる」

父親よりも年配の男性に手放しで褒められると、反応に困ってしまいます。

「俺はね、人を見る目があるんだ。千桜さん、あんたはプロになるよ。あんたが最初の女性棋士になる」

嬉《うれ》しい言葉でしたが、鵜《う》呑《の》みにするほど子どもではありませんでした。彼は私の棋譜を知りません。基本的に奨励会員の対局を見る機会はないからです。

「俺は例会がある日は、ほとんど将棋会館にいるからね。気付いたのは、あんたが一級の頃かな。千桜夕妃はとにかく早い。大抵、一番早く対局室から出て来る。そして、そういう時は必ず勝っている。雑なんじゃない。頭の回転が誰よりも速いんだ」

素直に驚いてしまいました。奨励会の取材が好きだということは知っていましたが、想像していた以上に、彼は奨励会員たちをよく観察していたのです。

「早指しは気性かい？　それとも、体力に不安があるから？」

答えは後者です。私には時間がないと思っていたからこそ、こんな棋風になりました。

それを告げると、藤島さんは寂しそうに空を見つめました。

「哀しい話だね。俺みたいな凡俗の時間を分けてあげたいよ。あんたは朝倉七段の弟子だろ？　才能がある奴に降りかかる悲劇は、不運というより罪だな。朝倉七段は人並みの健康な身体があれば、タイトルを取っていてもおかしくない棋士だ」

それは、私が常日頃から歯がゆく感じていたことでもありました。

師匠のことを、最強の棋士の一人だと信じているからです。

「千桜さん。話したことは記事にはしない。もちろん、インタビューしたいって気持ちはあるけど、あんたが良いと言うまでは何も書かない。だから、これからも話しかけて良いかい」

面白いことなんて何も言えないと思います。

恐縮しながら答えると、藤島さんは楽しそうに笑って下さいました。

「棋士を目指そうなんて奴の話は、それだけで面白いよ。それにね、俺は好きなんだ。才能ある若い奴と話すのが。成長する姿を見るのが、人生最大の喜びだ」

変わった人だと思いました。

奨励会員なんて何者にもなれずに敗れ去っていくだけかもしれないのに、喋《しゃべ》っているだけでそんなに楽しいものなんだろうか。私には分かりませんが、藤島さんはそれからも時折、話しかけてくるようになりました。

缶珈琲を飲みながら公園で雑談する仲になった後、私は一つの誤解に気付きました。

藤島さんは棋士や棋士の卵から話を聞くことを、商売の種にしています。

当初は私が与える側で、彼は受け取る側だと思っていました。しかし、実際に会話による恩恵を受けているのは私だけでした。

藤島さんは何十年という記者生活で出会ってきた棋士たちの若い頃の話を、沢山聞かせてくれました。憧《あこが》れ続けた棋士たちの奨励会時代の話は、聞いているだけで高揚するエピソードばかりでしたし、参考に出来る話も山ほどありました。

私との会話なんて藤島さんにとっては、仕事にもならない雑談です。それなのに、彼は何時間でも棋士たちの話を楽しそうにしてくれました。

「早くプロになったあんたを取材したいよ」

棋士になるまでインタビューは受けない。そんなこと実は私は言っていないんです。それでも、いつの間にか彼の中ではそんなルールが出来ているようでした。

藤島さんは出会った頃から、私が棋士になれると信じて疑っていませんでした。

単純に嬉しかったし、誇らしかった。

私にとって、この世界はとても残酷です。ですが、いつだって見つけてくれる人がいました。

私は二十三歳で奨励会三段に昇段しました。

三段リーグには、最低五回、挑戦出来るというルールがあります。私の場合、年齢制限がくるタイミングで、ちょうど五回目の挑戦になる計算でした。

奨励会の規則は前触れなく変わることがありますので、二年半後も同じレギュレーションであるとは限りません。ただ、一つ確実だったのは、増えすぎた棋士の数を抑制するために改定された規則が、今更、私の都合の良いように変更されることはないということでした。

私を取材してもらえないでしょうか。

三段リーグへの挑戦が始まる前に、藤島さんにそう持ちかけました。

今、大言壮語を語っても、棋士になれず奨励会を去ることになるかもしれない。でも、仮にそうなったとしても恥ずかしいことではありません。

過去、何人もの女性が、三段リーグに挑戦しては、夢破れ、去っています。

しかし、彼女たちは決して負け犬じゃない。勝者にはなれなかったかもしれませんが、彼女たちが誇り高い戦士であり、勇者であったことは疑いようのない事実です。

私も同じように、胸を張って三段リーグで戦いたい。

藤島さんからの取材を受けることにしたのは、覚悟を決めるためでした。

女流棋戦に出場したことがない私は、一般的には無名です。インタビューを受けたことで、日陰にいた女性三段の存在が、世の中に知られることになりました。

私は初挑戦で、十七局目と十八局目を体調不良で欠場した上で、十勝八敗という成績を残しています。四段昇段の可能性を感じさせるには十分なものでしたから、取材の申し込みも一気に増えることになりました。

けれど、世の中が私の存在を忘れるのもまた、早かったと記憶しています。

二度目と三度目の挑戦は全休、四度目の挑戦でも中盤戦の四局を欠場で棒に振り、早々に二位争いから脱落していたからです。

五度目の挑戦には二人の新鋭が彗星《すいせい》のごとく現れました。

高校一年生にして女流三冠の諏訪飛鳥さんと、中学二年生の竹森稜太さんです。

これ以上ないほどのスポットライトが当たった三段リーグで、私は初日を欠場し、復帰戦となった三局目でも敗北しています。三連敗からのスタートでした。

四局目で初勝利を挙げたものの、四段に昇段出来るのは二人だけであり、三十人以上がその椅子を狙っています。

わずか二日で、私のプロ入りを予想する記者は、藤島さん一人になりました。

二日目の対局を終えた後、いつもの公園で藤島さんに話しかけられました。

「俺はね。人を見る目があるんだ。今期、昇段するのは、あんただよ。ほかの記者たちは勝者にあんたを挙げた俺を笑ったが、今も一ミリだって疑っていない」

一勝三敗。絶望的なスタートです。普通に考えれば、勝ち越すことで一期延命することが現実的な目標でしょう。ですが藤島さんと同様、私もまだ自分を信じていました。

竹森名人に記録を塗り替えられるまで、三段リーグでは十七勝以上した人間がいませんでした。全員、必ず二敗はしているのです。

そして、十五勝三敗で終えた人間は、百パーセント昇段しています。四敗でも昇段の確率は九割近くあり、五敗になって初めてそれが五割まで下がります。つまり、あと一敗しても、ほぼ確実に昇段出来るのです。

可能性が残っている限り、諦《あきら》める理由などありませんでした。

「あんたは女である以前に、肉体にハンデを背負っている。ずっと、聞いてみたかったんだ。どうしてそこまで戦えるんだ？　俺は、あんたの闘志が曇る瞬間を見たことがない。あんたをそこまで駆り立てるものは何なんだろうな」

人は言葉にすることで、自らも気付いていなかった真実を悟ることがあります。

私はその日、師匠以外には話したことがなかった生い立ちを彼に話しました。

小学四年生の秋まで、三年半の間、入院生活をしていたこと。

そこで友達が将棋を教えてくれたこと。いえ、それは正確な言い方ではないかもしれません。友達が教えてくれたのではなく、将棋を始めたから、その子と友達になれたわけですから。

藤島さんはアンリについて知りたがりましたが、残念ながら話せることはほとんどありませんでした。別れて以降の彼については、私も何も知らなかったからです。

ただ、藤島さんはとても興味を惹《ひ》かれたようでした。

「じゃあ、俺がその友達を捜してやるよ。消えたもう一人の天才。面白そうな話じゃないか」

その言葉で、私は最後の勇気をもらったのだと思います。

もしかしたら藤島さんがアンリの行方を突き止めてくれるかもしれない。そうしたら、夢にまで見た再戦だって叶《かな》うかもしれない。

希望は心の活力です。ご存じの通り、私は残りの十四局を、十三勝一敗という成績で走破し、最終的には十四勝四敗の二位で、四段昇段を果たしました。

人生で最も嬉《うれ》しかった瞬間を問われたなら、私は今でも迷わずこの日を挙げます。

二十六歳までの私は、棋士になることだけを生きる目標としていました。

この国に生まれてきて良かった。

命まで燃やすような戦いの後で、私は心の底から、そう思いました。

3

淀《よど》みなく語り続けていた千桜さんが不意に黙り込み、窓の外に目を向けると、完全に日が暮れていた。

彼女の話に夢中になるあまり、時間が経つことを忘れてしまっていたらしい。

インタビューが始まってすぐに、長くなると思うと言われ、経朝《けいちょう》新聞社の会議室に移動している。それから今まで彼女は喋り続けていた。

途中で何度も休憩を取るべきだと思ったけれど、切り出せなかった。

ずっと知りたかった千桜夕妃の内奥に触れる時間が、たまらなく楽しかったからだ。

そして今、私が一番知りたかった空白の三年間に辿《たど》り着いた。

稀代《きたい》の女性棋士の人生は、期待以上に興味深かった。新たに知ることも沢山あった。

だが、本当に知りたいのは、ここから先の物語である。

九年前、史上初の女性棋士が誕生した時、誰もがその偉業を手放しで祝福していた。狂騒曲のように報道が過熱し、連日連夜、マスメディアに躍った『千桜夕妃』の名前は、その年の上半期、日本で一番検索されたワードにもなった。しかし……。

期待が最高潮に達したタイミングで訪れたデビュー戦に、彼女は現れなかった。

『千桜四段は幼い頃から問題を抱えてきた肺を病み、静養を余儀なくされました』

将棋連盟より説明がなされたけれど、私や飛鳥は発表に納得していなかった。千桜さんの入院先すら連盟が把握していなかったからだ。しかも彼女が姿を消していた間、師匠である朝倉七段は、弟子について一言も語らなかった。

千桜夕妃には空白の三年間がある。私の使命は、その謎を解き明かすことだ。

心情としては、今すぐに続きを聞きたい。ただ、

「さすがに疲れましたよね。一度、休憩を入れますか？」

彼女は体力に不安を抱える棋士である。理性では日を改めるべきだと分かっていた。けれど、私は好奇心に打ち勝てなかった。

「千桜さんさえ良ければ、このまま話を聞かせて頂きたいのですが」

ずっと気になっていた彼女の秘密に触れるチャンスなのだ。

知りたかった。千桜夕妃という棋士に惚《ほ》れたからこそ、その内奥を理解したかった。

彼女は私の提案には答えず、深刻な顔で黙り込んでしまったが、やがて、

「聞かれた質問には、正直に答えたい。最初にお伝えした通り、そう思っています」

長い沈黙を破り、そんな言葉を口にした。

「ただ、矛盾するようですけど、誰にも話さないと決めたことがあって。今も、ずっと、考えていたんですけど、やっぱり、それを話そうという気持ちには、どうしてもなれなくて。すみません」

消え入るような声で謝罪されたものの、彼女が謝る筋合いなどないことだけは確かだった。千桜さんの人生を知りたいというのは、記者である私の我《わ》が儘《まま》でしかない。

彼女は善意でそれを語ってくれているに過ぎないのだ。

「話さないと決めたことというのは、第一線に復帰されてからの話ですか？　それとも、千桜さんが世間から消えていた三年間の話ですか？」

「佐竹さんが知りたいのは、あの三年間のことなんだろうなって、薄々気付いてはいたんです。だけど、やっぱり、ごめんなさい」

そんな風に言われてしまったら、何も聞けなくなってしまう。

やはり空白の期間に、千桜さんはベッドに横たわっていただけではないのだ。

復帰後、彼女の棋風は明らかに変わっている。人生観すら変わる何かを、その期間に経験したとしか思えない。しかし、はっきりと告げられてしまった。

彼女はあの三年間について語るつもりがない。

とはいえ、あの三年間を紐解《ひもと》かずして千桜夕妃は理解出来ないと、私は記者の勘で確信している。そして、今日、半生を聞き、突破口は見つかった。

鍵《かぎ》は『アンリ』だ。アンリの行方を突き止め、二人の再会が叶えば、閉ざされた彼女の心を開くことが出来るかもしれない。

何も出来ない時間は、もどかしい。

具体的な進展がないまま、インタビューから一ヵ月が経った頃、順位戦の取材中に、千桜さんと親交が深い記者、藤島さんから思わぬ誘いを受けた。

「佐竹さん。この後、時間はあるかい。話したいことがあるんだ」

千駄ヶ谷駅近くの居酒屋に入ると、お通しが運ばれてくる前に彼が話し始めた。

「俺は来月で六十歳になる。自営業みたいなもんだからね。定年退職があるわけじゃないが、さすがに引退だって考えちまう。最近、足腰がきついんだ」

「その年齢まで一線で記者を続けられていること、尊敬します」

「そういうのは良いよ。年下の同業者に、ご機嫌を取られるようになったら終わりさ。やりたいようにやってきた記者人生だ。後悔はない。ただ、一人だけ、もっと追い続けたかった棋士がいる。佐竹さんなら俺に誘われた時点で分かるだろ」

「……千桜夕妃竜皇でしょうか」

「ああ。俺はあの子が大学生の頃から追いかけてきた。半分、子どもみたいなもんさ」

「千桜竜皇も藤島さんを慕っていますよね。嫉妬《しっと》を覚えたこともあります」

素直な思いを打ち明けると、藤島さんは嬉しそうに破顔した。

「最近、やっと彼女のインタビューを取れるようになったんです。でも、頑張ったんですけど、本質的な部分には踏み込ませてもらえませんでした」

「なるほど。それでアンリについて調べていたのか」

私は二週間ほど前、彼に『千桜竜皇の幼少期の友人について何か知りませんか？』というメールを送っていた。今日まで返信はもらえなかったわけだが。

「正直、手詰まりで、藁《わら》にもすがりたい状況なんです」

「俺が知っているのは、二人が子どもの頃の話だけだよ」

「藤島さんもアンリの現状については知らないということですか？」

「ああ。期待に応《こた》えられなくて、すまないね。俺も彼には会ったことがないんだ。ただ、あんたの手助けをまったくしてやれないというわけでもない」

藤島さんはポケットから小さなメモを取り出す。

「俺も調べたことがあったんだよ。あの子の四段昇段祝いにしようと思ってね。これは、その時に突き止めた彼の帰国先の居住地だ」

「この住所は千桜さんも知っているんですか？」

「ああ。あの子に渡したものだからね。ただ、そこから先のことは知らない。俺の仕事は、棋士の人生に干渉することではないからな。それでも、引退を考え始めた時に、ふと思ったのさ。あの子の背中を押してやれる記者がいても良いんじゃないかって。そういう記者に、あんたならなれるかもしれないってな」

もちろん、彼女に望まれれば今すぐ立候補したい。

「あの子はね、放っておくと、すぐに孤独になろうとする。でも、人間が一人で出来ることには限りがあるだろ。実際、俺なんぞの期待でも力になっていたみたいだしな」

「そうですね。竜皇は藤島さんに、とても感謝していました」

「嬉しいね。じゃあ、なおさらだ。俺が消えても、あの子が安心して信頼を置ける記者がいて欲しい。だから、それをやるよ。今もそこにいるという保証はないが、確かめてみる価値はある。竜皇のルーツを辿る旅だ。経朝新聞なら取材費も出るだろ。あの子の背中を押してやってくれないか」

棋士たちほど波瀾万丈《はらんばんじょう》に生きてきたわけではないけれど、私の人生にも物語のようなエピソードは存在する。

小学生になって迎えた初めての年末、母の実家である北海道に飛行機で里帰りした際、降雪に見舞われ、着陸までの十分間、信じられないほどに機体が揺れた。墜落を覚悟した私は泣き叫び、着陸した後も酔いが収まらず、その場で吐いてしまった。

恥ずかしかったし、一生忘れられないトラウマになってしまった。あの一件以来、飛行機が完全に駄目になってしまい、高校の修学旅行すら仮病で休んでいた。

就職後は仕事での出張も多かったが、飛行機には一度も乗らなかった。

たとえ徹夜をしてでも新幹線と列車で現地に向かい続けた。

しかし、今回ばかりは観念するしかないだろう。

三ヵ月前、藤島さんの協力を得た私は、紆余曲折《うよきょくせつ》を経て、アンリ・ヴァランタンの現在の居場所を突き止めた。かつて彼女に将棋を教えた少年は、二十五年の歳月を経て、フランスのニースにある病院にいるとのことだった。

アンリとの再会を見届けずして、不世出の棋士の人生は、本に出来ない。

二ヵ月かけて上司を説得し、千桜さんの対局予定とにらめっこしながら、私は同行取材の名目で二人分のチケットとホテルを手配した。

外堀から埋めてしまえば、渡仏を説得出来ると思ったからだ。

幼き日の友人が南仏の病院にいる。それを知った千桜さんは珍しく動揺していた。

彼女の心中は想像するよりほかになかったが、現地までのチケットを二人分、手配してあると告げると、私の同行も受け入れてもらうことが出来た。

「唇が真っ青ですよ。大丈夫ですか？」

国際線出発ロビーで合流した千桜さんは、挨拶《あいさつ》より先に私の顔色を心配してきた。

体調に問題はない。これは心の問題だ。

乗り換えも合わせれば、十四時間と二時間のフライトである。

二人の再会を見届けるには、その前に悪夢のような壁を乗り越えなければならない。

搭乗する前から酔っているみたいな気分だった。

「私、子どもの頃から飛行機が駄目で。死ぬまで乗らないという誓いを、成人の日に立てたんです。でも、千桜さんを一人で行かせるわけにはいかないじゃないですか」

大人が飛行機を嫌がる姿がおかしかったのだろう。珍しく彼女が苦笑する顔を見た。

「私は日常会話であればフランス語も話せますので、渡航に不安はありませんよ」

「言葉の問題ではなく、体調に不安がある千桜さんを、一人には出来ないという意味です。それに、お二人の再会は絶対にこの目で見届けたい。記者魂です」

これから私たちが向かうのは、南フランスの地方都市ニースだ。

アンリは帰国後、ニースの病院に転院し、自身も医者となったらしい。


精も根も尽き果てるとはこのことだろう。

ニースに到着した時には、冷や汗も出尽くしていた。

機内では千桜さんに随分と心配をかけたし、到着してからもホテルまでの道中、語学に長《た》けた彼女に、頼りっぱなしになってしまった。

せめて英語だけでも勉強し直してくれば良かっただろうか。付き添いという立場でありながら、ほとんど介護されているような状態の自分が情けなかった。

ホテルでの一泊を経て、私の体調は回復したけれど、翌朝、今度は何故か、彼女の表情が朝から曇っていた。

ロビーでは何もないところで躓《つまず》いていたし、出掛けには忘れ物までしていた。

フランス滞在、二日目。

今日が本番である。

潮の匂いがする海岸通りには、朝から力強い太陽の光が降り注いでいた。

朝食を食べ、意気揚々と目的の病院に向けて出発したものの、すぐに私たちはバスを降りることになってしまった。乗り込む路線を間違えていたからである。

昨日から彼女に頼りっぱなしの私が言えた義理ではないのだが、こんなに落ち着きのない千桜さんを見るのは初めてだった。

ニースの旧市街を抜けた先には、コリーヌ・デュ・シャトーと呼ばれる丘がある。

その一角に建つ病院を訪ねた私たちは、あまりにも意外な歓迎を受けることになった。名乗るより早く、千桜さんが患者たちに取り囲まれたのである。

将棋連盟の常任理事である千桜さんは、国際宣伝部の部長として、海外での普及活動に尽力している。率先して広告塔を務めていることもあり、単純に抜群の知名度を誇るわけだが、患者たちは彼女が五ヵ月前に竜皇になったことまで知っていた。

フランスでは数年前から将棋ブームが起きていたと聞く。

患者たちは現役竜皇の突然の来訪に、信じられないほどの歓声を上げていた。

世界的な人気を博すようになったとはいえ、依然として棋士は日本人しかいない。現実問題として海外で棋士に会える機会はめったにない。

対局を見たい。叶《かな》うなら竜皇と対局してみたい。

当代きっての棋士を前に、患者たちが望むことは同じだった。

患者たちにせがまれ、千桜さんは希望者全員と将棋を指すことに決める。

指導対局をするために来たわけではないのだけれど、そうでもしなければ何十人と集まった患者たちが解放してくれそうになかった。

千桜さんをぐるりと囲むように、患者たちは将棋盤を床に置いていく。中には白衣姿の男性の姿もあった。

最終的に集まったのは、二十三人の挑戦者たちだった。

一対二十三の戦いが始まり、千桜さんは盤を移動しながら、淀《よど》みなく指していく。

二十三の盤面を覚えておくなど、彼女にとっては朝飯前なのだろう。

美濃囲《みのがこ》い、居飛車穴熊《いびしゃあなぐま》、詰まされにくい戦法を取る人間もいたが、誰の守りも棋士の前には無力だった。

千桜さんは一度として十秒以上の時間をかけることなく、たった一時間で二十三人に勝利していた。竜皇に対し破れかぶれの王手をかけることが出来た人間すら、一人も現れなかった。

対局後、覚束《おぼつかな》無い英語で、看護師にアンリという人物に会いに来たことを告げる。

ようやく目的を果たせる。そう思ったのも束の間、次なる展開に、私は再度、戸惑うことになった。

看護師に案内された先で対面した人物が、年端もいかない少年だったからである。

どう見ても彼は小学生だった。それも低学年だろう。

あどけない顔に、金糸のように繊細な髪と青い目。聞いていた通りの容姿ではあるものの、彼は私たちが会いに来た人物ではなかった。

ティエリ・アンリなんて名前の有名なサッカー選手もいたし、『アンリ』とは、この国では珍しい名前ではないのかもしれない。

アンリ少年は千桜さんに気付くと、他の患者たちと同じように目を輝かせ、すぐに対局を申し込んできた。

二十三人の大人たちと将棋を指したのに、子どもの願いを無下にするのも心苦しい。

千桜さんが少年との対局を了承すると、患者たちが再び集まって来た。

観客となった患者たちが口々に何かを言っていたが、フランス語なので分からない。

そんな私に気付き、千桜さんが説明してくれた。

「彼がこの病院で一番強いそうです」

「そうなんですか？」

「先月、国内チャンピオンにもなったそうです」

「フランスはヨーロッパの中でも、将棋の普及が早かった国ですよね。大会の規模で話は変わるでしょうけど、にわかには信じられません。この子、幾つですか？」

千桜さんに質問され、少年の口から返ってきたのは「huit ans《ユイッ タン》」という言葉だった。

「八歳だそうです」

「八歳？ 八歳で国内チャンピオンですか？ 幾らなんでもそれは」

「周りの方たちも頷《うなず》いているので本当のようですよ」

気付けば、周囲を数十人の観客が囲んでいた。

患者だけではない。看護師や仕事中であろう医師たちの姿まである。

「『大橋流《おおはし》』か。この子、作法も勉強していますね」

将棋の王の駒には、『王将』と『玉将』が存在する。上位者が『王将』を使用するのが一般的であり、少年は『玉将』の後、金、銀と決められた順番で駒を並べていった。

「千桜さん。将棋を指すのも良いんですけど、ちゃんと質問して下さいね。この病院には、もう一人、アンリがいるはずです。それは間違いないんです」

私たちがはるばるニースまで来たのは、彼女の少女時代の友人に会うためである。

乞《こ》われるがまま、悠長に将棋を指す千桜さんに、私はもどかしさを覚えていた。

「それ、お父さんのことかもしれません」

一瞬、誰が言葉を発したのか分からなかった。

日本語だったのに、明らかに千桜さんの声ではなかったからだ。

「僕の名前は、アンリ・ヴァランタンJr.です。その会いたい人というのは、僕のお父さんではないでしょうか」

駒を並べ終わった少年が、青い瞳《ひとみ》で私たちを見つめていた。

捜しているアンリは千桜さんと同世代だ。この年代の子どもがいても不思議ではない。少年の父親が件《くだん》の人物なら、彼が日本語を話せることにも説明がつく。

「では、この対局が終わったら、お父さんの話を聞かせてもらえませんか」

「良いですよ。竜皇が勝ったら何でも話します。その代わり、僕が勝ったら、お願いを一つ聞いて欲しいです」

少年は自信に満ちた顔で交換条件を出してきた。

国内で優勝経験があると言っても、所詮《しょせん》は子どもだ。棋士に勝てるはずがない。

「分かりました。では、こうしましょう」

千桜さんは自らの駒から角を取ると、木箱の中に戻す。

「駒落ちですか？　僕に負けるわけがないって思っているんですね」

「あなたは勝っても負けても、お父さんのことを教えてくれるでしょう？　だったら、あなたにも勝てる可能性がないと不公平です」

「僕は竜皇が思っているより強いですよ」

「そうですね。そう感じたから、飛車ではなく角を落としました」

駒を落とされたことに納得がいかないのだろう。少年は不服そうだったが、千桜さんが駒を盤に戻すことはなかった。

「約束ですからね」

駒落ちの将棋では、落とした側が先手となる。

千桜さんが初手で中飛車を選択すると、少年は迷わず応じるように飛車を中央に振った。持久戦ではなく、真っ向勝負を望んでいるのだ。

「僕が勝ったら、お願いを聞いてもらいます」

「分かりました。ただ、私はどんな時も、将棋で手加減はしません」

「嬉《うれ》しいです。それでこそ『棋士』だ」

棋士が盤上で躍らせる駒は、音が違う。

その美しい所作の一つ一つに、観客たちからどよめきが起こっていた。


千桜夕妃は竜皇である。三十五歳の彼女は、現役最強の棋士の一人と言って良い。

対する少年、アンリ・ヴァランタンJr.は、わずか八歳だ。とはいえこの病院内では「アンリ先生」と呼ばれており、一ヵ月前の国内大会でチャンピオンになったと聞く。

八歳が優勝したなんて、にわかに信じられる話ではない。だが、彼の父が少年時代に千桜さんと互いに切磋琢磨《せっさたくま》したアンリであれば、眉唾《まゆつば》みたいな話でも信じないわけにはいかない。

近年は訪日して棋士を目指す外国人も増えている。

しかし、未《いま》だ奨励会では有段者になるのがやっとという状況だ。将棋連盟は世界各国の王者と記念対局を組んでいるけれど、棋士に勝ち越した者も一人もいない。

それでも、観客たちは自分たちの「先生」が善戦すると予想しているようだった。

いかに少年が強くとも棋士は別格である。わずか八歳の少年が棋士に勝つなんてことは、絶対に有り得ない。そう分かっていたが、対局前に千桜さんが角を落としたことで、状況が変わった。

大駒、角落ちのハンデは大きい。大会のレベルはともかく、国内チャンピオンになれるほどの人間なら、この条件で戦えば、棋士に勝てる可能性はある。

『桂馬の高飛び歩の餌食《えじき》』

『銀は成らずに好手あり』

将棋には格言が百個ほど存在し、『序盤は飛車より角』といった格言もある。文字通り序盤では飛車よりも角の方が価値が高いという意味である。

観客たちは期待していた。

千桜さんが角を落とした時点で、少年の有利を確信した者すらいるようだった。

誰もが固唾《かたず》をのんで見守ったその戦いは、わずか三十分で勝敗が決する。

赤子の手を捻《ひね》るように、千桜さんは少年を一蹴《いっしゅう》した。

歯が立つとか、立たないとか、そういう次元ですらなかった。

対局中、千桜さんの手が止まったのは、最長でも十五秒だった。ほとんどすべての手をノータイムで彼女が返したせいで、わずか三十分で決着がついてしまったのだ。

観客たちが盤面を理解するより早く、少年は首を刎《は》ねられていた。

「……何をされたのかも分かりませんでした」

敗北を悟り、少年は呆然《ぼうぜん》と漏らす。

「凄《すご》いな。竜皇って本当に強いんですね」

少年の言葉に、千桜さんは穏やかな眼差《まなざ》しで耳を傾けていた。

これが指導対局であれば、こんな風に一刀両断にはしない。棋力を測りながら、彼を高みへと導くための将棋を指したことだろう。

少年の強さを認めたからこそ、千桜さんは完膚無きまでに倒すことにしたのだ。

「どれくらい実力差があるかも分かりませんでした」

将棋の世界は奥深く、深淵《しんえん》なる場所にある真理に辿《たど》り着ける者は一人もいない。それを理解した上で、それでも努力と成長を諦《あきら》めなかった者だけが、棋士になれる。千桜さんは少年に、それを早い段階で理解させようと思ったのだろう。

「約束通り、お父さんのことを話します」

少年が看護師に何かを説明し、応接室らしき部屋へと案内された。

それから、私たちはアンリの秘されていた物語を知ることになった。

ずっと知りたかった、アンリのその後の物語。

千桜さんはどんな気持ちで、少年の言葉に耳を傾けていたんだろう。

アンリ・ヴァランタンの父は、日本人の母を持つフランス人だった。

大学卒業後、貿易商社に就職した父は、異国にもルーツがあることを知った人事部の采配《さいはい》で、日本への転勤を言い渡される。

日本語に四苦八苦する両親とは対照的に、来日した時点で三歳だったアンリは、現地の言葉にすんなりと馴染《なじ》む。そのため、インターナショナル・スクールではなく、地元の公立小学校に通う手続きが取られたらしい。

しかし、桜の季節に、アンリの入学が叶《かな》うことはなかった。

心臓の病が悪化し、長期の入院を余儀なくされたからだ。

アンリの闘病生活は、長く、苦しいものだった。

手術後、最初の一年間は、ベッドから起き上がることすらままならなかった。

ベッドの上で将棋を覚えたアンリは、同じ趣味を持つ医師や患者たちと、しばしば将棋を指すようになる。殺風景な日々の中、将棋を指している時間だけが輝いていたが、それすらも刹那《せつな》的な話だった。

きっと、自分は長生き出来ない。若くして死んでしまうはずだ。

小学校に通って、一生懸命勉強したところで何になるというのだろう。

大好きな将棋で強くなったって、すぐに死んでしまうなら意味がない。

アンリは早熟な厭世《えんせい》観に囚《とら》われていた。

外部生として院内学級に通う日々の中、突然、その出会いはやって来た。

ある陽射しの穏やかな午後。

同じく一年生の教科書で勉強していた少女の咳《せき》が止まらなくなった。

医師と看護師がやって来て、彼女を病室に連れ帰ろうとしたが、少女は泣きながら抗議し、頑として帰ろうとしない。

「今日はここまでにしよう。休んで、熱が下がったらまた明日……」

勉強なんて楽しいものじゃない。やめて良いなら、やめてしまいたい。アンリはそう思っていたが、少女は自分の手を引いた医師を、容赦なく睨《にら》み付けた。

「病気に負けたくない！」

少女の咆哮《ほうこう》が、教室にこだまする。

「生きたい！　何でもするから治して！」

不思議だった。理解出来なかった。どうして、そんなことが願えるんだろう。

どうしてあんなにも正直に、自分の気持ちを叫べるんだろう。

彼女は小学校に一週間も通えずに入院してきた少女である。自分と同じ、希望ある未来を初めから奪われた子どもだ。それなのに、あんなに真っ直ぐに未来を願った。

衝撃だった。感動なんて陳腐な言葉では説明出来ないほどの出来事だった。

だから、それは必然だったのかもしれない。アンリはその少女のことをもっと知りたいと思ったし、彼女に自分が一番面白いと信じている将棋を伝えたいと思った。

それが、アンリ・ヴァランタンと『ユキ』という名の少女の出会いだった。

少年時代、アンリはただひたすらに棋士になりたかった。

ユキと共に見た竜皇戦の舞台に、いつか自分も立ちたいと願った。

しかし、環境がそれを許さなかった。父の再転勤で帰国することになり、インターネット以外では対局が出来なくなったからだ。

将棋には国境がないのに、棋士は日本から離れてもなお目指せる職業ではなかった。

アンリが帰国した頃は、まだ、そういう時代だった。

幼き日の夢に破れた少年は、それでも大志を抱く。

自分を救ってくれたのは医学だ。いつか自分も同じように誰かを救いたい。運命に絶望した子どもたちに、救いの手を差し伸べたい。

アンリは次なる目標を抱き、新しい人生を歩み始める。

医師免許取得後、アンリが就職したのは、温暖な気候に恵まれ、帰国後に自身も世話になったニースの病院だった。

医師になったアンリは、やがて患者たちに将棋を教え始める。

運動が出来ない子どもたちのために広めた娯楽だったが、患者たちは世代を問わず食いつき、院内に一気に広まっていった。

幼き日に日本で信じたように、将棋には国境を超える魅力があったのだ。

時が流れ、アンリは結婚する。

　そして、やがて授かった一人息子のアンリJr.もまた、それが必然であるかのように、この盤上遊戯に心を奪われていくことになった。

　アンリ・ヴァランタンJr.は、まだ八歳の少年である。

　帰国子女だった父に教えてもらったのだろうが、日本語は覚束無《おぼつかな》い。年齢を考えれば驚嘆に値する語学力だったけれど、限界はある。少年が上手《うま》く伝えられない部分は、フランス語を話せる千桜さんが通訳してくれた。

　少年の話を聞き終わった時には、太陽が随分と西に傾いていた。

「お父さんはいつ結婚したの？」

　少年の話が終わり、私が最初に口にしたのは、そんな質問だった。

　千桜さんから少女時代の話を聞いた時、私は彼女がアンリに対して恋愛感情を抱いていたのではないかと推察した。離れ離れになった後も、幼き日に共に夢見た竜皇を目指していたからだ。そこに特別な感情が存在していても不思議ではない。

　アンリの妻の話など千桜さんは聞きたくないかもしれない。それでも、私は知りたかった。この地で、どんな時間が流れていたのかを正確に理解したかった。

「医者になってから、同じように病気で苦しんでいた人と結婚したそうです。お母さんは僕を産んで、すぐに死んじゃったらしいんですけど」

「そうだったんだ。ごめんね。つらい話をさせてしまって」

「大丈夫です。お母さんとは会ったことがないので、寂しいと思うことはあっても、哀しいと思うことはありません」

「お父さんは今も、この病院で働いているんだよね」

「案内しますね。お父さんに会って欲しいです」

それから、少年は私たちを連れ、奥の病棟に入り、応接室を出ると一階に下りた。

開放的な中庭を抜け、薄暗い廊下を真っ直ぐに歩き続ける。

最奥、重たそうな扉を少年が開けると、西日に照らされたニースの街並みと海が視界に飛び込んできた。

高台の上にある病院である。まるで展望台にいるかのような眺望だったが、絶景が目に入っても、千桜さんの顔がほころぶことはなかった。少年は私たちを父のもとに案内すると言っていた。しかし、扉の向こうに佇《たたず》んでいたのは人影ではなく……。

「お父さんはここで眠っています」

眼下に広がる街並みの手前、丘の先に、幾つもの白い墓標が立っていた。

言葉を失う私たちの前を進み、少年が父の墓前に立つ。

「お父さんが残してくれた日記があるんです。日記って言っても、ノートパソコンなんですけど、お父さんはそこに棋譜や子どもの頃の思い出を書き残していました。日本に住んでいた頃の友達の名前は、『ユキ』と書かれていました。お父さんに会いに来てくれたということは、もしかしてユキは千桜竜皇のことなんでしょうか？」

わずかな沈黙の後で、千桜さんは小さく頷《うなず》いた。

「やっぱり！　僕、そうだったら良いなって思っていたんです！」

現実は残酷だ。少年は憧《あこが》れの棋士が、父の友人だったと知り、無邪気に喜んでいる。

けれど、対する千桜さんの心痛は、計り知れない。

二十五年だ。二十五年間、ただひたすらに会いたいと願い続けた友達が、もう死んでいたと聞かされたのである。

それでも、親友が死んでいたと知っても、千桜さんは動揺する姿を見せなかった。

恩人であり、ライバルでもあった友との再会を、彼女は果たすことが出来なかった。

彼女の痛みも、絶望も、私には推し量ることが出来ない。

「遅くなって、ごめんなさい。あの日の約束を守りました」

墓前で、二十五年分の想いが、彼女の唇から零《こぼ》れ落ちた。

「私は竜皇になりました。二人の夢を叶《かな》えました」

幼少期、千桜さんはアンリと約束したという。

棋士になって、どちらかが竜皇になる。

叶いそうもない夢を、子どものあどけなさで誓い、命がけで挑戦してきた。

大切な友達は死んでしまったけれど。

彼女の奇跡と彼の軌跡が重なることはなかったけれど。

それでも、確かに約束は果たされたのだろう。

タイトル戦から登場することが多い竹森稜太のようなトップ・オブ・ザ・トップは例外として、棋士は強くなればなっただけ対局数が多くなる。

　千桜さんにもすぐにまた次の対局がやってくる。竜皇になった今、これからは追われる立場だ。異国の地で悠長に観光を楽しむ暇はない。とんぼ返りになるが、明日のお昼には、ニースを発《た》つことになっていた。体力的なきつさを覚悟の上で、そういう日程を組んでいた。

　白墓に眠るアンリに挨拶《あいさつ》を済ませた私たちは、ホテルへと移動することにした。

　少しでも現役棋士の傍にいたいのだろう。宿泊先まで見送りたいと言って、アンリ少年は同じタクシーに乗り込んできた。

　対局中は伸びやかな笑みを浮かべていたのに、後部座席で千桜さんと互いの肌が触れ合うほどの距離に座った途端、少年の背筋が伸びる。

　彼は人一倍、棋士に憧れる少年だ。緊張するのも無理はない。その純粋さを微笑ましく思いながら、私は流れゆくニースの街並みに目を向けていた。

　交差点の一角、店先でジャズのライブがおこなわれている。こんな季節でも屋外で人が集まるのだから、本当に地中海性気候の冬というのは穏やかなのだろう。

　タクシーを降り、千桜さんがディナーに誘うと、少年の顔が華やいだ。

　一分一秒でも長く憧れの棋士と一緒にいたい。

あどけない少年の心が、私にもくすぐったかった。

食事が終わると、少年は私たちが何時の便でニースを発つのか尋ねてきた。

名残惜しいのは分かるが、空港まで見送りに来るつもりなのだろうか。

明日は平日である。日中は学校だってあるだろうし、さすがに出発時間は教えないと思ったのに、予想に反して、千桜さんは正直に出発時間と便名を伝えていた。

帰りのタクシーに乗り込んでからも、少年はずっと手を振り続けていた。

「気持ちが分かるんです」

小さくなっていくタクシーを見つめながら、千桜さんが呟《つぶや》いた。

「竜皇戦を観た日、胸が高鳴って眠れませんでした。眩暈《めまい》がするほど疲れていたのに、眠れなかった。格好良かった。棋士に会えただけで、涙が出るくらい嬉《うれ》しかった」

「じゃあ、明日、本当に空港まで見送りに来るかもしれませんね」

初恋の男の子の息子に、彼女が今、抱いているのは、どんな想いだろう。

「今日、聞けなかったんです」

ホテルのホールでエレベーターを待っていたら、千桜さんがそんなことを呟いた。

「私に勝ったら、何をお願いするつもりだったのか」

「そう言えば、対局の前にそんなことを言っていましたね。明日、聞いてみますか？」

「分かりません。将棋で勝てたらと条件を出してきたのは、あの子です。私からそれを尋ねてしまうと、傷つけることになるかもしれません」

なるほど。その視点はなかった。棋士を目指す者は皆、戦士だ。

少年がどれほどの覚悟で、その言葉を口にしていたのか、私には判断出来ない。


ホテルの部屋は別々に取ってある。

自室に入ると、私は靴も脱がずにベッドに倒れ込んでしまった。

健康体の私ですら疲労困憊《こんぱい》なのである。

千桜さんは本当に大丈夫なんだろうか。

今日の出来事が、日中に少年から聞いたアンリの真実が、頭の中でぐるぐると回り続けていた。疲れているはずなのに、頭ばかりが冴《さ》えていく。

千桜さんをこれまで支えてきたのは、竜皇になるという積年の夢と、再会を願い続けた親友の存在である。しかし、今日、彼女は親友の死を知ってしまった。

千桜さんはこれから、何を支えに生きていくのだろう。

シャワーを浴び、ベッドに潜り込んでも、やはり眠れなかった。

ただ、幸いにも今日は就寝出来ないことに焦る必要はない。

明日の予定は帰国だけである。このまま寝付けなければ、むしろ苦手な飛行機の中で眠れるかもしれない。長時間のフライトではその方が楽なはずだ。

無為な時間を潰《つぶ》すように携帯電話でニュースを読んでいたら、日付が変わる頃、メッセージが届いた。

『すみません。まだ起きていますか？』

差出人は隣の部屋で休んでいる千桜さんだった。

『はい。疲れているはずなのに眠れなくて。千桜さんもですか？』

『まだ起きておられるようでしたら、佐竹さんの部屋に行っても良いですか？』

断る理由などなかった。ゆっくりと休んでもらうために別々の部屋を取ったが、彼女の身体的な問題を思えば、そもそも一人きりにはしたくなかった。

来て下さいと返信すると、五分ほどで千桜さんはやって来た。

普段から化粧っ気のない彼女だけれど、いつも以上に唇が青白い。

ベッドに私が腰を下ろすと、千桜さんは備え付けの椅子に座った。

「今日は遅くまでお付き合い頂き、ありがとうございました」

「気になさらないで下さい。同行は私の我《わ》が儘《まま》ですから」

「佐竹さんがいて下さって良かったです。あんな歓迎を受けるなんて想像していませんでした。私一人だったら、皆さんと将棋を指すだけで、一日が終わってしまったかもしれません」

「あれは驚きましたね。皆さんの熱意も凄《すご》かった」

今日の感謝を伝えるために、部屋にやって来たわけではないだろう。

千桜さんは律儀な人だけれど、感謝の言葉は明日でも聞ける。旅程を考えれば、休める時に休んでおいた方が良い。何か伝えたいことがあったから、わざわざ部屋にやって来たのだ。しかし、なかなか彼女の口からは本題めいた話が出てこない。

先に、こちらから水を向けてみるべきだろうか。

「前回のインタビューで聞きそびれてしまったことがあるんです」

「はい。何でしょうか」

「私は千桜さんの人生に大きな影響を与えた人物が、二人いると思っています。アンリと朝倉七段、二人の存在なくして、千桜夕妃竜皇は誕生しなかった」

「そうですね。そう思います」

「ただ、もう一人、忘れてはならない人物がいます。弟の智嗣さんは、千桜さんにとって、どんな存在だったんでしょうか。彼は数年前に『全日本アマチュア名人戦』で準優勝しています。今も将棋を指されているようですし、家族の中で、千桜さんのことを最も理解していた方なのではないでしょうか」

「その通りだと思います」

「智嗣さんとは今も会われることがあるんですか？」

「はい。ありますよ。智嗣は定期的に連絡をくれます」

「こんな時にインタビューの続きを録《と》るのも変な話ですが、お互いに眠れないみたいですし、良かったら彼のことを聞かせて頂けませんか？」

携帯電話に入っているアプリを立ち上げ、録音ボタンを押す。

彼女の方から話したいことがあるなら、断ってくるだろう。

それならそれで構わない。どちらにしても話は進むはずだ。

「分かりました。では、最近の思い出を一つ、お話しします」

千桜さんは何かを懐かしむような眼差《まなざ》しで、視線を手にしていたグラスに落とした。

どうやら彼女の用件は急なものではないらしい。

「竜皇を戴冠《たいかん》した後、記者会見を終えると、智嗣からメールが届いていました。智嗣は竜皇戦に勝利した後、唯一、私から電話をかけた身内です。その時に、話したいことは互いに伝え合っています。何か言い忘れたことでもあったのかと思ったんですが、メールに綴《つづ》られていたのは思いがけない内容でした。『記者会見を見て、父さんが、一度、帰って来なさいと言っていたよ。竜皇になったことを、お祝いしたいみたい。断りたければ、俺の方から上手《うま》く言っておく。勘当しておいて今更、虫の良い話だと思うしね。姉さんを誘いたいなら、父さんが先に謝るのが筋だ。』」

棋士の記憶力は尋常ではない。

届いていた文面を、千桜さんは淀《よど》みなく暗唱した。

「十四歳で家を飛び出して以来、二十年余り、両親とは顔を合わせていませんでした。向こうは娘の近況を把握していたかもしれませんが、私の方は両親の声すら思い出せなくなっていました。私にとって親とは、朝倉恭之介であり奥様の頼子さんです。『二度、帰って来なさい』だなんて、どんな顔をして言っているのだろう。そう思いました。あの時、私は否定されたんです。一番大切なものを、真っ向から否定されました」

恨みも、怒りも、千桜さんの顔には浮かんでいなかった。

ただ、寂しそうな眼差しで、彼女は言葉を続ける。

「親なら応援して欲しかったです。子どもが大好きなものを、一緒に好きになって欲しかった。あの日の痛みも、絶望も、忘れたことはありません。ただ、大人になった今なら、父の気持ちが少しは理解出来ます。私が将棋を人生のすべてと信じたように、父は医師としての務めを信じていた。きっと、それだけの話なんです。だから意地を張るのはやめました。『良いよ。一度、帰る。でも気まずいから実家には泊まらない。』智嗣に送ったメールには、すぐに返信が来ました。『それで良いって。父さん、姉さんが泊まらないって聞いて、不機嫌な顔をしていたけど、内心は凄く喜んでいると思う。母さんの話だと、何だかんだ言って、ずっと姉さんの対局を追っていたみたいだから。』」

千桜さんは何かを反芻《はんすう》するように、一度、目を閉じた。

「今更、どんなに優しい言葉をかけられても、両親の気持ちを受け入れることは出来ません。娘が自慢出来るレベルの棋士になったから、許そうとしているだけだ。情けない話ですが、そんなことを思ってしまう狭量な思いを振り払えないんです。それでも、向こうの方から折れてくれたのだから、これ以上、意地を張るのはやめにしました。いつまでも意固地になっていては、心を痛めながら間を取り持ってくれた智嗣に申し訳ないからです」

「ご両親とはもう再会されたんですか？」

たった。

「はい。戴冠から一ヵ月後に。久方振りの両親との再会は、十分ほどで終わりました。母はもっとゆっくりしていって欲しいと言ってきましたが、あの頃、庇《かば》ってくれなかった母にも、同様に許せない気持ちが残っています。許すことは、忘れることは、簡単ではありません。私にとって将棋は人生だったから、時間がかかってしまうんです」

棋士たちは皆、多かれ少なかれ何かを犠牲にして戦っている。

その覚悟の深さは、究極のところ、棋士になった者にしか理解出来ないのだろう。

「短い時間だったかもしれません。それでも、千桜さんがご両親と再会出来たことを、智嗣さんも喜ばれたのではないですか？」

「そうですね。智嗣がいなければ、私は一生、両親と和解出来なかったと思います。あの子にはどれだけ感謝してもし切れません」

たとえ血など繋《つな》がっていなくても、千桜さんにとって彼は大切な家族なのだ。

「竜皇になってからの日々は、想像以上に忙《せわ》しないものでした。国内のイベント出席は最低限にしてもらっていましたが、海外からの取材は私自身の希望で、すべて受けていました。身体が幾つあっても足りないような忙しさでした。当初は故郷に戻るのだから、一泊くらいはしようと思っていたんです。でも、結局、とんぼ返りにならざるを得ませんでした。智嗣が車で新潟駅まで送ってくれることになって、懐かしい街並みを眺めていたら、嬉《うれ》しい報告を受けました。智嗣が婚約していたんです」

千桜さんより二つ年下の彼は、今年三十三歳になった。

「弟は、将棋を趣味と断言していました。私には寂しい言葉でしたが、智嗣が充実した日々を生きていることは分かりました。意地を張らずに、新潟に帰って良かったと思いました。勘当されたままだったら、結婚式で智嗣を祝福出来ませんから」

「奨励会を退会した方が、第二の人生を幸せに歩んでいる。それを聞けて嬉しいです。女性話はそれますが、私はいつか千桜さんのウェディングドレス姿も見てみたいです。女性から見ても憧《あこが》れるくらいに、綺麗《きれい》ですから」

思ったことを素直に口にすると、苦笑いを浮かべられてしまった。

「切望していたタイトルを取った後で、一つ、確信したことがあります。薄々気付いてはいたのですが、私は人に祝福されることが苦手なんです。竜皇になったことを誰もが手放しで祝福してくれました。タイトルを失った竹森名人でさえ、将棋界にとって素晴らしいことだと言ってくれました。それなのに、私はずっと、どんな顔をすれば良いのか分かりませんでした。天邪鬼《あまのじゃく》になっているわけではなく、百の言葉で祝福されるより、そっとしておいてもらえた方が嬉しいと思っていました」

「千桜さんらしい話ですね」

「世の中には、目立つことに苦痛を覚える人間もいます。だから私は、千桜家の跡取りとして、様々な世界に身を投じなければならない弟に、同情を覚えてしまうんです。ただ、結婚式と結婚はまったくの別物です。智嗣はつらい幼少期を過ごした子なので、きっと、優しいお父さんになります。私は早く、あの子の子どもに会いたいです」

彼女が弟について抱いていた想いを知ったことで、新たな好奇心が生まれた。

「もう一つ、聞いても良いでしょうか」

千桜夕妃の人生を語る上で、諏訪飛鳥の話題は避けて通れない。

陰と陽。影と光。雪と炎。

対照的な二人だけれど、お互いの存在なくして、彼女たちの今はあり得ない。

「率直に言って、諏訪飛鳥五段のことを、どう思っていますか？」

それを尋ねると、千桜さんの顔から微笑が消えた。

「諏訪さんのことを一言で語ることは出来ません。自分でも上手く整理出来ないので、少し回りくどい話になってしまうかもしれませんが、良いですか？」

「もちろんです」

「二十九歳の秋に、私は四国の病院で肺の手術を受けました。その直後に、諏訪さんが智嗣と一緒に病院を訪ねて来ました。二人に交流があったことを知り驚きましたが、二年以上経っていたのに、彼女が私との対局にこだわっていたことには、さらに驚かされました。幼い時分にアンリと別れて以来、私にはライバルがいませんでした。奨励会に入っても、心の何処かで、皆、自分とは違う種類の人間なのだと思っていたんです。将棋の世界には男も女もありません。理性では分かっているのに、心が納得していなかった。私の頭の片隅には、消せないボールペンの染みのように、自分は女だからという思いが、ずっとありました。蚊帳《かや》の外にいるんだという感覚が拭《ぬぐ》えなかった。でも、諏訪さんだけは違います。諏訪さんは女流棋士としてタイトルを取りながら、三段リーグを突破して棋士になった方です。心の底から尊敬に値する人間です」

秘されていた彼女の心が明らかになっていく。

「棋士に復帰した当初は、諏訪さんとの対局がなかなか実現しませんでした。順位戦では当たらず、トーナメントでもぶつかりそうになると、どちらかが負けてしまう。それでも、諏訪さんに対する尊敬の念は、年々増していきました。彼女は私が取れなかった新人王を取っています。何より、いつでも周りの期待に応《こた》えようと全力を尽くしていた。女流棋士の活動をサポートし続け、どんな小さなイベントにも顔を出して、笑顔を振りまいています。研究の時間まで削って、連盟に貢献している。諏訪さんは間違いなく五指に入るほど多忙な棋士なのに、どんな仕事にも絶対に手を抜きません。連盟の理事として活動を共にするようになってからは、信頼も増す一方でした」

ああ。どうして、今、この場に飛鳥がいないんだろう。

千桜夕妃が語る諏訪飛鳥評を、一番聞きたいのは、ほかならぬ飛鳥だ。

飛鳥は千桜さんが大好きだから。

ずっと、ずっと、千桜さんのことばかり見ていたから。

「諏訪さんは私が持っていないものを沢山持っています。彼女には夫の愛情を疑っている節がありますが、まったくもってナンセンスな話です。諏訪さんのように愛らしい人を、竹森名人のように見る目のある人間が好きにならないはずがない」

「完全に同意します。竹森名人は飛鳥のことが大好きなんです」

「私も諏訪さんが好きです。彼女の強気過ぎる将棋も大好きです。彼女が私を生涯のライバルとして認めてくれていることが、誇らしかった。私に負ける度に、涙を流して悔しがってくれることも嬉しかった。諏訪さんがいなければ、きっと、私は夢に辿《たど》り着けませんでした」

千桜夕妃も、諏訪飛鳥も、一人では、ここまで辿り着けなかった。

お互いがいなくても、二人は棋士になれただろう。だが、そこから先の人生は、大きく変わっていたかもしれない。

一年前、叡皇《えいおう》戦の本戦トーナメントという大舞台で激突し、初めて千桜さんに勝利した時、飛鳥は再び、人目を憚《はばか》らずに大粒の涙を流した。

倒したい相手がいる。絶対に負けたくない相手がいる。

誰よりも理解してくれる、素晴らしい敵がいる。

だからこそ、二人は強くなれたのだ。


気付けば、時刻は深夜二時を回っていた。

千桜智嗣の話も、諏訪飛鳥に対する想いも、聞けて良かった。

とても意義のある時間だった。心からそう思う。

ただ、本題はまだ始まってもいないはずだ。深夜に、疲労を隠せない身体で、千桜さんが私の部屋を訪ねて来た理由。それを、まだ聞けていない。

千桜さんは一度、ドアに目をやってから、うつむいてしまった。

「フロントに事情を話して、こちらで眠りますか？」

問いかけると、千桜さんは力なく首を横に振った。

「どちらかが夢を叶《かな》えたら、失踪《しっそう》していた二年半の間に何をしていたか話します。諏訪さんと、そう約束していました」

「その約束は、もう果たされたんですか？」

「はい。死ぬまで誰にも話さない。そう決めていたことでしたが、諏訪さんは特別な存在なので、彼女には正直に話しました」

「そのお話を、私も聞かせて頂くわけにはいきませんか？」

顔を上げた千桜さんの瞳《ひとみ》に、何かを訴えるような涙が浮かんでいた。

「誰に話しても仕方のないことだ。ずっと、そう思っていたんです。今更、出来ることなんてない。もう、どうしようもないことだ。だから、胸の内にしまい込んでおけば良い。そう信じていたのに、今日の出来事で分からなくなってしまいました」

「私で良ければ相談に乗りますよ。いえ、相談に乗らせて下さい」

「私は将棋のことだけを考えて生きてきました。そのせいで、普通の人なら誰でも分かるようなことが分かりません」

「何でも話して下さい。私は千桜さんの力になるために、ここにいるんです」

「私は長く様々なことを黙して生きてきました。そういう卑怯《ひきょう》な人間です。そんな人間が今更、頼って良いんでしょうか」

「良いに決まっているじゃないですか。むしろ私は千桜さんの力になりたいんです」

「話も上手ではありません。何から伝えたら良いか分からなくなってしまうので、順を追って喋《しゃべ》ることしか出来ず、冗長になってしまいます」

「構いません。たとえ朝が来ても」

本音を伝えるのは怖い。私だってそう思うのだから、自分のことを話すのが得意ではない千桜さんにとっては、なおさらそうだろう。

「ありがとうございます。では、聞いてもらっても良いでしょうか。以前にお伝えしたのは、三段リーグまででしたよね。その続きから、話をさせて下さい」

4

私、千桜夕妃は二十六歳の春に、棋士となりました。

連日連夜、マスメディアに取り上げられましたが、入院先のベッドの上で、それを他人事《ひとごと》のように眺めていたと記憶しています。

棋風や経歴のみならず、将棋とはおよそ関係のない話まで、虚実を問わず報道されていましたし、想像以上の注目を浴びることに、当初はただ戸惑っていました。

ただ、テレビや雑誌で自分の名前を見ない日がなくなったことで、ある期待を抱くようになりました。それはアンリが私に気付いてくれるのではないかというものです。

私は女流棋士になっていませんので、奨励会時代は無名でした。よほどの将棋好き、『観る将』でもない限り、奨励会の名簿などチェックしません。それでも、史上初の女性棋士となり、私の名前はタイトルホルダーよりも知られるようになりました。

望んでいた注目のされ方ではありませんでしたが、怪我の功名で、私に気付いたアンリが、連絡をくれるのではないかと期待するようになりました。

しかし、一週間が経っても、二週間が経っても、面映《おもは》ゆい願いが成就することはありませんでした。

入院中、私は師匠と奥様以外との面会を断っていました。ただ一人、例外を設けていて、観戦記者の藤島さんだけは、病室に通して欲しいと看護師に伝えていました。

後の名人である竹森さんと、二人目の女性棋士となる諏訪さん、時代を彩る若武者が参戦した三段リーグにおいて、私は最終盤まで脇役でした。ですが、藤島さんだけは一貫して私の勝利を予想していた。

彼の期待に背中を押されたこともまた、確かな事実です。

信じてくれていた藤島さんに、直接、感謝を伝えたいと思っていました。

病室に現れた彼と、ひとしきり語り合った後、一枚のメモを渡されました。

「あんたを追ってきて良かった。これは俺からの昇段祝いだ」

差し出されたメモには、異国の住所が綴《つづ》られていました。それから、藤島さんは、私が小学生の時に、アンリを見つけられなかった理由を説明してくれました。

実はアンリは二歳年上で、過去に心臓の病気で入院していた患者だったのです。

三歳で来日したアンリは、日本語を話せるようになっていたため、地元の公立小学校に通う予定でした。

しかし、桜の季節に心臓の病を悪化させてしまい、長く苦しい闘病生活に入ります。

手術後、一年間はベッドから起き上がることすらままならず、ようやく自分の足で歩けるようになった頃には、小学二年生も終わりかけていました。

院内学級にも通えていなかったため、彼と同級生の学力には大きな開きが生じていました。加えて、父親はいつ故郷に呼び戻されても不思議ではない状況にありました。

不安は学力面だけではありません。心臓の病も完治したわけではないからです。

周回遅れで小学校に通わせるより、このまま院内学級の世話になった方が良い。そう考えた両親は、自由に勉強が出来る院内学級に、息子の転入手続きをしました。心臓の大きな手術をした患者でしたから、病院側も快く引き受けたのだと思います。

彼が退院した後、東桜医療大学病院では、カルテが電子カルテに切り替わりました。

担当医がデータベースをチェックした際にヒットしなかったのは、それが理由です。

私が調べた時点で、アンリは三年半前に退院した患者となっていましたから、外来の記録が残っていませんでした。

出会いから三年後、私の退院と時を同じくして、彼の父親の帰国が決まりました。

あの日、私が突然、退院することになってしまったせいで、私たちはお互いに何も伝えられなかったのです。

藤島さんは彼が帰国後に通院していた病院を調べ、そこからさらに辿って、現在の居所を突き止めていました。

フランスのアルプ＝マリティーム県、ニース。つまり、この街です。

「どうする？　あんたはずっとアンリに会いたかったんだろ？　だから大学でフランス語を専攻していたんだろ？」

藤島さんの言葉は正鵠《せいこく》を射ていました。

離れ離れになって十六年。私はずっと、彼のことを想い続けていました。

止まっていた時計の針が、ようやく動き出した瞬間でした。

病室で渡された住所を見つめながら、私は幼き日の友達を想いました。

アンリは日本語の読み書きが出来ます。

帰国後、彼は日本のニュースを見ることがあったんだろうか。

私が棋士になったことを知っているだろうか。

答えは想像するよりほかにありませんでしたが、もしも気付いていないなら、とびきりの方法で驚かせたいと思いました。彼が驚く顔を、この目で見たいと思ったのです。

教えて頂いた住所に宛てて、私はシンプルな手紙をしたためました。

『小学生の頃、病院でよく遊んだ千桜夕妃です。あなたに伝えたいことがあります。招待しますので、日本にいらっしゃいませんか？』

棋士になったことは伏せておきました。私の目の前で、驚いて欲しかったからです。

女性棋士の最初の一局ということで、私のデビュー戦は公開対局になりました。

プレッシャーもありましたし、対局相手は紛れもない棋士です。

せっかく日本まで来てもらっても、失望させることになるかもしれません。

それでも、私は最初の一歩を、大切な友人に見て欲しいと思いました。


自分が運命の岐路に立っていると知ったのは、手紙を送ってから十日後のことです。

日本語を書くなんて十数年振りのことだったのでしょう。拙《つたな》い文字でアンリは自らの現状を赤裸々に綴っていました。

幼い頃、彼は重い心臓の病を患っていましたが、私が知っているアンリは、快活な少年でした。身体を動かしている姿は見たことがありません。それでも、私自身よりは健康に見えました。それなのに、待望の返信は福音とはならず、私を絶望の底に突き落としました。

アンリは入院中で、余命を告げられていたのです。

回復の見込みはなく、いつ容態が急変しても不思議ではない。とてもではないが旅行は出来ないとの告白が綴られていました。

『ずっと、どうしているのかなと気になっていました。死ぬ前に、君が元気でいると分かって良かったです。』

彼の手紙は、そんな言葉で終わっていました。

溢《あふ》れ出る熱い涙を頬に感じながら、私は思い知りました。

いつの間にか大人になり、自分の弱さを知っても、負けても、泣かなくなった。

しかし、涙は涸《か》れたわけではなかったのです。

痛くて、哀しくて、悔しくてたまりませんでした。

私は間に合わなかった。遅過ぎたのです。夢を叶えるのに、二十六歳までかかってしまったせいで、棋士としての姿をアンリに見せることが叶《かな》わない。


涙が涸れ果てた後で自覚しました。

一番大切なのは将棋です。師匠は家族や健康を将棋よりも大切にしなさいと言っているけれど、千桜夕妃にとって将棋よりも大切なものなどありません。

そして、私が愛する将棋とは、あくまでも誰かと指すものでした。コンピューターがあれば一人でも将棋は指せます。けれど、私が好きなのは、人と人との戦いでした。

そんな風には見えないかもしれませんが、私は人間が好《よ》きです。

対局相手の心に思いを馳《は》せる瞬間が、たまらなく心地好いのです。

私には友達がほとんどいません。信頼している人も数えるほどです。それでも、やっぱり人が好きです。

ただ、どうしようもないことですが、そこには順位の優劣があります。

私が誰よりも将棋を指したいのは、アンリでした。

もう一度、アンリと将棋を指したい。それが、私の最大の願いでした。


デビュー戦の期日は迫っています。

私が姿を消したら、どれほどの混乱が起きるか想像もつかない。多くの人に迷惑をかけ、それ以上に多くの人々の期待を裏切ることになるでしょう。

ですが、これは誰でもない私の人生です。

アンリともう一度、将棋を指す。そこに、迷いはありませんでした。

失踪《しっそう》前に私が事情を話したのは、師匠と奥様の頼子さんだけです。

二人にだけは黙っているわけにいきませんでした。たとえ内弟子として勘当されることになったとしても、二人にだけは正直に話したかったのです。

取得出来た最速の渡仏チケットは、デビュー戦当日のものでした。

せめて一局、戦えば良かったのに。そう思われる方も多いと思います。ですが私は一秒だって待つことが出来ませんでした。アンリは誠実な言葉を紡ぐ人です。彼が『いつ容態が急変しても不思議ではない』と書いたなら、それは事実その通りなのです。

デビュー戦の前日、絶縁を言い渡されることも覚悟しながら、すべてを師匠と奥様に打ち明けました。しかし、二人から返ってきたのは、想像とは正反対の言葉でした。

「後のことはすべて任せなさい。大丈夫。何の心配もいらない。夕妃は人生で一番大切なものを見失わなかった。僕はそれがとても嬉《うれ》しいし、君たちのことは、あの日から理解している」

「私も嬉しい。夕妃ちゃんは将棋以外、愛せないんじゃないかと心配していたから。大切な人と最後の将棋を指したいなんて、そんなの応援しないわけがない」

その日、私は改めて思い知りました。

人生は残酷だけれど、私は出会いにだけは恵まれている。

師匠と頼子さんは、いつだって私の気持ちを誰よりも理解してくれていました。

師匠にすべてを話した後、勘当されて以降、一度も帰っていなかった故郷へと向かいました。私にはもう一人、大切な家族がいるからです。弟の智嗣と私は血が繋《つな》がっていません。それでも、私にとっては間違いなく、かけがえのない家族でした。

ただ、弟に真実を告げることは出来ません。およそ理解してもらえるとは思えませんでしたし、力ずくで止められたら、明日の飛行機に乗れなくなってしまうからです。

だから、真実を話す代わりに、最後の一局を対面で指すことにしました。

三人の大切な家族との別れを済ませてから、私は出国しました。

手紙を読む限り、アンリの病状は相当に悪いと推察されます。

ただ、ベッドに横たわったままでも将棋は指せます。

見て欲しい。強くなった私のことを、幼き日の約束を果たすために、精進し続けた棋士の姿を、その目に焼き付けて欲しい。彼の命がもうすぐ尽きるというのなら、せめて一番近くで、最期の時を共に過ごしたい。そう思っていました。

そして、南仏、ニースの地で、私たちは再会を果たしたのです。


十六年振りの再会を果たしたその時、アンリは大粒の涙を流しました。

再会を待ち望んでいたのは、私だけではありませんでした。彼もまた、幼い日の思い出を胸に生きていました。

死を覚悟している古い友人と、将棋を指す。

彼を見守りながら、病床で将棋を指しながら最期の時を過ごす。

ニースに向かった私が抱いていた思いは、そういうものです。

病室で再会したアンリは、痩《や》せ衰え、酷《ひど》く青白い顔をしていました。

医師として勤務出来たのは、わずか数年だったらしく、心臓の病を悪化させた彼は、そのまま勤め先での入院生活を余儀なくされていました。

意識ははっきりしていましたが、彼が死の淵《ふち》にいることは誰の目にも明らかでした。

私は渡仏に際し、病院から最も近いホテルの一室を、一ヵ月借りていました。

朝からアンリの病室を訪ね、心ゆくまで将棋を指す。大切な友との最後の日々に、私が選んだのは、そういう毎日でした。

私は最後の一局を指すつもりで、ニースに向かいました。彼と再戦出来ないままお別れの時が来たら、一生後悔すると思ったからです。

しかし、幸運にも彼との対局は一局では終わりませんでした。

休憩を挟みながら、時には思い出話も交えながら、私たちは将棋を指し続けました。

病は気から。希望は、喜びは、明日を楽しみだと思う心は、病んだ身体にも効くらしい。やがて絶望的と思われていたアンリの容態が、安定し始めました。

再会から一ヵ月が経つ頃には、施設内の散歩が許可されるまでになったのです。

「夕妃は本当に強くなったね」

丘の上で軽やかな風に身を任せている時、そんな風に告げられたことがありました。

十六年前、二人の棋力は、ほとんど変わりませんでした。強いて優劣を付けるなら、将棋歴が長いアンリの方が、わずかに上でした。

アンリは帰国してからもコンピューターで指し続けていました。インターネットで対局していましたし、彼のアカウントはそれなりに有名な存在にもなっていました。

しかし、時を経て、私たちの棋力には大きな隔たりが生まれていました。

私は奨励会で研鑽《けんさん》を積み、棋士になった人間です。

アマチュアのアンリでは、もはや敵《かな》わない相手になっていました。

「君も将棋を指し続けているとは思っていたけど、こんなに離されているなんてね」

悔しそうに呟《つぶや》いたアンリに、私は自分が棋士になったことを告げませんでした。

デビュー戦を放り出して駆けつけたと知れば、悲しむと思ったからです。

日本を離れて長いとはいえ、アンリは棋士がどういう存在なのか理解しています。どうして、そんなことをしたんだと怒られる可能性だってある。でも、渡仏は感情に流されての決定ではありません。

自らの立場も、人々の期待も、すべてを理解した上で、私が選びとった道です。


アンリを看取るつもりで渡仏したのに、事態は予想外の好転を見せていきます。

再会して以降、私は一度も彼に負けませんでした。実力差ははっきりしていましたが、もう一局、あと一局と、アンリは勝負を挑み続けてきました。

死ぬ前に、絶対にもう一度、勝つ。それがアンリの目標となっていて、前向きな思いが体調にも良い影響を与えているようでした。

再会から二ヵ月が経った頃、小康状態が続く彼に、半年振りに外出許可が下りました。しかも、このままの状態が続けば、一時退院も可能になるとまで言われました。

アンリは外出許可を得たことを、家族には伝えませんでした。

彼の母は、夫を亡くして以降、精神的な意味で息子に依存していました。外出許可を得たことを知ったら、恐らく一日中、拘束されてしまう。アンリは久しぶりに得た自由な時間を、私のために使いたいと考えてくれているようでした。

外出許可を得た彼が、何処で何をするつもりなのかは分かりません。ただ、そこが何処であれ、結局、私たちは将棋を指すはずです。そんな予想に反して、その日、アンリがタクシーの運転手に告げた場所は市庁舎でした。

私は渡仏前に、すべてをなげうつ覚悟を決めていたため、ビザを申請して渡航しています。もとより日本に帰るつもりはありません。

この街で彼を見守りながら生きていく。そう決めていた私に、アンリは市庁舎で、

「僕はこんな身体だから、将来のことは約束出来ない。だけど一度だけ言わせて欲しい。残された時間を君と生きたい。僕と結婚して欲しい」

そんな言葉でプロポーズしてくれました。

青天の霹靂《へきれき》でした。

しかし、この期に及んでもなお、私はアンリに対して抱いている感情を、自覚出来ていませんでした。他人の心を読むことは得意なのに、自分の心だけが、いつだってよく分からないからです。

それでも、私の口から零《こぼ》れ落ちた答えは、躊躇《ためら》いもない「イエス」でした。

共に生きることに迷いはありません。

今更迷うくらいなら、日本を飛び出したりしない。

彼を支え、彼と将棋を指しながら生きて、二人で死んでゆく。

二十六歳の私が選んだのは、そういう人生でした。


フランスでの婚姻手続きを進めるにあたり、最も困難だったのは、アポスティーユ付戸籍謄本を取得することでした。

ただ、申請代行サービスを見つけたことで、帰国することなく日本大使館で婚姻の手続きを進めることが出来ました。

戸惑うことさえ許さない速度で、人生は回っていきます。

希望というよりは悲壮《ひそう》な想いを抱いて、飛行機に搭乗したはずでした。

その二ヵ月後にプロポーズを受けるなんて、夢にも思っていませんでした。

待ち受けていたのは、想像も出来なかった毎日です。

そして、そんな日々は、プロポーズを受け入れた後も続いていきました。

残された短い時を、愛し合う二人で過ごす。祝福されこそすれ、反対されるなんて思っていませんでした。

しかし、私たちの結婚は、アンリの母に大反対されたのです。

アンリの母は、夫を亡くして以降、息子に尋常ではない執着心を見せていました。その上、彼女は日本にいた頃より、息子が将棋に夢中になっていることを、快く思っていませんでした。

残された時間はわずかだというのに、息子は突然現れた異国の女と、病室で将棋ばかり指すようになった。愛する一人息子を、東洋人の女と将棋に奪われた。もとより私に怒りを感じていたこともあり、彼女は死期の近い息子との結婚を、財産目当てだと決めつけました。

どんな手を使ってでも結婚は阻止する。彼女の意志は恐ろしく固いものでした。

息子の遺産を、訳の分からない東洋人に奪われるなど、彼女にとっては看過出来ることではなかったのだと思います。

肉親の絆《きずな》を壊すくらいなら、結婚なんてしなくて良い。

結婚したくてフランスまで来たわけじゃない。

私はただ、彼ともう一度、将棋を指したかっただけです。

結婚出来なくても、あなたと将棋を指せればそれで良い。

それが私の正直な気持ちでしたが、アンリが心変わりすることはありませんでした。

自分に残された時間は短い。愛する人がいて、その人も自分を愛してくれているのなら、その証《あかし》が欲しい。二人で夫婦として生きたい。

私との結婚を赦《ゆる》さないというなら、母とはもう人生を共に出来ない。アンリの決意が揺らぐことはありませんでした。

迷いのない覚悟は伝わります。

彼がそう望むなら、それを聞き届けない理由はありませんでした。
一緒にいたいのは、共に生きたいのは、私だって同じです。
一時退院の許可が出たタイミングで、私たちは姿をくらましました。
借りておいたアパートに転がり込み、慎ましやかな結婚生活が始まったのです。

苦しいことの方が多い人生でした。
どう考えたって、つらいことの方が沢山ありました。
それでも、隣には愛する夫がいます。
普通の女性の幸せとは無縁の人生だと覚悟していたのに。
愛は穏やかで、ただ、優しかった。
得られるはずもないと思っていた幸せは、喜びと同じ形をしていました。
あなたがいて、私がいる。
それだけの毎日が、私とアンリの目には儚《はかな》くも尊く輝いていたのです。

再会後、アンリはあと何回戦えるか分からないからと言って、私との対局を、すべて棋譜に残し始めました。
私の名前として登録された『Y』に、ようやく黒星をつけた夜、彼は本当に嬉《うれ》しそうでした。負けはいつだって悔しいものです。その対局だけで良いから棋譜を残さないでと頼んだのに、結局、彼がそれを消してくれることはありませんでした。

肺と心臓を病む私たちにとって、人生は厳しく、そして、短いものです。

アンリの容態が再び悪化したのは、結婚して、わずか二ヵ月後のことでした。

妻を認めなかった母には、もう会わない。以前の病院には戻らない。

アンリの意志は固く、再度の入院生活は別の病院で始まりました。

そして、その時は、病室で、何の前触れもなく訪れました。

結婚して以降、私は彼とフランス語で話すように努めていました。そんなこともあり、日本のニュースサイトにアクセスすることは、少なくなっていました。

だから、それは本当に偶然だったのです。私が日本のニュースを見ていたから、アンリが気付いたわけではありません。日本で話題になっていた出来事が、フランスでも報じられたせいで、彼が知ることになりました。

日本の将棋界で起きていた事件、史上初の女性棋士の失踪《しっそう》です。

妻の名前をニュースの中で見つけても、アンリは当初、半信半疑だったそうです。

十六年の歳月を経て、再会した女性は、自分よりも遙《はる》かに強くなっていた。しかし、妻は一度として、自分が棋士になったなんて話はしていません。

にわかには信じられなかった。誰かが手の込んだ悪戯《いたずら》でもしているのではないかとも思った。しかし、何度見直してみても、それはれっきとしたニュースサイトの一記事でした。

『小学生の頃、病院でよく遊んだ千桜夕妃です。あなたに伝えたいことがあります。招待しますので、日本にいらっしゃいませんか？』

再会のきっかけは、私からのそんな手紙でした。

私はデビュー戦の日を境に、姿を消しています。その対局の日付は、私が彼の前に現れた日の前日でした。そして、それから五ヵ月という月日が既に流れていました。

率直に言って、アンリには理解出来なかったようです。

棋士になることは、少年時代の彼の夢でした。家庭の事情でフランスに戻った後も、アンリはその夢を忘れられませんでした。インターネットを使って将棋を指し続けたのも、いつか日本に戻り、棋士を目指すためでした。

しかし、アンリは身体に問題を抱えていました。冬でも温暖なニースの地を離れ、寒さの厳しい日本に戻ることは出来ません。どうにもならない幾つもの理由で、アンリは夢を断念しています。しかし、幼い日の友人は、夢を叶《かな》えていました。

それから、アンリは日本のニュース記事を貪《むさぼ》るように読んだそうです。女性棋士の誕生はセンセーショナルな出来事でしたから、私についての記事を彼は幾らでも読むことが出来ました。棋士になるまでの経歴も、そこで知ったようです。

アンリは誰にも相談出来ないまま、三日三晩悩んだそうです。

それから、彼は見聞きしたニュースを私に告げました。

「夕妃は日本に帰るべきだ。君は僕が目指せなかったものを目指して、夢を叶えた。それなのにその権利を捨てて、ここにやって来た。再会出来たことも、結婚出来たことも、嬉しい。僕は君を愛している。だけど、君がいるべき場所はここじゃない」

その時、私は結婚して初めて、アンリに怒りを覚えました。怖いくらいに引きつった顔で彼を睨《にら》んでしまい、やはり初めてとなる言い争いをしてしまいました。

「私にはあなたという家族がいる」

「なら僕も日本に行く。日本で君を支える」

「分かり切っていることを言わないで。あなたの心臓はフライトに耐えられない」

「それなら僕が死んだ後で……」

「冗談でも死ぬなんて言わないで！」

「君はこのまま僕と一緒にいて、棋士として一番良い時間を無駄にするのか？　そんなことをして、本当に僕が喜ぶと思っているのか？」

正論は痛いです。正しいことを、そんな目で口にしないで欲しかった。

分かっています。アンリが怒る気持ちだって、十二分に理解出来ていました。

それでも、私は選んだのです。

「そんなに簡単に捨てられるものだったのか？　僕たちが憧《あこが》れた棋士は、泣きたいくらいになりたかった棋士は、そんなに軽いものだったのか？」

「違う」

「じゃあ、どうして逃げたんだよ」

「逃げてなんていない。二度とそんなことを言わないで」

「君は棋士として生きるより、僕に会うことを選んだんだろ。それは事実だ」

「違う。事実じゃない」

「事実だよ。棋士になることはゴールじゃない。君はまだ何も成し遂げていないじゃないか。夕妃は将棋と愛を天秤《てんびん》にかけて……」

「私は将棋とアンリを天秤にかけたわけじゃない。お願いだから、誤解しないで。あなたに誤解されるのは耐えられない。私はただ、あなたと将棋が指したかったの。私は将棋を愛している。そして、私が一番、将棋を指したかった相手は、あなただった」

アンリの指摘は、正しいようで間違っていました。

渡仏するために、棋士としての人生を諦《あきら》めたことは事実です。ですが、将棋と愛を天秤にかけたわけではありません。私は対局相手を選んだだけです。それを理解していたから、師匠は快く私を送り出してくれたのです。

「それが私という人間だった。それだけのことよ。後悔はない」

私が心の奥底で本当は何を考えていたのか、すべてを悟った後で、

「でも、それなら、やっぱり日本に戻るべきだ」

アンリは再び、そう告げました。

「あなたはここから離れられない。あなたのいる場所が、私のいる場所よ」

「だけど、君は棋士だ。戦いたくないのか？」

どうして、夫はそんなことを問うんだろう。不思議でした。

私が嘘をつけない人間だと、彼は知っているのです。

「戦いたくないわけないでしょ」

「だったら！」

「それでも選んだのよ！　私はあなたと将棋を指す人生を選んだ！」

「それはもう否定しない。君と結婚出来て、僕は本当に幸せだった。だけど、状況が変わったことも事実だ。幼い頃、僕らは突然、会えなくなった。それからずっと、もう一度、二人で将棋を指す日を夢見てきた。叶っただろ？　僕らが子どもの頃に抱いていた夢はもう叶ったよ」

再会してから、何百局、指したでしょう。

再会後、私たちが対局しなかった日はありません。

私と指すことで、アンリはどんどん上達していきました。しかし、アンリが強くなればなっただけ、私もまた強くなります。二人の実力差は縮まっていません。

「今すぐ日本に帰れなんて言わない。僕には君が必要だし、夕妃の気持ちも分かった。だけど、約束してくれ」

楽しかった将棋の時間は、幸福だった二人だけの時間は、もうすぐ終わってしまいます。悲しいけれど、それは私にも理解出来ていました。

「僕が死んだら、その時は思い出してくれ」

「だから、あなたが死んだ後のことなんて私は！」

「二人の夢を叶えて欲しい。君には、君にしか選べない、君だからこそ選べる人生がある。僕や棋士を目指した何万人という子どもたちが選べなかった人生がある。竜皇になるんだろ？　そう約束したじゃないか！」

二人の夢を叶えて欲しい。

そんな風に言われたら、もう嫌だなんて言えませんでした。

竜皇。それは子どもの頃に描いた、無謀かもしれないけれど最高に素晴らしい夢です。アンリは私がそれを目指す姿が見たかった。

私に夢を追って欲しかった。そういうことだったのだと思います。


誰にも終わりはやってきます。

抗《あらが》っても、どれだけ知恵を絞っても、人は死に勝てません。

再入院から三週間後、アンリはその短い生涯を終えることになりました。

呆気《あっけ》なく、まるでそうなることが必然のように、彼は静かに眠りにつきました。

夫の死を覚悟したタイミングで、私はアンリの母に連絡を入れました。

病室に現れ、変わり果てた息子を見た義母は、いきなり私の頬を引っ叩《ぱた》きました。

不思議と痛みは感じませんでした。叩《たた》かれた勢いで転び、腰を強打しましたが、痛みよりも、これは自分への報いなのだという気持ちの方が強かったのです。

ただ、誰かが、誰かを愛しただけなのに。

どうして命は儚《はかな》く、人生はこんなにも上手《うま》くいかないんでしょう。

夫の葬儀に参列することを、私は許されませんでした。

悔しさは感じませんでした。

夫が死んだことに対する喪失感だけで、胸がいっぱいだったからです。

怒りも、憤りも、ありません。ただ、空虚な思いに支配されていました。

たった二ヵ月、アンリと暮らしたアパートに、哀しみだけが降り積もっていきます。

僕が死んだら二人の夢を思い出して欲しい。そう懇願されていたのに、将棋盤を前にしても、頭が働きませんでした。

咳《せき》が止まらない。肺が痛い。荷物を整理し、帰国のためのチケットを取ったものの、長時間のフライトに耐えられる気がしませんでした。

そして、感じたことのない吐き気に不安を覚え、駆け込んだ病院で知りました。

妊娠していました。身体の中に、アンリの忘れ形見が宿っていたのです。

何かが変わる予感がしました。

アンリが死んだその瞬間から、世界は暗闇に覆われてしまったのに。

沈黙と失望と孤独が飽和していた部屋に、小さな希望の火が灯《とも》った気がしました。

こんな身体で、妊娠中の身で、長時間のフライトは難しい。

帰国を諦め、私はニースでの出産を決意しました。

生と死をかけた出産を経て、誕生した息子に、私は「アンリJr.」の名を与えました。アンリの忘れ形見を、同じ名で呼びたかったからです。

落ち着いたら、体力が回復したら、二人で日本に帰ろう。

驚かせてしまうことになるだろうけれど、師匠と頼子さんなら、何があっても受け入れてくれるはずです。そういう確信がありました。

子育てをしながら私はインターネットで対局を続けていました。

日本との時差のせいで、強い人間とはなかなかマッチング出来ませんが、研鑽《けんさん》は積んでいました。将棋の腕は鈍《なま》っていないはずです。

私の人生に再びの転機が訪れたのは、息子の誕生から三ヵ月後のことでした。

出産を経て、限界まで消耗した体力も回復しつつあります。

もう少し体調が落ち着けば、帰国出来るかもしれない。そんなことを考え始めた折、突然、息子と暮らす安普請のアパートに、義母が現れました。

作ったように殊勝な顔で現れた義母は、結婚に反対したことを謝罪し、孫に会わせて欲しいと懇願してきました。

妊娠したことも、出産したことも、義母には伝えていませんでした。孫が生まれたと知られれば、何をされるか分からないと思っていたからです。

広いようで狭い街です。私たちを見かけた知り合いにでも聞いたのでしょう。

既に私は帰国を視野に入れて準備を始めていました。義母は婚約した時や、夫が死んだ時の態度が嘘のように穏やかな顔を見せていましたが、私たちが日本に帰ると知れば、態度が激変するかもしれない。

怒り狂った義母は、話の通じる相手ではありません。

慎重に物事を運ぶ必要がある。

最初から警戒していたのに、不安は最悪な形で的中することになりました。

「私がこの子を見ているから、少しお昼寝でもしてきなさい」

優しさに甘えるべきではなかったのです。

決して、油断などしてはいけなかったのに……。

目覚めると、義母は息子と共に姿を消していました。

義母は私を許していたわけではなかったのです。初めから話し合うつもりも、関係を再構築するつもりもなかった。力ずくで孫を奪うつもりでした。

義母の家を訪ねても、息子は取り戻せませんでした。

会うどころか問答無用で警察を呼ばれ、話し合いにすら応じてもらえなかった。

義母は悪魔のごとき執念深さで、用意周到に準備をしていました。

息子は娼婦《しょうふ》にたぶらかされて家を飛び出し、野垂れ死んだ。孫は虐待されている。

創作された話が、近隣住民、親族、警察に流布されていたのです。人種差別の目に晒《さら》されることは、それまでにもありました。ただ、あれほどまでに話が通じないなんて、想像も出来ませんでした。この地で東洋人であるということが、どういう意味を持つのか、私は今度こそ本当の意味で思い知ったのです。

愛する子は、自分の命よりも大切な存在です。

私は戦いました。息子を取り戻すために出来ることはすべてやりましたが、たった一度の再会すら叶《かな》いませんでした。義母は息子を自宅以外の場所に隠しており、それを突き止める術《すべ》を、私は持っていませんでした。

半年にわたる何の手応《てごた》えもない戦いを経て、弁護士に匙《さじ》を投げられた時、私は絶望と共に現実を理解しました。

この地で、日本人の自分が、居場所も分からない息子を取り戻す方法はない。

心を病めば、身体も病みます。

肺が悲鳴を上げていました。とっくの昔に体力は限界を通り越していました。

頼れる人も、すがれる人もいない地で、私は自分が死の淵《ふち》にいることを悟りました。

アンリの後を追えば、楽になれるんでしょうか。

息子のいないアパートで、一人、将棋盤を前に、死を思いました。

しかし、終わりを覚悟したその時、頭の片隅で彼が囁《ささや》きました。

『僕が死んだら、その時は思い出してくれ。二人の夢を叶えて欲しい。君には、君にしか選べない、君だからこそ選べる人生がある。僕や棋士を目指した何万人という子どもたちが選べなかった人生がある。竜皇になるんだろ？　そう約束したじゃないか！』

二人の夢を叶えて欲しい。

ああ、そうだ。それが、あの人が私に託した最後の願いでした。

私には、私にしか選べない、私だからこそ選べる人生があります。

千桜夕妃は棋士です。

盤上で戦うことを許された戦士なのです。

絶望したくらいで死んで良いはずがない。こんなところで終わって良いわけがない。

愛する者を奪われても、血を吐いてでも、夢を追う。

それが、私の将棋への忠誠でした。

日本行きのチケットを取り、部屋の後片付けを終えると、荷物はたった一つのキャリーケースに収まりました。息子を奪われた今、持ち帰りたい物などなかったからです。

帰国の前に勇気を振り絞り、再度、義母を訪ねました。

「日本に帰るので、最後に一度だけ話を聞いて欲しい」

そう伝えると、私が諦《あきら》めたと知ったのか、義母は数ヵ月振りに姿を現しました。

憎しみと侮蔑《ぶべつ》の入り交じった瞳《ひとみ》が突き刺さり、心が芯《しん》から冷えました。

もしもこの人と上手くやれていたら、どうなっていたんだろう。考えても仕方のないことを思ってしまうのは、人の弱さゆえなのでしょうか。

私と義母の道は、初めから一度として交わることがありませんでした。それでも、彼女はアンリの母で、息子の祖母です。

あの子に、これを渡して欲しい。そう言って、持ってきたノートパソコンと将棋盤を差し出しました。

「あんたの物なんて全部燃やしてやるわ。汚らわしい」

取り付く島もありませんでしたが、それらが夫の形見であると告げると、義母の態度は軟化しました。アンリは十代の頃から将棋ノートをつけていました。そのノートパソコンの中に、すべての記録を残していたのです。

将棋は思考のゲームですから、記録を読めば、父がどんな人間だったか、知ることが出来ます。帰国する私が子どものために出来ることは、もう何もありません。だけど、せめて父親のことくらいは伝えたかった。

物心がついたら息子にこれを渡して欲しい。最後に、義母にそう頼みました。

選ぶということは、捨てるということなのでしょうか。

棋士として生きるために、息子を諦めたわけではありません。ですが、結果として、そうなってしまいました。日本に帰れば、もう永遠に息子とは会えないでしょう。

それでも、夫との約束を果たすため、新しい人生を歩き始めることにしました。

帰国後、目立たない地方都市で病院を探し、手術を受けました。

慣れない異国での生活と、精神的な疲労で、身体はボロボロになっています。

もう一度戦うなら、心だけでなく肉体も整えなければなりませんでした。

二年以上にわたったフランスでの生活を終えた後、私が帰国の一報を入れたのは、師匠とニースの住所を教えてくれた観戦記者の藤島さんだけです。

手術を受ける旨を伝えたからか、藤島さんはすぐに四国まで訪ねて来てくれました。

見た目も口調も変わらず、いつものように軽やかに笑いかけてくれる彼に、一つの質問をしました。

「私が失踪《しっそう》した理由を、どうして記事にしなかったんですか？」

奨励会時代から応援してくれていた唯一の記者が藤島さんです。しかし、私はそんな彼の期待を裏切り、日本を飛び出してしまいました。

棋士について書くことが記者の仕事ですから、彼になら何を書かれても仕方ないと思っていました。しかし、失踪以降も核心に触れる記事は一度として出ませんでした。

「戦うためには立ち止まらなきゃいけないこともある。あんたは病気で何度も後退を余儀なくされたが、めげずに立ち向かい続けた。今回も同じだと思ったのさ。あんたは絶対に帰って来る。そう信じていた。俺は、余生はあんたの将棋を見ながら過ごすと決めている。お帰り。ずっと待っていたよ。これからのあんたの活躍を信じている」

自分が不運な女なのか、幸運な女なのか、私は今でも分かりません。

こんな身体に生まれなければ、千桜家に生まれなければ、自分が日本人でなければ、

そんなことを思った夜は数え切れないほどあります。

だけど、やっぱり出会いにだけは恵まれていました。

今も、昔も、私はずっと、信頼出来る人たちに支えられています。

子どもの頃、将棋に興味を覚えたきっかけはアンリでした。彼と指すことが楽しかったし、毎晩、一人で勉強していたのも彼を負かすためでした。

離れ離れになり、棋士を目指し始めた時も、動機は半ばアンリだったように思います。

彼と再会するために、自分を見つけてもらうために、プロを目指しました。

しかし、いつの間にか、すべてが変わっていました。

結婚し、出産も経験した今なら、断言出来ます。

将棋が好きです。私は将棋を指さずには生きられないのです。

私は将棋を愛の戦いだと思っています。

この世で最も相手を想い合うゲームだからです。

極限の戦いで勝つには、誰よりも相手を深く理解しなければなりません。

相手を理解し、相手が一番嫌がる手を指さなければなりません。

相手を想い、想うが故に追い詰める。矛盾するような心の戦いに私は囚《とら》われました。

だから、その覚醒《かくせい》も必然だったのかもしれません。

再出発してから数ヵ月後、ある日の対局中、不意にアンリの囁きが聞こえました。

『3四飛車の不成《ならず》』

それは、私の思考の中にまったくなかった手でした。

ずっと、将棋とは孤独な遊戯なのだと思っていました。ですが、それは正しいようで、間違っていた。

二十九年の人生で、私が誰よりも想った相手がアンリです。

いつしか彼が、頭の片隅に住み着いていました。

棋士としての彼が、私の中で呼吸していたのです。

彼が、夫が、指す手なら分かります。

望めば、いつでもアンリのように指すことが出来る。

将棋盤を前にした時だけは、一人じゃない。

目を閉じれば、いつでもそこにアンリがいました。

それから、私は時々、彼に頼るようになりました。

難解な局面、追い込まれた局面で、無意識の内に、アンリならどう指すか、彼ならどう戦うかを考えるようになったのです。

三年間の欠場でC級2組からフリークラスに転落していましたが、幸運にも一年で、復帰の条件を満たすことが出来ました。

昇級を果たした後、幼い頃からの夢、竜皇戦のことばかり考えるようになりました。

竜皇戦はある種、独特な棋戦です。間口が広く、その一年だけ世界で一番強ければ、棋士でなくても戴冠《たいかん》出来るからです。だからといって、番狂わせが起きやすいかと言えば、それもまた違います。

竜皇戦の『予選』は1組から6組まで分かれたトーナメントになっていて、強い棋士であればあるほど、必要な勝利数が少なくなっています。

将棋界には八つのタイトル戦のほかにも一般棋戦が存在します。

個性豊かな対局形式の大会が幾つもあるため、それぞれに異なる対策、研究が必要になりますし、人によって重視するタイトルも変わってきます。

私は復帰した日から、一貫して竜皇を目標としていました。

諏訪さんが飛王を目指し、四時間の将棋に強くなろうとしたように、私もまた、竜皇ランキング戦の持ち時間である、五時間の将棋に強くなろうとしました。

早指しをやめた理由も、そこにあります。

持ち時間が九十分の奨励会では、早指しで相手にプレッシャーを与えることが出来ました。ですがプロ入り後は自らの首を絞めかねない。時間があるからこそ効果を発揮する、そういう力を手に入れる必要があったのです。

竜皇戦の予選は、一度負ければ終わりのトーナメント形式です。

挑戦者決定戦までは絶対に負けられない戦いが続きます。

子どもの頃から憧《あこが》れ続けた棋士たちは、想像以上に強かった。

けれど、抱いていた不安以上に、私自身も強くなっていました。

竜皇ランキング戦の前に、体調不良の予兆が見えた際は、無理せず、早めの欠場を決断するようにしました。一年を通して、ピークがランキング戦の時期にくるように、調整していました。時には順位戦を犠牲にしてでも注力しました。

そして、棋士になって九年。

三十五歳にして、ついに竜皇戦挑戦者の座に辿《たど》り着きました。

私を迎え撃ったのは、二十三歳にして現役最強の五冠、竹森稜太竜皇・名人です。

竜皇戦は三勝三敗となり、最終局にまでもつれ込みました。

そして、両者秒読みの死闘の果てに、私は竜皇となりました。

夢を叶《かな》えたその日。

対局場まで足を運んでくれた師匠と頼子さんは、私の勝利が決まった瞬間、泣きながら抱き合い、ありあまる言葉で祝福してくれました。

私が四段昇段を決めた時は平静を装っていたのに、タイトルを取った時には、我がことのように人目も憚《はばか》らずに泣いてくれました。

ご存じの通り、それから師匠は自らの引退を発表しました。

棋士が老いを感じるのは、読みの力が衰えた時だと聞きます。感覚的なものは衰えませんが、読みを確かめる力は、歳を重ねるごとに弱ってくるからです。師匠は数年前から、それを自覚するようになってきたと言っていました。

とはいえ、今でも私は、二回に一回も師匠には勝てません。同条件なら、師匠はまだ私よりも強いのです。

本音を言えば、棋士を続けて欲しかった。

いつまでも強い師匠でいて欲しかった。それでも、

「夕妃のお陰で、本当に幸せな棋士人生だったよ」

師匠は引退届を出す前に、私にそう言って下さいました。

自分は何か一つでも師匠と奥様に返せたんだろうか。常に不安に囚われていた私にとって、その言葉は救い以外の何ものでもありませんでした。

帰国した時に、固く決意したことが一つだけあります。

それは、夢を叶えない限り、二度とニースの土は踏まないというものです。

もしも竜皇になれたら、約束を果たせたことを夫の墓前に報告したい。そう思っていましたが、それ以外の理由で、あの地に戻ることはしないと決めていました。

もちろん、息子には会いたいです。でも、彼が何処で、どんな風に生きているのかを

私は知りません。それに、義母に息子を奪われ、出来ることなどなかったとはいえ、最終的に帰国を決断したのは私です。

今更、母親面など許されるはずがないとも思っていました。

佐竹さんがアンリの居場所を突き止めたと伝えてきた時も、本当は最初から分かっていたんです。見つけたというアンリが、ヴァランタンのファミリーネームを持っているなら、それは間違いなく息子の方でした。

彼が病院にいた理由は分かりません。しかし、私とアンリの息子です。肉体に生来の問題を抱えていても不思議ではありません。

息子に母と名乗るつもりはない。私には、その資格がない。

だけど、どんな姿で生きているのか、成長した姿を見届けるくらいなら、許されるんじゃないだろうか。私はそう思って、この地へやって来ました。

今日の日中、私は八歳になった息子と対面しただけで、感情の奔流に飲み込まれてしまいました。

嬉《うれ》しいことに、息子は病気で入院していたわけではありませんでした。

かつて父が働いていた病院に、毎日、将棋を指すために、遊びに来ていたらしい。そこで皆に可愛がられていた理由を知り、胸がつまるような思いに襲われました。

夫の忘れ形見が、将棋を指していた。

国内チャンピオンになるほどに、私たちが愛した将棋に夢中になっていた。

義母は冷酷な人でしたが、どうやら最後の頼みだけは聞き届けてくれたようです。

まだ八歳の少年が、異国の地で将棋に傾倒した理由なんて一つしか思いつきません。彼は父の遺品を見て、将棋を知ったのでしょう。

あの子はインターネットで棋士の対局を見ているうちに、日本語を覚えたのだと思います。いえ、もしかしたら棋士の戦いを理解したくて、自分から日本語を勉強したのかもしれません。こんなに幸せなことがあるでしょうか。

愛する息子と将棋を指している間、溢《あふ》れそうになる涙を堪《こら》えることに必死でした。

二十手も指さない内に、息子が夫のノートパソコンで将棋を学んだのではという推察は、確信に変わりました。棋風がそっくりだったからです。

次に指してくるだろう手が、大袈裟《おおげさ》ではなく百手先まで読めました。

それなのに、てんで勝負になっていなかったのに、楽しかった。

大切な人と盤を挟んで対面するということは、将棋を指すということは、この世界で一番幸せなことです。

成長した息子との将棋を楽しみながら、私は改めてそれを思い知りました。

5

アンリ・ヴァランタンJr.は、千桜夕妃の実の息子だった。

彼女は失踪《しっそう》していた二年半の間に結婚し、出産を経験していたが、それを今日まで、今の今まで、明かさずに生きてきた。

母として戦っていたことを、死ぬまで黙すつもりだった。

想像出来るはずもなかった真実に、殴られたみたいに頭が揺れている。

私は千桜さんが嘘をつくような人間ではないと知っている。それなのに、彼女のことをよく知っているつもりだったのに、事実を事実として消化出来なかった。

失礼なことだと自覚しながら、心の何処かで、本当はすべてが冗談なんじゃないかと疑っていた。そのくらい衝撃の事実だった。

だが、その一方で、確信出来ることもあった。それは、一連の事実に驚いているのが、私だけではないということだ。

千桜さんは今日まで、自分の息子が将棋を指していることを知らなかった。

息子が病院にいると聞いた時、彼女は自分と夫が抱えていた肉体の問題を思い、絶望を覚えたはずである。心配で、心配で、心が張り裂けんばかりだったはずだ。

考えてみれば、渡仏が決まってから、彼女はずっと浮かない様子だった。今朝は特に様子がおかしかった。その理由も今なら分かる。再会への期待と同時に、愛する息子の身体を心配し、恐怖に襲われていたからなのだ。

そして、この街で待ち受けていた真実は、あまりにも想定外のものだった。

息子は彼女が何よりも愛した盤上遊戯に、同じように夢中になっていた。

それを知った時の千桜さんの混乱は、きっと、私の比ではなかったはずである。

「胸を締め付けられるような懐かしい風景が、佐竹さんにはありますか？」

「ないと思います。実家も東京ですから。千桜さんにはあったんですか？」

「私もないと思っていました。故郷である新潟に郷愁を感じたことがなかったからです。でも、この地に帰って来て、分からなくなりました。私がアンリと過ごしたのは、わずか半年間です。それなのに、どうしようもなく胸を締め付けられてしまいました」

　楽しいことも、嬉しいことも、あっただろう。だが、それ以上に苦しい思いをしながら、この地を去ったはずだ。それにもかかわらず、心が囚《とら》われてしまうのは……。

「息子のことは誰にも話さない。話すべきことじゃない、ずっと、そう信じていたのに、分からなくなってしまいました」

　肩を小刻みに震わせる彼女は、見たこともない困惑の表情を浮かべていた。

　私は彼女の苦しそうな顔なら何度も見てきたが、こんな表情は知らない。ポーカーフェイスが上手《うま》い彼女の、こんなに切羽詰まった顔、私は知らない。

　もしかしたら藤島さんは、こういう瞬間のことを考えていたのかもしれない。

　九年前、彼はアンリの居場所を千桜さんに教えたが、その後、彼女がどうしたかは知らないと言っていた。しかし、聡《さと》い彼のことである。あの空白の二年半に何があったのか、本当はある程度、推察していたんじゃないだろうか。だからこそ三ヵ月前、私にこの地のことを教え、背中を押すよう伝えてきたんじゃないだろうか。

「義母は私が日本で、棋士という職業に就いていたことを知りません。夫のノートパソコンは息子に渡してくれたようですが、私のことは死んだとだけ伝えたようです。あの子が私との本当の関係性に気付いているとは思えません」

「はい。あの子が千桜さんの顔と名前を知っていたのは、単に将棋に夢中になっていたからだと思います。将棋を好きになったから棋士について調べ、女性初のタイトルホルダーということも知っていたのではないでしょうか。千桜さんは連盟の理事になった後、国外への普及活動に熱心でしたよね。もしかして、それは……」

心苦しそうな顔で、彼女は一つ頷《うなず》いた。

「将棋が世界的な人気を博すようになれば、いつか息子に自分の存在を知ってもらえるかもしれない。そう考えていました。母の戦う姿を見て欲しい。成し遂げたことを知って欲しい。いつかの未来に託した期待だったんです。でも、私の知らないところで、その夢は、とっくに成就していました。それだけじゃありません。あの子は私に憧《あこが》れていた。それだけで十分です。十分だと思わなければいけないのに……どうして……」

千桜さんは目頭を押さえると、そのままうつむいてしまった。

私には子どもがいない。そういう人生を選んだ私には、千桜さんの気持ちを想像することしか出来ない。

ただ、感情を表に出さず、人に頼ることを嫌う彼女が、ここまで想いを吐露したのだ。抱える懊悩《おうのう》の深さは、問わずとも理解出来た。

明日、少年は空港に現れるだろうか。

その時がきたとして、彼女は一体、どんな結末を選ぶのだろう。

将棋ファンにとって、棋士、千桜夕妃の人生は、長い間、謎に満ちていた。

彼女の人生を一冊の本にまとめるにあたり、私はこれまでに二十時間以上のインタビューをおこなっている。

棋士というのは天才だ。凡人の理解の範疇《はんちゅう》からは、大きく逸脱した存在だ。

誠実に、詳細に、生い立ちを聞かせてもらったのに、昨日までは知れば知るほどに、彼女が遠くなっていくように感じていた。

それでも、一つだけ断言出来ることがあった。

私は観戦記者になる前、新聞社の科学部で記者をしていた。

前職を辞めたのは、簡潔に言えば愛のためである。

キャリアで最も重要な仕事を前に、私は愛を取った。

凡人である私にとって、愛よりも優先すべきことなどなかったからだ。

そして今、千桜夕妃の人生を知り、切実に思うことがある。

スケールが違う。執念も、想いの深さも、違う。

だが、きっと、彼女を動かしていたのも、愛だったのだ。

人は愛を求め、愛に溺《おぼ》れて、生きていく。

『愛のために生きた棋士』

その一点において、私は彼女のことを理解出来る気がした。

二時間しか眠れなかったのに、目覚めると、驚くほどに頭がすっきりしていた。

今日、乗らなければならない飛行機への恐怖心さえ消え失《う》せていた。

昨晩、千桜さんは明確な答えを出せなかった。

息子に再会した時、どうすれば良いか分からない。嘆く彼女に、私はこう告げた。

「何を選んでも、何を選ばなくても、間違いじゃありません。あの子はとても賢い子だから、千桜さんがどんな道を選んでも理解してくれるはずです」

正解なんてない。そして、間違いもない。

愛は、きっと、そういう優しい形をしているはずだ。

どれくらいの時間、少年はここで彼女のことを待っていたのだろう。

帰国のため、コート・ダジュール国際空港に到着すると、すぐに私たちを発見したアンリ少年が駆け寄ってきた。

国際空港は今日も雑多な人種で賑《にぎ》わっている。

再会して以降、少年は千桜さんの傍を一瞬たりとも離れようとしなかった。その一挙手一投足を胸に刻み込もうと、一心に見つめている。

彼は本当に将棋を愛し、棋士に憧れているのだ。

「またニースに来てくれますか？」

少年の顔に浮かぶ笑顔が眩《まぶ》しい。

期待を込めたあどけない質問に、千桜さんは心苦しそうな笑みを浮かべる。社交辞令でも嘘はつきたくないのか、結局、彼女は質問に答えることが出来なかった。

国際線出発ロビーに着くと、少年の両目から涙が溢《あふ》れ出た。

それから、少年は千桜さんの手を取ると、何度も何度も力強く握手をした。

母も父も知らない彼は、今日までどれくらい寂しい思いをしてきたんだろう。

捨てたわけじゃない。諦《あきら》めたわけでもない。愛する、たった一人の息子である。

本当は今すぐ抱き締めたい。日本に連れて帰りたい。そう思っているはずなのに、千桜さんは手を握り返す以上のことをしなかった。

棋士として生きるため、子育てを放棄した自分に、今更、息子を迎え入れる資格なんてない。そんなことを考えているんだろうか。それとも、義母のことを思い、遠慮しているんだろうか。

千桜さんの心中は、やはり私には分からなかった。

愛している。あなたを心から愛している。

私なら一番伝えたいシンプルな言葉を、今、この場で告げているはずだ。

そこに答えが存在しないなら、私は自分の心に正直であろうとするだろう。

だが、彼女はこんな場面ですら、感情を抑えることを選んだようだった。

「僕のお父さんは、子どもの頃、日本で暮らしていました」

チェックインカウンターに向かおうとしたタイミングで、少年が口を開いた。

「お父さんが子どもの頃、ユキという女の子と将棋を指していたって知ってから、僕はずっと、その女の子が千桜竜皇だったら良いなって思っていました」

思いがけない話に、足が止まってしまう。

「だけど、そんな夢みたいな話、あるわけないって思っていたんです。でも、夢じゃなかった。お父さんに会いに来てくれて、ありがとうございました」

千桜さんの顔に、はっきりと分かる戸惑いの色が浮かんだが、彼女は一瞬で感情を戻し、一つ、小さく頷いた。

「お父さんと千桜竜皇が友達だったこと、僕、本当に嬉《うれ》しいです」

千桜さんは何も答えなかった。伝えるべき言葉が見つからないからなのか、何も伝えるべきではないと信じているからなのか。千桜さんが選んだのは沈黙だった。

「また遊びに来て下さいね。お父さんも喜ぶと思うから」

涙を浮かべながら告げた少年に笑顔で頷き、千桜さんはゲートをくぐる。

私たちが国際線出発口に入っても、少年はその場からこちらを見つめていた。

名残惜しそうな眼差《まなざ》しが背中に痛い。

本当に何も言わなくて良いんですか？

喉《のど》まで出かかったけれど、私は何も言えなかった。

彼女の人生は、彼女だけのものだ。

どんな道を選んでも、選ばなくても、それが千桜夕妃の人生だ。


保安検査場へと向かう道中、不意に、千桜さんの足が止まった。

憂いを帯びた眼差しで、彼女はニースの青空を見つめる。

「八年間、ずっと、会いたかった息子の元気な顔を見ることが出来ました」

「はい」

「これ以上の幸せは望むべくもありません。もう十分です。もう十分過ぎるほどに、幸せな思いで満たされているのに。それなのに……」

大きな窓の外に、突き抜けるような青い空が広がっている。

「八年前、この地を去る時に決めたんです。話せないことがあるって、話すべきじゃないこともあるって、ずっと、そう信じてきました。それなのに、どうして、人の心は、こんなにも弱いんでしょうか。自分で決めたことなのに、どうして翻してしまいたくなるんでしょうか」

「ごめんなさい。私に言えることはありません」

いつだって人生は、頭の中で決まる。たとえ間違っても、後悔することになっても、その最後の決断だけは、己でしなければならない。

「真実を知った時、あの子が何を思うかは分かりません。それでも、思うんです。伝えなければならないんじゃないかって。別れ際に、あんな顔を見せられたら、隠し続けられません」

彼女の爪先が、初めて反対を向いた。

「私は夢のために、子どもと別れることを選んだ人間です。何を言われても、何を思われても、文句は言えません。だけど、たとえ拒絶されたとしても、伝えなければならない気がするんです。あの子にはそれを知る権利があるし、私にはそれを伝える義務がある。ごめんなさい。このまま帰ることは出来ません」

その思いを後押しするため、彼女の背中に手を添えると、千桜さんは迷いを振り切ったような顔で、来た道を見据えた。

「戻りましょう。あの子が待っています」

私の言葉に頷《うなず》き、彼女が歩き出した。

千桜夕妃が五分前に通過した国際線出発口から出ると、少年は別れた時と同じ場所に立っていた。

戻ってきた夕妃に気付き、顔を上げた少年が泣いている。

そして、夕妃が言葉を発するより早く、

「お母さん！」

少年の口から、そんな言葉が飛び出した。

「お母さんなんですよね？　あなたが僕のお母さんなんでしょ？」

隠し続けていた本音と共に、少年が泣き崩れる。

その一瞬で、夕妃はすべてを理解することになった。

聡《さと》い息子は、最初から、すべてを悟っていたのだ。


九年前、夕妃と再会したアンリは、二人の対局を棋譜として残し始めた。

夕妃の名前を『Y』として登録し、死ぬまでの半年間、二人のすべての対局を記録として残していった。

息子は父の死後に生まれた子である。

普通に考えれば、母は父と最後の日々を生きた人物だろう。息子は父が残した記録を追う内に、少女時代の友人『ユキ』と、最後の日々に父が対局していた『Y』が、同一人物ではないかと疑い始めたのだ。

「お母さんが僕を残して帰国した理由は分かりません。お祖母《ばあ》ちゃんは『お前の母親は酷《ひど》い女だった』と言うだけで、名前も教えてくれませんでした」

あの人は、そういう人間だ。

何の意外性もない。

「だけど、お父さんが入院していた病院で尋ねたら、日本からやって来た背の高い女の人がいたことを覚えている人がいました。二人が将棋を指している姿を見ていた人もいました。その女の人の特徴を聞いて思ったんです。僕のお母さんは、棋士の千桜夕妃なんじゃないかって」

異国の地でも、インターネットがあれば棋士の活躍を知ることが出来る。

息子は、ずっと、画面越しに自分の姿を見つめていたのだろう。

だから将棋も強くなった。

母の背中を見つめていたから、八歳にして国内王者になれるほどの実力を身につけるに至った。

「ごめんね。本当に、ごめん」

八年振りに抱き締めた息子から、愛した男と同じ匂いが香った。

「良いんです。僕は、お母さんのことを見ていたから。お母さんが戦っていることを知っていたから」

ずっと、こうしたかった。

抱き締めて、傍に引き寄せて、愛していると伝えたかった。

「アンリ。教えて。あなたは私に勝ったら、何をお願いするつもりだったの？」

「弟子にして欲しかったです」

覚束無《おぼつかな》い日本語で、少年は泣きながら告げる。

「棋士になりたいんです。僕も、棋士になりたかった。だから、必死に日本語も勉強してきました。でも、僕は弱かった。棋士を目指せるだけの力がなかった」

思い知る。

そうか。

何処まで行っても、痛ましいまでに自分たち三人は親子なのだ。

自分は母親失格だ。

夢を追うために、一度は息子を諦《あきら》めてしまった人間だ。

今更、母親でありたいなどと願うことは出来ない。そんなことは許されない。

それでも、将棋ならば教えることが出来る。

将棋を愛し、棋士に憧《あこが》れた少年の夢を、後押しすることが出来る。

何も、誰も、間違ってなどいなかった。
腕の中に確かな温《ぬく》もりを感じながら、今、千桜夕妃はそう思っていた。

あとがき

本作の執筆を始めて二ヵ月が経った頃、父が癌と診断されました。

ステージⅣでリンパ節にも転移しており既に完治も寛解の望みもありませんでした。

私は父に怒られた記憶がありません。勉強にせよ、習い事にせよ、進学にせよ、就職にせよ、何かをしろと言われたことがありません。小学生の頃から小説家になりたいと考えていましたが、将来の相談をしたこともなければ、夢を話したこともありませんでした。人に迷惑をかけないなら、何でも自由にして良いよという父でした。

最後の数ヵ月を出来るだけ共に過ごしたいと思い、帰省すると、父は『囲碁・将棋チャンネル』で将棋の対局を見ていました。

「今、将棋を題材に小説を書いているよ」

持ち帰った資料を見せて話すと、父は「へー。そうなんだ」と言って笑いました。

私は、父が私の小説を読んだことがあるのか、知りません。新刊が出る度、実家に一冊ずつ置いていましたが、本を読んだかは聞いたことがないからです。

子どもが作家になったことをどう思っているのかも分かりません。ただ、将棋を題材にした本を書いたと知ったら、喜んでくれるような気がしました。この本が完成したら、「読んでみてよ」と、初めて言ってみようかなと思いました。しかし、願いは叶《かな》わず、父は病名を告げられてから、たった三ヵ月で死んでしまいました。

親の夢なんて見たこともなかったのに、父が死んで以来、頻繁に夢に見ます。夢の中で父は生きていて、でも、私は父が死ぬことを知っていて。朝、目覚めても呼吸が苦しく、何でこんなことになったのかなと考えても仕方のないことを考えてしまいます。

多分、私たち親子は、本音で話したことが一度もありません。

それを不幸なことだとは思っていません。私は自分のことはすべて自分で決めたい性《た》質《ち》なので、父の淡泊なスタンスが、とてもありがたかったからです。

葬儀の後、父が病院で、看護師さんに、子どもが作家であること、「本を読んでみてよ」と言っていたことを知りました。

なるほど。息子が小説家であることを喜んではいたのかなと、その時に知りました。

お父さん。

こんな訳の分からない息子で、ごめんなさい。

孫の顔を見せられなくて、ごめんなさい。

でも、いつも自由にさせてくれて、ありがとう。

母のことは私に任せて、ゆっくりと休んでね。

二〇二〇年九月　綾崎　隼

文庫版あとがき

本作『盤上に君はもういない』は、二〇二〇年二月から六月まで『カドブンノベル』で連載されました。その後、同年の九月に単行本として発売され、三年の時を経て、この度、文庫になりました。

単行本が発売された二〇二〇年は、新型コロナウイルスがパンデミック認定された最初の年で、発売後に幾つか貴重な体験をしています。

業界初の試みだった、リモートでの書店員さんとのオンライン交流会。KADOKAWAのコミュニティ「ブックラブ」での読者さんとのオンライン読書会。コロナ禍が始まり、ほとんど人と会えなくなったのに、むしろそれまでより大勢の方と交流が出来たという、不思議な一年でした。

この『盤上に君はもういない』は、自分にとって作家生活十年の集大成のような意味合いを持つ本でした。完成した後、こんな小説を書ける作家になりたかったのだと、心の底から思いましたし、今でも本当に大切で大好きな一冊です。

執筆があまりにも楽しかったせいで、二年もせずに、もう一度、将棋小説を書くことにもなりました。『ぼくらに嘘がひとつだけ』（文藝春秋）という本で、こちらは奨励会で戦う二人の少年を中心にした、青春ミステリとなっています。

成長した諏訪飛鳥《すわあすか》が師匠の立場で、竹森稜太《たけもりりょうた》が最強の棋士として、登場しています。『盤上に君はもういない』と並び、里程標のように感じている一冊なので、こちらも手に取って頂けたら嬉《うれ》しいです。


二冊の将棋小説を書いたことで、幸せな出来事が幾つもありました。

尊敬する棋士の先生に公開取材をしたり、ずっと憧《あこが》れていた女流棋士の先生に自分の本を読んでもらえたり、将棋小説を書いている作家さんと友達になれたり、そのどれもが素晴らしい思い出です。

棋士の世界にも、将棋そのものにも、決して精通しているとは言えなかった私が、こんなにも幸せな気持ちで、最後まで物語と向き合えたのは、プロット作成段階から、KADOKAWAの四人の担当編集者が真摯《しんし》に支えて下さったからです。

私一人の力では、絶対にこの物語を紡げませんでした。

この幸せな本が、どうか一人でも多くの読者に届きますように。

手に取りやすい文庫になった今、再び、そう強く願っています。

二〇二三年九月　　綾崎　隼

参考文献

北野新太『等身の棋士』ミシマ社（二〇一七年）
北野新太『透明の棋士』ミシマ社（二〇一五年）
橋本長道『奨励会　将棋プロ棋士への細い道』マイナビ出版（二〇一八年）
大崎善生『将棋の子』講談社（二〇〇三年）
大崎善生編『棋士という人生　傑作将棋アンソロジー』新潮社（二〇一六年）
瀬川晶司『泣き虫しょったんの奇跡　完全版　サラリーマンから将棋のプロへ』講談社（二〇一〇年）
島朗『純粋なるもの　トップ棋士、その戦いと素顔』新潮社（一九九九年）
『将棋ワンダーランド』ぴあ株式会社（二〇一七年）

本書は、二〇二〇年九月に小社より刊行された
単行本を加筆修正のうえ、文庫化したものです。

盤上《ばんじょう》に君《きみ》はもういない

綾崎《あやさき》 隼《しゅん》

令和5年 9月25日　初版発行

発行者●山下直久

発行●株式会社KADOKAWA
〒102-8177　東京都千代田区富士見2-13-3
電話　0570-002-301（ナビダイヤル）

角川文庫 23806

印刷所●株式会社暁印刷
製本所●本間製本株式会社

表紙画●和田三造

ISBN 978-4-04-113095-7　C0193

◇◇◇

角川文庫発刊に際して

角川源義

第二次世界大戦の敗北は、軍事力の敗北であった以上に、私たちの若い文化力の敗退であった。私たちの文化が戦争に対して如何に無力であり、単なるあだ花に過ぎなかったかを、私たちは身を以て体験し痛感した。西洋近代文化の摂取にとって、明治以後八十年の歳月は決して短かすぎたとは言えない。にもかかわらず、近代文化の伝統を確立し、自由な批判と柔軟な良識に富む文化層として自らを形成することに私たちは失敗して来た。そしてこれは、各層への文化の普及滲透を任務とする出版人の責任でもあった。

一九四五年以来、私たちは再び振出しに戻り、第一歩から踏み出すことを余儀なくされた。これは大きな不幸ではあるが、反面、これまでの混沌・未熟・歪曲の中にあった我が国の文化に秩序と確たる基礎を齎らすためには絶好の機会でもある。角川書店は、このような祖国の文化的危機にあたり、微力をも顧みず再建の礎石たるべき抱負と決意とをもって出発したが、ここに創立以来の念願を果すべく角川文庫を発刊する。これまで刊行されたあらゆる全集叢書文庫類の長所と短所とを検討し、古今東西の不朽の典籍を、良心的編集のもとに、廉価に、そして書架にふさわしい美本として、多くのひとびとに提供しようとする。しかし私たちは徒らに百科全書的な知識のジレッタントを作ることを目的とせず、あくまで祖国の文化に秩序と再建への道を示し、この文庫を角川書店の栄ある事業として、今後永久に継続発展せしめ、学芸と教養との殿堂として大成せんことを期したい。多くの読書子の愛情ある忠言と支持とによって、この希望と抱負とを完遂せしめられんことを願う。

一九四九年五月三日